河南大学经济学学术文库

主　编　耿明斋
副主编　刘东勋　于金富

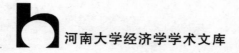

河南大学经济学学术文库

中国保证保险
制度研究

Studies on
Surety & Fidelity Bonds in China

何绍慰/著

社会科学文献出版社
SOCIAL SCIENCES ACADEMIC PRESS (CHINA)

总　序

　　河南大学经济学科自 1927 年诞生以来，至今已有 80 年的历史了。一代一代的经济学人在此耕耘、收获。中共早期领导人之一罗章龙、著名经济学家关梦觉等都在此留下了他们的足迹。

　　新中国成立前夕，曾留学日本的著名老一辈《资本论》研究专家周守正教授从香港辗转来到河南大学，成为新中国河南大学经济学科发展的奠基人。1978 年我国恢复研究生培养制度以后，周先生率先在政治经济学专业招收培养硕士研究生，河南大学于 1981 年首批获得该专业的硕士学位授予权。1979年，我校成立了全国第一个专门的《资本论》研究室。1985年以后，又组建了我校历史上的第一个经济研究所，相继恢复和组建了财经系、经济系、贸易系和改革与发展研究院，并在此基础上成立了经济学院。目前，学院已发展成为拥有经济学类全部 4 个本科专业、18 个硕士专业、3 个博士专业、1 个博士后流动站、两个省级重点学科点、2000 多名师生规模的教学研究机构。近 30 年中，培养了大批本科生和硕士、博士研究生，并且为政府、企业和社会培训了大批专门人才。他们分布在全国各地，服务于大学、企业、政府等各种各样的机构，为国家的经济发展、社会进步、学术繁荣作出了或正在作出自己的贡献，其中也不乏造诣颇深的经济学家。

在培养和输出大量人才的同时，河南大学经济学科自身也造就了一支日益成熟的学术队伍。近年来，一批50岁左右的学者凭借其扎实的学术功底和丰厚的知识积累已进入著述的高峰期；一批40岁左右的学者以其良好的现代经济学素养开始脱颖而出，显现出领导学术潮流的志向和实力；更有一大批30岁左右受过系统经济学教育的年轻人正蓄势待发，不少已崭露头角，初步展现了河南大学经济学科的巨大潜力和光辉未来。

经过多年的探索，河南大学经济学科目前已经在理论和应用经济学两个领域内分别凝练出三个特色鲜明的研究方向：一是以《资本论》研究为切入点，以马克思的经济理论和方法为工具，对中国经济改革过程中所遇到的各种问题进行阐释的马克思主义经济学研究；二是运用新制度经济学及发展经济学的理论和方法，对欠发达地区的各种经济和社会问题进行制度变迁的探索与经济发展研究；三是综合运用现代经济金融理论对中国的投资及金融体制、运作方式和资本市场进行金融投资方向的研究。

河南大学经济学科组织出版相关学术著作始自世纪交替之际，2000年前后，时任经济学院院长的许兴亚教授（现河南大学特聘教授、中国《资本论》研究会副会长）曾主持编辑出版了数十本学术专著，在国内学术界产生了一定的影响，也对我院经济学科的发展起到了促进作用。

为了进一步展示我院经济学科各层次、各领域学者的研究成果，更是为了能够使这些成果与更多的读者见面，以便有机会得到读者尤其是同行专家的批评，促进河南大学经济学学术研究水平的不断提升，为繁荣和发展中国的经济学理论、推动中国的经济发展和社会进步作出更多的贡献，我们决定出版"河南大学经济学学术文库"。根据初步拟订的计划，该丛书将分年度连续出版，每年选择若干种河南大学经济学院在编教师的精品著述资助出版。根据需要，也可在丛书中选入少量客座教授或短期研究人员的相关著述。

感谢社会科学文献出版社总编辑邹东涛教授，是他对经济学学术事业的满腔热情的支持和高效率的工作，使本套丛书的出版计划得以尽快完成并付诸实施。也感谢社会科学文献出版社邓泳红主任及各位编辑为本丛书的出版所付出的辛劳。最后，还要感谢具体负责组织本丛书著作遴选和出版联络工作的河南大学经济学院主管科研工作的副院长高保中博士，他们以严谨的科学精神和不辞劳苦的工作回报了同志们对他们的信任。

分年度出版经济学学术文库系列丛书，对我们来说还是第一次，如何公平和科学地选择著述品种，从而保证著述的质量，还需要在实践中进行探索。此外，由于选编机制的不完善和作者水平的限制，选入丛书的著述难免会存在这样那样的问题，恳请广大读者及同行专家批评指正。

耿明斋

2004 年 10 月 5 日第一稿，

2007 年 12 月 10 日修订稿

目 录

1

第一章
导　论

第一节　选题背景及研究的目的和意义

一　选题背景

保证保险是一种非常特殊的保险制度，具有非常悠久的历史。早在公元前 1750 年，巴比伦尼亚（Babylonia）颁布的汉谟拉比法典（The Code of Hammurabi）就已经提到了保证合同问题。到公元 150 年，罗马帝国已经建立起非常完善、高度专业的保证技术规则，其中的很多原则直到现在也很少改变。经过漫长而曲折的发展，保证保险制度已成为西方成熟的市场经济中一种惯用的"第三方"保障手段。根据瑞士 *Sigma* 杂志的估计，2005 年全球保证保险总保费高达 79 亿美元。预计到 2015 年，全球保证保险保费规模将达到 146 亿美元，亦即 3.7% 的年均实际增长率。①

伴随着改革开放的不断深化、国民经济的强劲增长以及人们思想观念的显著变化，我国近年来工程合同保证保险、雇员忠诚保证保险、产品质量保证保险以及各类消费信贷保证保险等不断

---

① 引自 *Sigma* 2006 年第 6 期，第 43 页。

出现。相对而言，传统的寿险与非寿险市场的开发已经达到一定的深度和广度，而保证保险等新兴险种将更具市场潜力。中国保证保险市场潜力巨大，完全可以成为保险业一个重要的业务增长点，并带来可观的收益。同时，保证保险由于其固有的功能，也必将在保护权利人（债权人）利益、缓解社会信用问题、规范市场竞争和提高我国市场经济效率等方面发挥重要的作用。

然而，由于诸多方面的影响，保证保险在我国的发展状况一直不乐观。尽管各财产保险公司都在不同程度上开展了保证保险业务，但基本上都还是以汽车消费信贷保证保险为主，不但许多在国外非常重要的保证险种，如金融机构保证保险、司法保证保险以及公务员保证保险等，在我国都还尚未出现，而且对于许多现有险种，保险人在实际经营中也极为"保守"，如雇员忠诚保证保险等，保险公司一般不会轻易提供，而工程合同保证保险则几乎是"徒有其名"。总体上看，我国保证保险业务增长缓慢，险种数量少，覆盖面小，而且在理赔过程中业务纠纷不断。不仅如此，我国目前各保险公司在发展战略上也没有将保证保险作为一个重要的战略要素加以考虑，这相对于国外尤其是美国繁荣的保证保险业来说，不能不说是一种遗憾。

建立完善的保证保险制度是我国社会主义市场经济建设的现实需要，也是我国进一步深化对外开放的客观要求。当前我国社会严重的信用缺失问题以及保险市场的全面开放使得建立和完善中国保证保险制度成为一项紧迫的历史任务。正是在这种背景下，本书选择保证保险制度作为主题，重点分析了困扰我国保证保险制度的主要因素，探索了发展我国保证保险制度的基本思路和方法。

二　研究目的和意义

我国保证保险制度还非常落后，存在的问题还很多。国外保证保险的长期实践为探索我国保证保险制度的发展提供了重要的经验借鉴。美国是世界上保证保险制度最成熟的国家，目前占据了全球保证保险大约 56% 的市场份额。[①] 因此，本书主要以美国成熟的保证保险制度的经验为借鉴，分析我国保证保险制度面临的主要困境，并探讨发展我国保证保险制度的基本思路和方法。本选题的主要意义可简单归结为以下几点。

（一）本选题有助于丰富我国保险发展理论

由于起步较晚，我国保险理论研究非常滞后，而保证保险作为一种相对陌生的特殊险种，更是缺乏深入而系统的理论研究。目前，有关保证保险的真正含义、具体属性以及保证保险的经营特征等诸多问题在我国都还未得到切实解决。本研究对保证保险的本质特点、保证保险的法律适用，以及保证保险定价、承保与理赔等经营环节中的一些基本特点进行归纳和总结，拓展了对保证保险制度的基本认识，这无疑对我国保险理论的发展具有实质性帮助。

（二）本选题有利于引导我国保证保险业务的经营实践

我国保证保险发展缓慢且相关的业务纠纷不断的一个根本原因在于保险实务界缺乏对保证保险本质的科学认识，未能建立起完善的保证保险风险识别和防范体系，在很大程度上仍然按照传统思维来经营保证保险业务，在保险责任界定、条款设计等诸多方面不符合保证保险发展的内在要求。本选题主要以美国成熟的保证保险制度为例，对保证保险经营中的风险识别与防范体系进行深入分析。这对于我国保险人及时认清问题的根源，反思并改进经营方法，促进保证保险业健康发展，具有重要的指导意义。

---

① 引自 *Sigma* 2006 年第 6 期，第 3 页。

（三）有利于营造保证保险发展所需的外部环境

保证保险的发展不仅需要理论上的支持，需要保险人自身的努力，也需要较为宽松的外部宏观环境。从客观上说，我国目前的社会环境离保证保险健康发展的要求还存在很大的差距。本书分析了当前困扰我国保证保险制度发展的几个关键环境因素，并对我国保证保险制度经营环境的优化提出了相应的意见和建议，这对于营造我国保证保险发展所需的外部环境具有一定的现实意义。

第二节　国内外研究现状综述

一　国外保证保险研究现状

国外保证保险制度是在市场经济环境中逐渐自发形成的，已成为一种传统，距今已有上百年的历史。所以，国外的研究早已从保证保险的性质、功能与作用等基础理论问题转化为对经营实务的研究，研究人员的兴趣更多的是在现有的制度条件下研究保证保险的具体操作以及如何处理实践中出现的新情况、新问题。总体上看，国外保证保险制度研究主要体现在以下几个方面。

一是有关工程合同保证保险的研究，包括投标保证保险、履约保证保险以及劳工和材料支付保证保险等。由于工程合同保证保险尤其是工程履约合同保证保险是美国保证保险的典型形式，也是占美国保证保险市场主体地位的险种，所以在这方面的研究文献较多也较为成熟，如 Jeffrey S. Russell（2000）分析了美国工程合同保证保险的基本特点、承保与理赔程序、风险防范机制、合同保费的计算以及美国工程合同保证保险行业的发展趋势等诸多问题；Richard C. Lewis（2000）较为全面地分析了工程合同保证保险制度从理论到实践的一些基本问题。这些文献沉淀了美国合同保证多年的历史经验，对于全面认识工程合同保证保险制度，总结其成功经验具有很大的现实意义。

二是对保证保险实务经营中的理赔环节进行专门研究。由于保证保险理赔难度大，技术要求高，实践上也比较容易发生业务纠纷，所以美国对处理保证保险索赔方面的研究文献也比较多，较具代表性的有：Robert F. Cushman，George L. Blick 以及 Charles A. Meeker（1990）分析了常见的忠诚保证保险与确实保证保险索赔问题的处理程序和基本方法；Richard E. Tasker 与 G. wayne Murphy（1997）专门研究了工程合同保证保险理赔问题。这些文献对保证保险理赔中复杂的技术问题和涉及的相关法律问题进行了较为系统的分析，为保证保险理赔人员在实务上提供了重要的操作指南。

三是有关高科技犯罪条件下的忠诚保证保险制度方面的研究。高科技犯罪，尤其是金融领域的高科技犯罪，具有很强的隐蔽性和极其严重的破坏性，因而金融机构保证保险也是近年来西方发达国家的一个研究热点，Doris Hoopes（2000）较为完整地展示了金融机构保证保险和商务犯罪保险等相关问题。

四是有关保证保险法律制度方面的研究。由于保证保险的发展程度在某种意义上取决于一个国家或地区法律制度的完善程度，成熟的保证保险市场需要健全的法律来支持，因此，国外非常重视对保证保险相关法律问题的研究，许多学者在对保证保险实务的研究中都贯穿着大量的相关法律问题，如 Robert F. Cushman，George L. Blick，Charles A. Meeker（1990）以及 Gabriel Moss Q. C，David Marks（1999）和 Toni Scott Reed（2004）等，而且 *Defense Counsel Journal* 每年还出版"Annual Survey of Fidelity and Surety Law"，对有关保证保险经营的法律制度问题进行总结和交流。

总的看来，国外对保证保险制度的研究紧跟时代的发展，密切联系实际，对保证保险的健康发展起到了非常重要的促进作用，这一点非常值得我们学习和借鉴。尤其值得一提的是，在美国，一些保证保险行业机构也承担着部分重要的研究职能，如美国SFAA（美国忠诚与保证保险协会）以及NASBP（全美保证保险商会）在保证保险基础费率的厘定以及行业发展与协调等方面有着深入的研究。

二 国内保证保险研究现状

保证保险在我国是典型的"舶来品"，其总体发展状况不尽如人意，尤其是2003年车贷险业务在全国范围内被紧急叫停的事件更是集中反映了保证保险制度在我国的迷惘和尴尬局面。怎样认识保证保险以及如何促进保证保险的健康发展，是我国保险理论界和实务界高度关注的问题。总体上看，近年来我国研究者关注的焦点主要集中在三个方面。

一是有关保证保险的含义、性质和作用等基本理论问题的研究。如魏君涛（2000）比较了保证保险与保证担保的关系；庹国柱（2002）分析了保证保险的概念和分类；白亚波（2004）认为要高度重视汽车消费信贷保证保险业务与传统的财产保险之间的区别；邓志敏（2003）认为保证保险对消费信贷具有放大功能。近年来，有关保证保险基础理论问题的研究文献较多，同时争议也颇多，主要体现在有关保证保险的具体属性方面，如梁慧星（2006）认为保证保险是一种担保手段，持类似观点的还有邹海林（1998），他认为保证保险是一种由保险人开办的担保业务。与此相反，周玉华（2001）认为保证保险是一种财产保险，宋刚（2006）认为保证保险就是保险，陈百灵（2005）也认为保证保险合同本质上是一种保险合同。理论认识上的这些分歧直接导致了我国保证保险实践上的混乱和极大的争议。

二是对保证保险经营实务方面的研究，主要是针对我国汽车消费贷款保证保险。因为自 1997 年以来汽车消费信贷保证保险一直是我国保证保险市场上的主流险种。较有代表性的有：张祖平、孙圣林（2002），刘峰（2003）以及陶后军（2003）等对我国保证保险经营的风险防范问题进行了探讨；云月秋（2002）分析了制约我国汽车消费信贷保证保险发展的若干因素，并提出了发展汽车消费信贷保证保险业务的建议；李永钧（2004）探索了我国车贷险的发展方向；李玉泉、卞江生（2004）讨论了保证保险的操作实务，并提出了规范我国保证保险业务的相关意见。这些文献针对我国保证保险实务经营中面临的问题进行分析，并提出一些有价值的意见和建议，对我国保证保险业务实践起到一定的指导作用。但总体上看，研究还不够深入和细致，提出的某些意见还缺乏可操作性。

三是法学界在有关保证保险法律适用等方面的研究。长期以来，各地人民法院在具体审理保证保险纠纷案件时都在很大程度上适用《担保法》的某些规定，这引起了学术界和实务界的广泛争议。对此，莫芳（2003）认为保证保险法律关系应适用《保险法》以及《合同法》和《民法通则》的相关规定；陈百灵（2005）将保证保险严格界定为一种特殊的财产保险形式，反对适用《担保法》的规定。针对最高人民法院 2003 年出台的《关于人民法院审理保险纠纷案件若干问题的解释》（征求意见稿），彭喜锋（2004）提出了质疑，冯涛（2005）也反对最高人民法院在保证保险法律适用问题上的"折中主义"，坚持认为保证保险业务纠纷应当严格适用保险法，并应当受统一的合同法律制度的约束。这些文献加深了人们对保证保险本质属性的认识，对于《保险法》的进一步修订工作以及保证保险纠纷案件的审理具有一定的理论意义和实用价值，对本研究也具有极大的启发作用。

四是探索了一些新的保证险种在我国的开发与普及问题，如曾鸣（2002）探讨了中小企业贷款保证保险的开发，刘怡（2002）

探讨了忠诚保证保险的普及，刘美霞（2003）探索了开发住宅质量保证保险的现实意义，崔爱茹（2004）分析了外派劳务人员履约保证保险在我国的市场前景等。这些文献对于我国保险界开发新险种，拓展新业务具有一定的指导意义。

此外，我国一些学者在借鉴国外经验研究民事担保业务时也涉及大量的保证保险问题，如邓晓梅（2003）对于中国工程保证担保制度的研究，实际上已大量涉及美国工程合同保证保险制度的内涵。虽然在其文献中被称为"保证担保"，实际上就是"Surety Bond"，对此，民事担保界常常翻译为"保证担保"，并从担保角度去理解，而保险界通常翻译为"确实保证保险"，并从保险角度去理解。

从总体上看，近年来我国理论界和实务界的专家学者们在保证保险基本理论和实务经营等方面所进行的探索已经取得了不少有价值的研究成果，这对丰富我国保险理论研究、推动我国保证保险市场健康发展起到了积极的作用。但总的来说，我国国内对于保证保险制度的研究还处于较低层次，研究还不够系统化，理论争议颇多，而且研究范围也还相当狭窄，基本上局限于对各类消费信贷保证保险的研究，对于许多重要险种如支付保证保险、金融机构保证保险以及司法保证保险和公务员保证保险等都还缺乏必要的研究和探索。

第三节　研究方法、结构安排与本书的主要创新

一　研究方法

在具体研究方法上，本书主要采用了归纳分析和比较分析方

法，即归纳和总结国外成功经验，然后对照中国实际，分析我国保证保险制度面临的主要问题，探索进一步发展我国保证保险制度的基本思路和方法。由于美国是世界上保证保险制度最成熟的国家，因此，本研究主要基于美国保证保险制度的成功经验。

二　本书结构安排

根据本研究目的，在上述研究方法的指引下，本书的基本结构及各部分的写作思路概述如下。

第一章是"导论"。主要介绍了本书的选题背景、研究的基本目的和意义、国内外研究现状及本书的基本研究方法、全书的结构安排和主要创新之处等。

第二章是"保证保险概述"。首先，本章以保证保险权威机构美国 SFAA 的定义为基础，对保证保险的基本概念进行了澄清，以消除我国理论界和实务界长期以来对于保证保险基本含义认识上的分歧；其次，对国际上保证保险的基本种类、保证保险的基本特点进行了归纳和总结，并对中外保证保险制度的发展历程进行了简单的回顾，从而形成对保证保险制度的较为完整的认知，为本书的后续论述做好理论铺垫。

第三章是"保证保险制度产生的根源与市场竞争优势分析"。本章从信息经济学的角度探索了保证保险制度产生的根源，并从交易成本理论以及合同当事人的特殊需求等方面分析了保证保险制度的竞争优势，目的是探讨我国保证保险制度被市场广泛接受并逐渐成为市场经济中惯用手段的一些基本条件。

第四章是"我国保证保险制度的现状分析"。首先，本章介绍了我国目前经营保证保险的主要的保险公司及其险种特点，概述了我国现行保证保险典型险种的基本状况，并对我国保证保险主要业务指标进行了计算和分析，从而形成对我国保证保险制度现状较为深入的认知；其次，结合国外保证保险制度的成功经验，从费率制度、业务管理、风险识别与防范体系以及外部环境条件等方面分析了困扰我国保证保险制度发展的主要因素。

第五章是"我国保证保险的法律适用及相关问题研究"。首先，本章对有关保证保险本质属性的各种争论进行了总结和评价，并结合国外惯例对保证保险的本质属性进行了界定，论证了保证保险应严格适用《保险法》和《合同法》等相关民事法规，不应适用《担保法》的观点；其次，对我国近年来保证保险业务纠纷案件中存在的几个常见法律问题进行了探讨，主要包括保证保险合同的独立性问题、最大诚信原则的适用问题以及因不可抗力导致投保人违约是否导致保证保险协议的当然无效问题等。

第六章是"我国保证保险的发展与展望"。首先，本章分析了我国保证保险制度面临的机遇和挑战；其次，从我国保证保险制度困境的突破、现有保证保险重要险种的发展与完善以及保证保险新险种的研发与普及等方面探索了发展与完善我国保证保险制度的基本思路和方法。

第七章是"结论"，总结全书的主要研究成果，并针对本书研究的不足，提出有关我国保证保险制度后续研究的相关意见和建议。

三 本书的主要创新之处

保证保险在我国发展历史还不长，理论研究还非常滞后，目前尚未发现比较系统的深入研究我国保证保险制度的相关文献。本书在对保证保险制度产生的根源、保证保险制度的市场竞争优势以及我国保证保险制度的主要困境和完善我国保证保险制度的基本思路和方法等诸多问题的探索过程中，取得了一定的成果。与国内现有文献相比，主要在以下几个方面具有一定的创新性。

（1）本书从交易成本以及合同当事人的实际需求等视角分析了保证保险制度的竞争优势，并探讨了我国保证保险制度被市场广泛接受并逐渐成为我国市场经济中惯用手段的基本条件。认为我国保险公司必须建立完善的保证保险风险识别与防范体系，通过科学而严格的承保审核、保险期内有效监控以及积极的追偿等多种手段来确保义务人认真履约。如违约事件已不可避免，则应努力探索多元化的"代为履行"方式来承担保险责任，以保证权利人的实际需求。保险公司还必须切实加强自身信用和清偿能力建设，在承保方案中需要充分考虑对投保人的适度授信，并通过规模化经营等多种手段来降低权利人的交易成本，以便在同普通民事担保制度的竞争中保持低成本优势。

（2）根据对保证保险风险性质的特殊性和费率厘定复杂性等方面的分析，本书认为目前由各保险公司自主定价再报保监会备案的保证保险费率制度并不妥当，应借鉴美国 SFAA 的成功经验，由中国保监会牵头，尽快组建专业化的费率厘定机构，利用专业力量研究适合我国国情的保证保险定价的具体模型和计算方法，在全国范围内实现资源整合与信息共享，发布各类基本险种的指导性费率，由各保险公司根据实际情况参照执行，以尽可能确保保证保险市场费率的合理性。

（3）在保证保险承保管理及风险防范机制方面，本书提出应积极引入 GIA 协议，该协议要求义务人以及所有与其存在密切关系且愿意为其违约承担责任的其他当事人共同签名，以扩大保险人实施追偿过程中可执行财产的范围。以 GIA 协议代替民事担保机制中的严格反担保措施是保证保险机制的一大优势。现行消费信贷保证保险业务中的抵押机制可以继续存在，但也应该以 GIA 协议作为一个重要的补充手段。

（4）在保证保险理赔管理及风险防范方面，本书特别强调了追偿机制的极端重要性，认为不应将保证保险中的追偿机制等同于普通商业保险中的代为求偿机制。当前各保险公司应在条款设计中对追偿权利及其实施机制做出明确规定。针对我国当前各类信贷保证保险中通常将抵押物品的权益归于商业银行的做法，本书认为这不符合保证保险的基本原理，并建议将抵押物品的权益直接归属保险公司，以增强保险人追偿机制实施的效率。

（5）在保证保险业务纠纷案件的法律适用方面，本书认为当前最高人民法院的相关司法解释只是权宜之计，应及时纠正。此外，本书还认为最大诚信原则的适用主体应明确扩展到权利人，以减少业务纠纷。同时，根据保证保险承保风险的特殊性质，投保人违背最大诚信原则，或者因不可抗力导致投保人违约，是否导致保证保险协议的当然无效，需根据实际情况来决定。

（6）本书对我国当前急需开发的一些重要的保证保险险种进行了探索，主要包括金融机构保证保险、公务员保证保险、司法保证保险、中介机构执业保证保险、农业生产资料质量保证保险、被拆迁居民合法权益保证保险以及业主支付保证保险等。

第二章
保证保险概述

保证保险是国外成熟的市场经济中一种惯用的风险防范手段，但在我国却还较为陌生。虽然已有不少保证险种推出，但除了汽车消费信贷保证保险相对较为成熟以外，其他各险种都还处于尝试和探索阶段。为全面认识保证保险制度，本章首先阐述保证保险的基本概念、种类及其基本特点；其次，分析在我国建立和完善保证保险制度的必要性和紧迫性，以引起保险业界及相关部门对保证保险制度的重视；最后，对中外保证保险制度的发展历程做简单的回顾。

第一节　保证保险的概念、种类及
基本特点

由于起步较晚，我国理论界和实务界在对保证保险基本概念的认识上还存在很大的分歧。为明确保证保险的真正含义及其基本特点，本节主要以国际上最成熟的美国保证保险制度为例，对保证保险的含义、种类和基本特点进行分析和总结。

一　保证保险的基本概念

保证保险在我国是一种典型的"舶来品"，人们对它的概念较为陌生，甚至存在一定程度的误解。因此，笔者拟引用国外权威的英文定义原文后再进行详细的解释。"保证"在英文中是"suretyship"，Glossary Fidelity Surety（1997）对其的解释是："The definition of suretyship is the obligation to pay the debt of, or answer for, the default of another"（ Jeffrey S. Russell，2000），① 即"保证"就是替他人承担债务或者为他人的违约行为负责。

美国忠诚与保证协会（The Surety & Fidelity Association of America，简称 SFAA②）对"suretyship"的解释是："Suretyship is a very specialized line of insurance that is created whenever one party guarantees performance of an obligation by another party"，③ 即"保证"是一种非常特殊的保险，当一方通过另一方来担保其履行义务时就可以建立这种保证关系。

保证保险在美国被称为"bond"，即"保证、担保"之意。它一般包括三方当事人，即 surety（保证人）、principal（义务人）和 obligee（权利人）。其中保证人相当于普通保险中的保险人，义务人相当于投保人，而权利人则相当于被保险人。SFAA 把保证保险分为两类并分别定义，即"surety bond"和"fidelity bond"。我国学者一般将其分别翻译为"确实保证保险"和"忠诚保证保险"。根据 SFAA，"surety bond"的含义是："A surety bond is a written

① Glossary Fidelity Surety（1997），转引自 Jeffrey S. Russell，2000，"Surety Bonds for Construction Contracts"，ASCE press，p. 7。

② 即"The Surety Association of America"，简称 SAA。为全面反映 SAA 的功能，在 2006 年年会上，SAA 会员通过决议，将其更名为"The Surety & Fidelity Association of America"，简称 SFAA。

③ 载于美国 SFAA 网站：http：//www. surety. org/content. cfm? lid = 70&catid = 2。

agreement that usually provides for monetary compensation in case the principal fails to perform the acts as promised. " 即确实保证是一种书面协议，根据该协议，当义务人未能履行其承诺、给权利人造成损失时，保证人通常对权利人提供经济补偿。实际上，在许多重要的保证险种中，经济补偿往往并非主流方式，保险人通常会采取灵活多样的方式来承担保险责任，对此，笔者将在后文详述。

对于"fidelity bond"，SFAA 的解释是：

"A fidelity bond is a bond which indemnifies the insured for loss caused by the dishonest and fraudulent acts of its covered employees. In addition, a fidelity bond typically covers the insured against the following:

Forgery or Alteration;

Loss inside the premises caused by theft, disappearance and destruction, and robbery and safe burglary;

Loss outside the premises caused by the robbery of a messenger. "

即忠诚保证保险是承保雇员的不诚实和欺诈行为给雇主造成的经济损失。此外，忠诚保证保险的承保范围还通常包括由于文件等被伪造或涂改造成的损失；由于偷窃、遗失、毁坏或者抢夺和保险箱被盗等原因造成的室内损失以及因被抢劫而造成的室外损失等。忠诚保证保险最初产生于金融机构，主要针对高层管理人员和出纳人员等。如今，对一些特定岗位人员要求提供忠诚保证保险已经是美国社会普遍的、基本的要求。

由于对保证保险的认识和理解不同，我国学者从不同的经济或法律视角对保证保险做出过多种定义，这在很大程度上引起了人们对于保证保险本质的持续不断的争论（详见本书第五章的相关分析）。在众多的定义中，许谨良教授（2003）的定义与美国SFAA 最为接近，也最为业界所普遍认可。他把保证保险分为确实保证保险和忠诚保证保险两大类，并认为确实保证保险是承保合同一方没有履约给另一方造成的经济损失，忠诚保证保险是对雇主因雇员的不诚实行为，如贪污、挪用和诈骗等行为所遭受的损失提供保障。① 这里的忠诚保证保险是一个狭义的概念，即最常见的雇员忠诚保证保险，并没包括有关犯罪保险的内涵。

二　保证保险的主要种类

如上所述，保证保险一般分为确实保证保险和忠诚保证保险两大类，确实保证保险与忠诚保证保险的主要区别之一是，在确实保证保险中由被保证人（义务人）而不是权利人缴付保费（许谨良，2004）。② 其中确实保证保险又常分为合同保证保险和商业保证保险，忠诚保证保险又常分为金融机构保证保险和雇员忠诚保证保险（见图 2 – 1）。

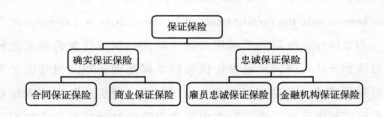

图 2 – 1　保证保险的基本种类

（一）确实保证保险

确实保证保险有许多种类，美国 SFAA 通常将其分为合同保证保险和商业保证保险。

1. 合同保证保险

所谓合同保证保险，就是保险人（即保证人，下同）对义务

---

① 许谨良：《保险学》，上海财经大学出版社，2003，第 45 页。
② 许谨良：《财产保险原理和实务》，上海财经大学出版社，2004，第 264 页。

人按照规定的要求履行合同义务的行为进行保证，确保义务人将履行所有合同义务，这是最常用的一种确实保证保险，近年来约占全球保证保险市场的 63%，主要针对公共工程和私人工程项目。[①] 在美国，合同保证保险主要包括以下几种形式。

（1）投标保证保险（bid bond）。在美国建筑工程公开招标中，通常要求投标人提供投标保证保险，以保证投标人中标后会按照竞标价格签约，并在规定的时间内提供工程项目业主需要的任何其他保证保险。如果投标人无合法理由而不签约，招标人将会选择出标价仅低于原中标者而高于其他投标者的另一个投标人，保证人的责任就是付这两者之间价格的差额，但以保证保险的保证金额为限。

（2）履约保证保险（performance bond）。这是美国保证保险的典型形式，许多其他重要的保证险种都是在履约保证基础上发展和演化而来的。按照履约保证协议，保险人向权利人（业主）保证义务人（承包商）将会按照合同要求认真履约。如果承包商未能按规定完成合同，业主可要求保险人履行保证保险协议中规定的保险责任。接到索赔要求后，保险人通常会选择适宜的方式来履行自己的职责，包括给付保证金额、为承包商提供融资帮助或寻找其他承包商继续从事未完工的工程项目等。美国政府在举办工程项目时，对超过一定金额的建筑工程合同都要求承包商提供一份履约保证保险，在私人项目中，较大的工程也较普遍地使用履约保证保险。

（3）支付保证保险（payment bond）。支付保证保险通常也被称为劳工与材料保证保险（labor and material bond）。按照支付保证协议，若承包商未按规定支付工资和材料及相关费用，则保证

---

① 引自 *Sigma* 2006 年第 6 期，第 29 页。

人有义务负责支付，但以保证金额为限。在美国绝大多数公共工程项目和私人项目中都要求承包商除了提供履约保证外还要提供支付保证保险。对于私人项目而言，支付保证保险也是业主防止遭受"技工留置权"（Mechanic's Liens）问题造成的经济损失的一种有效方法。早在1935年，联邦政府就规定，凡超过2000美元的联邦政府合同，承包商必须分别提供履约保证保险和支付保证保险，其依据是米勒法案（Miller Act）。后来，一些公共机构要求承包商不必分别提供履约保证保险和支付保证保险，而是将支付保证保险和履约保证保险合并为一份保证契约。为防止承包商缺乏足够资金支付工资和货款情况的出现，为保护雇工和供应商利益，一般要求合并后的履约保证保险的保证金额达合同价格的100%。

（4）维护保证保险（maintenance guarantees）。与支付保证保险相似，维护保证保险也常常并入履约保证保险。按照维护保证保险规定，若建筑材料有缺陷或施工不善，在一定时间内（一般为1年），承包商必须进行修复或更换原材料，因承包商拒绝履行这一义务给业主造成的任何损失由保证保险公司负责赔付，但以保证金额为限。

（5）供应保证保险（supply bond）。供应保证保险的目的是确保材料供应商按规定的时间和地点供应原材料，如锅炉和其他机器设备等。供应保证保险用于确保将来供应材料的数量、质量、价格和供应的时间等符合供应合同的要求。

（6）完工保证保险（completion bond）。完工保证保险可用于私人项目和公共项目，其目的是保护已经向工程项目提前预付款项的贷款机构（lending institution）的利益。完工保证保险使贷款机构拥有对工程项目财产的第一留置权（first lien）。理论上，完工保证保险的意义是作为贷款机构向工程项目提供抵押贷款的担保物（collateral）。保险人责任的履行不依赖于业主的义务，即使业主未按规定付款，保险人也必须承担确保工程按时完工的责任。完工保证保险比投标保证保险、履约保证保险和支付保证保险等常见险种都具有更大的风险，因此保险费率通常较高，且保险人一般不愿意承保此类项目。

（7）双重权利人保证保险（dual obligee bond）。双重权利人保证保险是指保证协议上列明的不只是一个权利人的确实保证保险。通常，权利人包括项目业主和为项目提供融资的金融机构。贷款机构为的是确保在业主违约情况下它的抵押贷款的安全性。在双重权利人保证中，贷款机构可以作为共同权利人接管工程项目。贷款机构拥有业主的全部权利，当业主不履行如给付工程款等义务造成项目无法完工时，贷款机构可以继续提供支持，以确保顺利完成项目，从而自己能获得投资收益。

2. 商业保证保险

在美国，商业保证保险也通常也称为非合同保证保险（non-contract bond），其种类有大致有以下几种。

（1）司法保证保险（judicial bond）。司法保证保险是为诉讼的一方提供保证，按照司法保证协议，当法院最终判决结果与诉讼另一方的要求权不符时该诉讼方必须履行某些规定的义务。美国司法实践中要求当事人提供司法保证保险的情况很多，典型的有：当原告扣押被告财产时要提供扣押保证保险（attachment bond），保证原告败诉后将会归还被告的财产，并赔偿被告因财产被扣押所蒙受的损失；当事人申请保释时要求提供保释保证保险（bail bond），保证被告会出庭受审；若败诉方要申请上诉，则可能需要提供上诉保证保险（appeal bond），向胜诉方保证，保证若受理上诉的法院判决最终仍对其不利，也必须服从判决，并向对方支付该法院判定的相应款项。①

（2）信托保证保险（fiduciary bond）。信托保证保险协议规定，保险人保证管理者、执行者、监护人、信托人、遗产管理人或者法院指定的财产接受人将会按照相应法律的要求忠实地履行其职责，否则将承担相应的保险责任。

（3）许可证保证保险（license and permits bond）。美国各级地方政府常常要求申请某种执照的人提供这种保证，保证持照人将遵守与其营业活动有关的法律和法规。例如，保证管道工或电工的工作符合地方建筑法令，保证司机支付通行费，保证酒店按照法律规定出售酒类，保证将按规定缴税等。

（4）公务员保证保险（public offical bond）。也称政府官员保证保险，这种保证保险由地方法律规定，作为就职的一项条件，它保证被选举出来或任命的政府官员将忠于其职责，否则保险人将赔偿由于他们未忠于职责所造成的经济损失。需要这类保证保险的通常是一些处理经济事务的官员，如税务官员、遗嘱检验官员以及财政官员等，其目的是防止这类官员利用职务之便进行侵占和挪用等不诚实行为所造成的经济损失。

（5）联邦保证保险（federal bond）。这类保证保险通常由产品制造商、批发商和规模较大的进出口商按照联邦政府机构规定投保，保险人确保这些企业缴纳税金、关税和严格遵守联邦政府指定的产品标准等。移民保证保险（immigrant bond）通常也归入联邦保证保险，根据移民保证协议，保险人保证入境者（移民）在规定日期结束时及时离境。

（6）存款保证保险（depository bond）。这类保证保险的义务人是按照联邦法律或州政府法律组织起来的银行等金融机构，保

---

① Edward C. Lunt，"Surety Rate-Making"，美国非寿险精算协会资料汇编。

证责任是银行或信托公司按约定偿还权利人存入的本金和利息等，权利人通常是一些州政府或类似公共机构。如根据 1933 年银行法建立的美国联邦存款保险公司，它向国民银行和大多数州银行提供存款保证保险。根据规定，如果被保险的银行破产，联邦存款保险公司迅速赔偿存款人的损失。这类业务一般被称为存款保险，有时也被归入信用保险之中。

（7）杂项保证保险（miscellaneous bond）。杂项保证保险是指无法归入常见保证保险类别的那些保证保险险种，虽然根据其本质特征有的也可以归入其他类别，但保险人为了承保和费率厘定目的也常把它们当做特殊的保险形式。杂项保证种类很多，如工会保证保险（union bond），它保证企业将把支付工会的会费等应得的款项从职工工资收入中扣除；遗失证书保证保险（lost-instrument bond），保险人对存款银行的保付支票（certified check）、股票证券等，由于遗失、毁坏或者被盗窃等原因而重新签发所造成的损失承担赔付责任；财务担保保证保险（financial guarantees），即保险人保证义务人将在规定时间内或某特定事件发生之时支付规定数额的资金。

（二）忠诚保证保险

美国 SFAA 把忠诚保证保险分为两大类，即金融机构保证保险（financial institutions bond）和非金融机构保证保险（non-financial institutions bond）。金融机构保证保险主要包括对商业银行、股票经纪人、保险公司或其他金融企业提供的保证保险，非金融机构保证保险指对除金融机构以外的其他商业机构和政府机构（mercantile and governmental entities）提供的保证保险，一般称为雇员忠诚保证保险。

1. 金融机构保证保险

由于金融机构行业的特殊性，金融机构发生欺诈风险的概率和损失的严重程度都较一般性机构要大得多。因此，美国有专门针对金融机构而开发的忠诚保证保险。通常采用一揽子保单形式（blanket bond），保险人对金融机构在保单规定范围内的一系列损失提供保障，包括雇员单独或伙同他人的欺诈行为造成的直接损失、伪造或涂改造成的损失；由于偷窃、遗失、毁坏或者抢夺等原因造成的室内损失，以及因传送者被抢劫等原因造成的室外损失。从技术上说，现代形式的金融机构保证保险已不属于保证保险（bond），它已逐渐演变成了保险人和被保险人之间的双方赔偿协议。根据协议，保险人按照规定的合同条件，承担对被保险人实际损失的补偿义务，而通常的保证保险是一个三方当事人的协议。在现代的金融机构保证保险中，从技术上说，雇员已经不再是合同的当事人之一，保险协议仅仅体现保险人和金融机构之间的双方协议关系（Robert F. Cushman，George L. Blick，Charles A. Meeker，1990）。①

2. 雇员忠诚保证保险

根据雇员忠诚保证保险协议，保险人对雇主因雇员的贪污、挪用、诈骗等不诚实行为所遭受的经济损失进行补偿。雇员忠诚保证保险主要有以下几个具体类别。

（1）个人保证保险（individual bond），即只对一个指名的雇员提供保证，由他提出保证申请，保险人对他进行调查后做出是否提供保证保险的决定。

（2）姓名表保证保险（name schedule bond），即扩大保证的范围，对二到四个雇员提供保证保险，在保证保险契约中列出每个被保证人（义务人）的姓名，并附上每个人的保证保险金额。

① Robert F. Cushman, George L. Blick, Charles A. Meeker, 1990, "Handing Fidelity, Surety, and Financial Risk Claims", Second Edition, John Wilky&Sons, pp. 5 – 6.

（3）职位表保证保险（position schedule bond），即不列出姓名，只列出各种职位及其人数。当一个职位上的雇员进行调动时不必通知保证保险人，只有当一个职位上的雇员人数发生变动时才需要办理批改手续。如果雇主没有通知某种职位上的人数变化，一旦发生损失，雇主要承担部分损失。

（4）总括保证保险（blanket bond），以上三种保证保险都是忠诚保证保险的早期形式，如今已较少使用，广泛使用的是总括保证保险。对某些处在特别岗位上的雇员也可以使用上述三种保证保险作为总括保证保险的补充（超额保证保险）。在总括保证保险中，一个企业的所有雇员都是被保险人（义务人），新的雇员在没有通知保险人之前就属于被保险人。这种保证可以避免因选择被保险人或职位而引起的猜疑。

需要注意的是，SFAA对保证保险的分类主要基于美国保证保险制度。实际上，其他一些发达国家也存在一些较有特色的保证保险险种，如法国和日本的住宅质量保证保险等。它是由开发商（即投保人）向保险人交付保险费，由保险人按照约定，对于因房屋主体结构或非结构工程存在缺陷，在保险有效期内发生工程质量事故给消费者（称权利人）造成损失时给予赔付的一种特殊的保险制度，对于切实保护消费者权益具有极为重要的现实意义。

（三）我国已开发的主要保证险种

国外保证保险的具体险种数量高达上千种，基本涵盖了社会经济生活的各个层面。美国保证保险主要以合同保证保险尤其是工程合同保证保险为主，占据了保证保险市场半数以上的份额。而我国保险市场上主要以各种信贷保证保险为主，不少在国外非常重要的保证险种在我国都还没有出现。尽管如此，面对强劲的市场需求，我国保险公司在承保风险难以控制、总体赔付率偏高、面临的经营风险较大的情况下，仍然不断尝试推出适应我国国情的保证保险险种。归纳起来，我国保险市场上目前的保证险种主要有以下几类。

1. 工程合同类保证保险

这是我国保险业全面恢复以来最早出现的保证险种，目前主要是中国人民财产保险股份有限公司以及天安保险（集团）股份有限公司等推出的"保证保险履约保证函"以及中国出口信用保险公司推出的投标保函、履约保函、预付款保函、质量维修保函等相关业务。由于多方面的原因，这类险种在我国还面临非常尴尬的市场局面。

2. 雇员忠诚保证保险

中国人民财产保险股份有限公司、中国太平洋保险（集团）股份有限公司、中华联合财产保险公司等都推出了相应的雇员忠诚保证保险，险种条款基本统一。按照忠诚保证保险协议，保险人对于协议规定范围内因雇员欺诈和不诚实行为给雇主造成的经济损失承担赔偿责任。

3. 消费信贷类保证保险

这是我国保险市场上业务最多的保证险种，大多数财产保险公司都开发了有关信贷方面的保证保险。如中国人民财产保险股份有限公司开发的"个人汽车消费贷款保证保险"、"个人消费贷款保证保险"以及中国太平洋保险（集团）股份有限公司开发的"分期付款购车履约保证保险"、华安财产保险股份有限公司推出的"房屋按揭贷款保证保险"等相应险种。

4. 质量保证类保证保险

这类险种主要有人保较早推出的"产品质量保证保险"以及人保在建设部住宅产业化促进中心等相关部门的积极支持下研发的"住宅质量保证保险"等险种。开展产品质量保证保险的还有中华联合财产保险公司、华安财产保险股份有限公司和中国大地财产保险股份有限公司等。而天安保险股份有限公司不但开发了产品质量保险，还推出了产品质量保证保险与产品责任险相结合的"产品质量综合保险"。

三　保证保险的基本特点

从运行机制上看，保证保险如同普通商业保险一样，都是一种风险转移手段，它们都是为经济损失提供补偿。在美国，几乎所有大的财产和责任保险公司都经营保证业务，并把它作为财产保险业务处理，美国各州的保险监管机构也对保证保险业务进行监督和管理。由于财产保险通常被分为物质财产保险、利益保险和责任保险三大类，而我国学者也常把各种保证保险归入利益保险，因此，也就把保证保险归入了财产保险类别。① 目前，人保（财险）、太平洋（财险）、平安（财险）以及中国大地保险、华安财产保险等几乎所有的财产保险公司都在经营保证保险业务，中国保险监督管理委员会也将这些业务纳入保险监管范围。况且，这些险种在命名上都被冠以"保险"之名，因此人们很容易将保证保险业务和普通商业保险的概念相混淆。实际上，保证保险业务与普通的商业保险存在很大的区别。

（一）保证保险是一种风险回避机制而非风险分摊机制

商业保险是一种风险分摊（spread of risk）机制。保险人运用大数原则，在对被保险人可能遭受的无法预料的意外事故发生的频率和损失程度进行预测的基础上确定保险费率，投保人按此标准缴费，保险人以所收取的保费为基础建立保险基金来应对被保险人可能遭受的经济损失，即将少数人遭受的损失在众多投保人中进行分摊，这是保险的一项基本职能。相对而言，保证保险则

---

① 许谨良：《财产保险原理和实务》，上海财经大学出版社，2004，第15～16页。

更是一种风险回避机制（虽然实践上保证保险也具有一定的风险
分摊作用），保险人通常将保证保险的承保看做是对义务人（投保
人）提供信用的特殊手段，特别强调对义务人承保前的资格审查
（prequalification）和选择，理论上只为其认为不会发生违约风险的
投保申请人提供相应的保证保险，把不具备履约条件的投保申请
人拒之门外。

（二）保证保险通常具有三方当事人

保证保险通常具有三方当事人，即保证人、义务人和权利人，
而普通商业保险协议中通常只有投保人和保险人双方当事人。这里，
保证人相当于普通保险中的保险人，义务人的角色相当于投保人，
而权利人则相当于被保险人。出于习惯和方便，我国理论界和实务
界在保证保险中也常使用保险人、投保人和被保险人这些概念。

（三）保证保险的直接目的是保护权利人而非投保人的利益

普通商业保险中，投保人通过缴纳保险费，将可能发生的意
外事故导致的风险损失转嫁给了保险公司，虽然这种风险损失最终
会分摊到所有投保人，但若从单个保险人的角度看，保险公司收取
了保险费，就承担了相应的全部风险。所以，保险的直接目的是保
护投保人（被保险人或者受益人）的利益；而保证保险却不同。投
保人（义务人）尽管缴纳了规定的保费，但仍然要承担其违约风险
造成的损失。因为保险人在履行了对权利人的赔付之后有权向义务
人追偿，这是保证保险的一个基本特征，也是保证保险与传统商业
保险的根本区别之一（Jeffrey S. Russel，2000）。[①] 从表面上看这似
乎"不合情理"，但这正是保证保险机制中保险人防范经营风险的
一个极其重要的手段。因此说，保证保险的直接目的并不是保护

---

① Jeffrey S. Russell, 2000, *Surety Bonds for Construction Contracts*, ASCE press,
p. 29.

投保人的利益，设立保证保险机制的直接目的仅仅是保护权利人的利益。

（四）保证保险费从性质上看是一种"服务费"

普通商业保险的费率是基于对将来预期损失的精算假设而确定的，也就是说损失的发生具有"必然性"，收取的保费绝大部分都会用于将来的损失支出。而在纯粹的保证保险形式中，因为保险人通常会通过严格的资格审查而将不具备履约条件的投保申请人拒之门外，而且通常还会通过保险期内的风险监控等多种方式来对违约风险进行防范，即使风险损失发生，保险人也通常会通过追偿手段将其代偿损失转移回投保人自身，这样，从理论上说，保险人不会承担违约风险带来的损失，保险公司收取的保费实际上就成了保险人向投保人提供信用支持和保证而收取的一种"服务费"（service fees）而已。其费率的厘定并不是建立在严格的精算基础之上的，而是更多地考虑了服务成本及合理利润等诸多因素。

第二节　保证保险的起源与发展

本节主要以美国、欧洲和日本等发达国家为例，简单介绍国外保证保险制度的起源及基本发展历程，并对我国保证保险发展历程进行简单的回顾。

一　国外保证保险制度的发展沿革[①]

如前所述，保证保险通常分为确实保证保险和忠诚保证保险，

---

① 该部分内容除特别注明外，均根据 "Surety Bonds for Construction Contracts" 整理。

虽然都同属保证保险制度，但二者在产生背景和具体发展状况等诸多方面存在很大的区别，下面分别介绍。

（一）确实保证保险的起源与发展沿革

确实保证保险的具体种类繁多，但国外的确实保证保险主要就是合同保证保险，近年来约占全球总的保证保险保费规模的63%。[①] 合同保证保险主要与工程项目有关，工程合同保证保险尤其是工程履约合同保证保险是国外保证保险的典型形式，其他各类保证保险大多是在此基础上逐步演化而来的。同时，考虑到资料收集的困难，这里将主要以美国、欧洲和日本等发达国家的工程合同保证保险为例来介绍国际上确实保证保险制度的历史沿革和发展状况。

早在公元前 1750 年，巴比伦尼亚（Babylonia）颁布的汉谟拉比法典（The Code of Hammurabi）就提到了保证合同，一份公元前 670 年的巴比伦尼亚财务保证合同至今尚存。波斯（Persia）和亚述（Assyria，西南亚底格里斯河流域的古国）也早在公元前 525 年就开始使用保证形式。公元前 509 年，罗马和迦太基（Carthage，公元 146 年被罗马帝国所灭）使用一种保证形式来担保双方的货物买卖。如同古希伯来人（Hebrews），罗马帝国不仅使用保证来担保货物的价格和公共项目建设的履行，还用于人质的交换。到公元 150 年，罗马帝国已经建立起非常完善、高度专业的保证技术规则，其中的很多原则直到现在也很少改变。

"保证"随着历史的发展而发展，在盎格鲁撒克逊人（Anglo-Saxon）聚居的英格兰，保证被当作一种司法方法，要求每个人都要有一个波儿（bohr），或保证人，保证人要对被保证人（义务人）的犯罪行为承担责任。而且，在市场上无论是销售或购买任

---

① 引自 *Sigma* 2006 年第 6 期，第 29 页。

何物品，皆需要一份协议，并有人对交易行为作证人。罗利爵士（Sir Walter Raleigh，1552～1618，英国政治家、历史学家）和莎士比亚也分别在他们的作品中提到了保证，但在整个中世纪直到近代早期，保证仍然是个人形式。可以预料，个人保证最大的问题就在于损失发生时保证人责任的履行问题。很多情况下，保证人无法拥有所宣称的财产，甚至出现保证人已经死亡或难以查找等情况，要征收其财产，即使可行也极为困难。

针对个人保证的这些问题，1720 年开始出现了建立公司提供保证的业务尝试。相比个人而言，公司往往具有更强的财务实力，存续时间更长，而且更能积累技术和管理经验。但是直到 1837 年，第一家公司保证（Corporate Bond）机构才正式成立，即伦敦担保协会（Guarantee Society of London）。公司保证很快得到社会认同，并加以广泛使用。这种保证形式一经出现就很快在建筑领域找到了根基。虽然没有 1875 年前的有关保证建筑合同履约的记载，但是 1875 年的保险百科全书实质上已宣称公司制保证保险广泛进入公共项目建筑合同担保领域。1884 年成立的美国保证公司（The American Surety Company）在 1887 年也开始大量承保工程合同项目。

意识到了"保证"的重要作用，美国国会在 1894 年通过了赫德法案（Heard Act），要求公共建筑项目投保保证保险，随后进一步颁布了相关法律，为保证保险的发展创造了更有利的条件。19 世纪与 20 世纪之交，保证保险业在大西洋两岸快速发展起来，但存在的问题也大量体现出来。尽管公司保证迅速增长，普通大众仍然对这种"现代保证"方式感到陌生和怀疑，甚至出现巨大的恐惧和担忧。个人保证常常产生很大的分歧和冲突，尽管在很大程度上更不可靠，但至少说人们对此已经较为熟悉，如果确实需要保证的话，人们通常愿意寻求个人保证。因此，公司保证的增长步履蹒跚。同时，保证公司颇高的破产率也准确地反映了公众的担忧：从 1883 年到 1898 年，25 家新成立的保证公司中有 11 家中止了保证业务或完全破产。

早期保证公司奇高的破产率使保证保险业界不得不重视经营的稳定性。1908 年，美国保证业界的领导者们创立了美国保证协会（SAA，Surety Association of America）来对这个不稳定的高风险行业进行管理，并确定了行业标准。从此 SAA 就成了一个跟踪行业发展趋势、展开政治游说、处理行业焦点问题的一个专门机构。通过 SAA 的努力，以及行业业绩的不断改善，公司保证最终在建筑领域找到了其最合适的位置。保证人逐渐得到社会认同，尤其是赫德法案颁布以后，但是随着行业的进一步发展，新的更复杂的问题再次出现。按照赫德法案，承包商需要投保一份保证保险，用以保护政府（权利人）、分包商、材料供应商以及劳工的利益等。如果材料供应商和劳工要向承包商提出索赔，则必须等到项目完工至少 6 个月以后，如果政府提出索赔，则必须等到该索赔处理完毕以后，其结果是常常经历很长的延误，有时很多年后索赔申请才会进入司法程序。在这种背景下，美国在 1935 年颁布了米勒法案（The Miller Act），这是一部更完善的管理联邦政府工程项目的立法文件，至今也仅仅有少许变化。

1935 年的米勒法案要求对于联邦资金支持的项目的承包商要同时提供履约保证和支付保证，以同时保护美国政府和提供劳务、材料的个人。履约保证担保项目能按照合同规定完成，支付保证确保雇员、供应商、分包商在承包商违约情况下能够有保证人支付其款项。联邦购置条例（FAR，Federal Acquisition Regulation）最初规定凡超过 2.5 万美元的合同项目都需要提供履约保证和支付保证，最近这一数额提高到了 10 万美元。同时，美国许多州对于公共建筑项目也采用了类似的法案，称为"子法案"。如今，几乎所有的联邦机构、州政府及其分支机构都要求承包商提供履约保证和支付保证以保证工程建设合同、供应合同以及杂项合同的顺利履行。同时，由于看到了保证保险机制的重要作用，私人领域对保证保险的要求也逐渐增加，美国保证保险界近年来一直在努力使私人领域的保证普遍化，但是私人市场的边际增长一直很低，目前大约占整个市场份额的17%。

目前，美国是世界上合同保证保险制度最成熟的国家，与其他国家和地区相比，美国合同保证的主要特点是采取高保额形式，通常要求100%的履约保证和付款保证。由于特定的法规，美国合同保证是专门由获得许可的公司来承保的，这些公司或者是专业的保证保险公司，或者是非人寿保险公司内部的专门部门。① 美国这种公司制的保证保险机制也是目前国际上专业化和制度化程度很高的一种模式，它早已不再是一种纯粹的"担保"模式，而更注重其先进的服务功能，在为投保企业积累发展经验，探索经营风险，帮助企业走向成熟和实现平稳发展方面具有非常重要的意义。

从欧洲情况来看，第二次世界大战后，意大利公共工程领域便出现需要提供保证的情形，政府也开始对有关公共工程保证进行立法。经过多年的演变改进，参照美国米勒法案，引进工程保证制度，但直到2000年4月颁发"Merloni"法案，才基本形成了较为完善的公共工程保证制度。意大利从事工程保证业务的以保险公司和专业担保机构为主，约占70%，其余的30%由银行承做；与意大利不同，德国以遵循《银行法》和《民法典》中的有关条款进行担保业务。因而，从事工程合同保证业务的主要是银行，近年来银行所占市场份额约90%，保险公司仅占10%左右的市场份额（刘新来，2006）；② 英国在政府公共工程项目中，投资超过

---

① 引自 *Sigma* 2006 年第 6 期，第 38 页。
② 刘新来：《信用担保概论与实务》，经济科学出版社，2006，第 500 页。

一定金额的项目一般也要求使用保函，在民间项目中采用 ICE（The Institution of Civil Engineers，英国土木工程师协会）合同时一般也需要提交 10% 的履约保函，保证人主要是银行，其次是专业保证公司和保险公司（邓晓梅，2003）。[①] 总的来看，欧洲式的合同保证大多采取低保额方式，是"有限责任"式的保证，而且是一种典型的惩罚式保证。也就是说，他们并不是保证合同的履行，而是保证在合同未得到履行时候支付一笔事先约定的金额。从保证的承担主体看，由于历史传统习惯，欧洲地区除意大利外多使用银行保函或信用证，以银行为主从事工程合同担保业务，保险公司连同一些专业的担保公司所做的工程保证业务近年来仅占工程保证领域约 10% 的市场份额。

从亚太地区看，除日本和韩国以外的大部分国家和地区也采取类似欧洲的合同保证模式，且主要由银行承保，但亚洲金融危机使银行业遭受很大的打击，保险公司也趁此机会努力扩展市场份额。在日本和韩国，传统上是实行替补承包商保证制度。在日本，保证人不是银行或保险公司等金融机构，而是具有施工能力的承包商企业。在韩国，则是实行一种 10% ~ 20% 的罚没性保函，承保人主要是会员制的建筑业联合基金。从 1996 年起，日本在公共投资项目中废除了替补承包商担保模式，转而采用保证金担保方式，且可用保险公司出具的保函代替，所以，以保险公司为主要承保人的保证市场得到了极大的发展。韩国从 1997 年引入美国式的保证制度。目前，日本和韩国都逐渐放弃了传统担保方式，而转向更多地借鉴美式有条件保函模式。[②]

总的来看，在工程合同保证领域，由于受美国成功经验的影

① 邓晓梅：《中国工程保证担保制度研究》，中国建筑工业出版社，2003，第 20 页。
② 邓晓梅、田芊：《国际工程担保制度特征的研究》，《清华大学学报》2003 年第 2 期，第 66 ~ 72 页。

响，欧洲和亚太地区大多数国家都在逐步向美国式保证模式靠拢，保险公司正通过采用美式高保额保证等多种形式展开与银行的竞争。可以预计，在合同保证市场上，保险公司的地位将日益突出。

（二）国外忠诚保证保险的发展情况

在自然经济条件下，雇主与雇员在多数情况下处于一个比较固定的区域，雇主对雇员本来已有了解或者信任，而且经济活动也比较简单，这样就没有由专门机构提供第三方保证的需要。但是，在这个时期也存在通过保人举荐雇工的情形，保人一般也并不承担严格意义上的法律责任，一般只承担道义和道德上的责任。

19 世纪中叶随着英国工业革命进入如火如荼的阶段，大批破产农民涌入城市寻找工作，而雇主对雇员缺乏了解和信任。媒体上有关违反诚信给公司造成令人震惊的损失的消息引发了一个新险种的出现，这样，忠诚保证在英国就应运而生了。"伦敦保证公司"是第一家向雇主出售忠诚保单的保险公司。而在美国，随着移民的涌入，新的经济领域不断开启，工业规模迅速膨胀，使传统的雇主、雇员关系破碎并逐渐消失，寻求第三方保证也就逐渐成为保障雇主权益的必要的制度安排。从 1837 年以后，许多机构都涉入了忠诚保证这个刚刚萌芽的市场，1865 年，美国第一家忠诚保险公司（The Fidelity Insurance Company）正式成立，但这家公司很快破产，其他公司却又很快进入这一市场。在欧洲，影响较大的是德国赫尔姆斯保证公司，从 1917 年开始就大量从事忠诚保证业务，承担在保险有效期内因偷窃、挪用、诈骗或其他多种故意行为等法定侵权行为造成损失的赔偿。1971 年该公司开办了计算机诈骗保证和其他保证品种，标志着忠诚保证进入了一个新的阶段（刘新来，2006）。①

---

① 刘新来：《信用担保概论与实务》，经济科学出版社，2006，第 507 页。

伴随着计算机信息技术的发展，各种隐蔽性极强、后果极其严重的高科技犯罪不断出现，西方发达国家近年来对忠诚保证尤其是各类金融机构保证的需求持续增长。在美国、欧洲以及大多数发达国家，忠诚保证都有很大的发展。仅美国而言，近年来每年忠诚保证的保费收入就大约9.3亿美元。①

总体上看，确实保证和忠诚保证在世界上大多数国家都在广泛使用，但真正拥有成熟的保证保险制度的却只有美国。根据瑞士 Sigma 的估计，2005 年以忠诚保证和合同保证为主的全球保证保险保费总计高达 79 亿美元，其中 56% 产生于美国市场。② 在美国，几乎所有大的财产与责任保险公司都有专门的保证保险业务部门，还有的保险公司专营保证保险业务。③ 在业界影响较大的主要有"St Paul Travelers Group"、"Chubb Surety"、"CNA Surety"、"Old Republic Surety Company"等保险公司或集团。其中，"St Paul Travelers Group"居市场首位，它在商业保证、合同保证以及金融机构保证等业务方面都具有显著的业绩。2005 年"St Paul Travelers Group"实现保证保险保费收入 8.85 亿美元，占美国保证保险 20% 的市场份额。④ 相对而言，除美国外的其他国家和地区的保证保险制度相对而言尚未得到充分的发育。这也正是本书主要以美国保证保险制度为借鉴来探讨我国保证保险制度的发展和完善相关问题的主要原因。

二　中国保证保险发展回顾⑤

由于特殊的历史原因，我国保险业在 1980 年后才得以逐渐

---

① 引自 SFAA 网站：http：//www. surety. org/。
② 引自 Sigma 2006 年第 6 期，第 36 页。
③ 引自 SFAA 网站：http：//www. surety. org/content. cfm？ lid = 11&catid = 2。
④ 引自 Sigma 2006 年第 6 期，第 38 页。
⑤ 除特别注明外，均根据《中国保险年鉴》（1981～1987 年）和部分调研资料整理。

恢复。我国最早的保证保险主要存在于中国人民保险公司的部分涉外业务之中。1980 年，中国人民保险公司设立了国外业务部，各地分公司相继成立了国外业务科（随着机构升格改为国际业务处），负责开发新险种、拓展新渠道、采取新措施，大力发展涉外保险业务。最初的保险品种主要是各类进出口货物运输保险以及远洋船舶保险等。改革开放之初，首先是引进外资，当时称为"三来一补"，后来发展到三资企业的建立，这就引发了一些新的保险险种的产生，当时统称为新险种，我国最早的保证保险也就是其中之一。由于是初办这项业务，加上工程合同的内容和有关法律制度尚不够完备，保险公司原则上不主动争取这类业务，只有在外国投资者、中外合资企业或国内单位要求投保，如果不予承保会影响工程合同签字等情况下方可承保，并且要求具备相应条件如项目已得到我国有关引进外资领导机关批准，工程已列入国家计划，设备、材料、施工力量和施工计划及市政配套工程已落实等，并要求提供可靠的反担保措施。事实上，这一时期保险公司开展的所谓保证保险，严格说来并非真正意义上的保险业务，其运作模式和普通担保业务并没有实质性的区别。

1989 年 2 月 16 日国务院办公厅颁发了《关于加强保险事业管理的通知》[国办发（1989）11 号]，规定除法律、法规另有规定或经国务院特批者外，涉外保险业务只能由中国人民保险公司经营，其他部门一律不得办理。这样，保证保险业务也就由中国人民保险公司独家办理。1992 年 9 月 29 日国务院办公厅公布了《关于中国太平洋保险公司和中国平安保险公司业务范围的复函》[国办函（1992）93 号]，规定中国太平洋保险公司和中国平安保险公司也可以办理三资企业的保险业务，这就为太平洋保险和平安保险在涉外业务中经营保证保险创造了条件，打破了保证保险独家经营的市场局面。1993 年 9 月 14 日，中国平安保险公司与国家

技术监督局就开展"产品质量综合保险"达成合作意向。1994 年
8 月 12 日中国人民保险公司正式推出了"产品质量保证保险"新
险种。但这一时期的保证保险业务主要还是合同保证。事实上,
在这一时期,由于保险公司经营条件过于严格,引进外资工作中
按照国际惯例需要提供第三方担保的,中国建设银行等也常以银
行保函的方式提供保障,银行逐渐成为这类业务中占主导地位的
第三方保障机制,保险公司很少有所作为。

　　1996 年 7 月 25 日中国人民银行发布了《保险管理暂行条例》,
规定保险公司可以经营的保证保险业务包括投资保险,保障与赔
款保险和雇员忠诚担保保险等。这可以看做是我国有关"保证保
险"最早的正式官方文件。随后,我国保证保险业务进一步展开。
1997 年 7 月,中国人民银行批准中国平安保险公司试办汽车分期
付款销售保证保险,中国平安保险公司首次设置了专门的"分期
付款购车保证保险合同条款",拉开了中国保险企业提供消费信贷
保证保险的序幕。继平安保险公司之后,太平洋保险公司推出了
"分期付款购车合同履约保险条款",天安保险公司推出"天安汽
车消费贷款履约保证保险条款",中保财产保险有限公司推出"个
人购置住宅抵押贷款保证保险条款"等系列险种。1999 年中国保
险监督委员会批准中国人民保险公司在全国范围内开办"机动车
辆消费贷款保证保险",正式启动了中国保险企业为消费信贷提供
保证保险的划时代新业务(冯涛,2005)。① 此后,一些保险公司
根据市场需求,逐渐推出了"工程质量保证保险"、"住宅质量保
证保险"、"学生助学贷款保证保险"以及"中小企业贷款保证保
险"等一系列保证保险险种。

---

① 冯涛:《保证保险纠纷中保险责任法律分析》,对外经贸大学法律硕士学位论
　文,2005,第 5~6 页。

目前，中国人民财产保险股份有限公司、中国平安保险（集团）股份有限公司、太平洋保险（集团）股份有限公司、中华联合财产保险公司等主要（财产）保险企业都已经开办了相应的保证保险业务。此外，我国第一家政策性的信用保险公司——中国出口信用保险公司在经营信用险的同时也尝试开办了投标保函、履约保函、质量维修保函等相关业务。2006年，全国保证保险业务总保费规模为8.4亿元，仅仅占财产险公司保费收入0.53%的份额。①

虽然保险市场上保证保险的具体险种已有数十种，但各保险公司几乎都把汽车消费信贷保证保险作为主打业务，该险种在2002年前后发展最为迅猛，由于经营不规范等诸多方面的原因，其赔付率远远超出保险公司的预计，给保险公司造成极大的损失，以至于2003年底在全国范围内被紧急叫停，成为我国保证保险经营史上的悲壮一页。2004年1月15日中国保险监督管理委员会发出《关于规范汽车消费贷款保证保险业务有关问题的通知》，要求各保险公司根据该通知要求重新规范车贷险业务。② 此后，各保险公司携修订后的车贷险产品重新登场，汽车消费信贷保证保险业务逐渐走向规范。

然而，由于风险难控、赔付率高、业务纠纷多等方面的原因，我国各保险公司对保证保险业务的经营积极性仍然不高，承保条件非常严格，除了车贷险等少数消费信贷保证保险各保险公司一般在严格核保信息基础上单独提供外，保险公司一般不愿意单独向客户提供某种保证保险，只是对其重要客户在投保其他高保额保险基础上，将保证保险作为一种"附加"性质的险种，带有一

---

① 吴定富：《中国保险业发展蓝皮书》，新华出版社，2007，第46页。
② 《关于规范汽车消费贷款保证保险业务有关问题的通知》，中国保险监督管理委员会规范性文件，2004年1月15日。

定的"赠送"和"跟从"性质。① 总体上看，保证保险在整个财产保险业务中的规模以及占 GDP 的比例都很小，而且经营状况极不稳定，在公司发展战略中也没有受到应有的重视。有关具体经营情况、存在的主要问题及发展思路等本书将随后详述。

第三节　发展我国保证保险制度的
必要性和紧迫性

市场经济中严重的信息不对称现象给经济主体之间有效的契约交易造成很大的障碍。为了保障权利人的利益，促进义务人切实履行约定义务，在市场交易中引入保证保险制度，是国外成熟的市场经济中一种惯用的手段。在经济转轨的重要时期，受长期计划经济体制等诸多因素的影响，我国市场交易行为中履约意识不强、缺乏有效的风险规避机制的弊端已在诸多领域明显体现出来，甚至引发了较为严重的社会问题。如建筑领域严重的工程质量问题、腐败寻租问题以及民工工资拖欠问题等都已从纯粹的经济问题上升到了事关社会和谐与稳定问题的高度。

近年来，在政府相关部门的积极支持下，我国一些保险公司对工程项目建设和消费信贷等领域的相关保证保险业务进行了初步的尝试，奠定了我国保证保险制度体系的基础。但由于思想观念、技术水平以及客观环境限制等诸多方面的影响，我国保证保险业务状况很不尽如人意，非但其重要的经济和社会功能尚未得到充分的体现，一些重要险种的条款设计和实务操作甚至还步入了误区。当前，市场经济建设正在快速推进，诸多领域压抑已久

---

① 信息来源于笔者对太平洋财产保险股份有限公司和中国人民财产保险股份有限公司等所做的调研。

的保证保险需求即将得到全面释放。建立完善的适合中国国情的保证保险制度，既是我国保险业自身业务增长的需要，也是我国进一步推进市场经济制度建设和深化改革开放的客观要求，而当前社会严重的信用缺失问题以及保险市场的全面开放又加剧了构建中国保证保险制度这一历史任务的紧迫性。

一　发展我国保证保险的必要性

（一）保证保险是我国保险业重要的业务增长点

保证保险是成熟的市场经济中的一种惯用手段，根据瑞士 *Sigma* 杂志的估计，2005 年全球保证保险总保费高达 79 亿美元，到 2015 年，全球保证保险保费规模预计将达到 146 亿美元。[①] 而在我国，保证保险市场还刚刚起步，2006 年人均保费仅仅 0.63 元，保险渗透率（保费收入占 GDP 的比例）仅仅 0.004%，与全球平均的保证保险业务指标还存在很大的差距。[②] 市场发育水平低意味着增长潜力大，当前，我国经济快速增长，政策保障更加明确，体制改革正在推进，对外开放也在快速深化，所有这些都给我国保险公司开展保证保险业务创造了极为有利的条件（详见本书第六章的相关论述）。相比之下，传统的产险与寿险的开发都已经达到了一定的深度和广度，而保证保险市场还刚刚起步，金融机构保证、司法保证以及公务员保证等诸多领域都还是一片空白。保证保险市场潜力巨大，只要保险公司认真做好经营风险的防范与化解工作，保证保险业务就必将成为我国保险业未来的极其重要的业务增长点。

---

① 引自 *Sigma* 2006 年第 6 期，第 43 页。

② 根据 *Sigma* 的统计，近 20 年来全球大多数国家保证保险渗透率都在 0.01% 以上，而人均保费近年来大约为 1.2 美元。

（二）构建保证保险制度是我国市场经济建设的现实需要

保证保险制度是市场经济中维护权利人正当权益、增强义务人信誉、促进有效的契约交易的重要手段，也是维护市场竞争秩序、实现资源合理配置、促进优胜劣汰机制形成和提高市场效率的重要机制，因而构建保证保险制度是我国市场经济制度建设的客观需要。

1. 切实保障权利人的正当权益

按照保证保险协议，一旦发生义务人违约行为，保险人要按照保险协议承担赔偿责任。这样，权利人因义务人违约可能造成的损失就转嫁给了保险人。比如在住宅质量保证保险中，无论开发商主观恶意拒绝履行赔偿或修复义务还是客观上失去了履约能力，甚至在保险期内已因各种原因破产注销等，权利人（消费者）都可以依照保险协议向保险人提出索赔要求。经营保证保险的保险人通常具有良好的信誉和雄厚的实力，这就使保证保险成为权利人利益最有效的保障机制。更为重要的是，保险人通常会采取诸如前期资信调查、承保期内的风险监控以及其他灵活多样的履责方式（如在工程合同保证中积极对承包商进行融资支持或对工程进行转包等）防止损失的最终发生，这样就最大限度地保护了权利人的利益。对于一些重要的履约行为，其损失后果往往并非简单的经济赔偿就能弥补，如重大工程建设项目无法按期完工造成的非直接经济损失和精神损害等。这样，保证保险机制就成为权利人保障其合法权益、规避违约损失的最可靠、最有效的方式。

2. 提升义务人信用，增强交易能力

由于信息不对称，在我国当前社会信用普遍缺失情况下，义务人的道德品质和履约能力难以得到权利人的认同，交易能力必然受到极大限制。而借助于保证保险机制，通过信誉卓著、实力雄厚的保险公司提供保证，直接解除了权利人的"后顾之忧"，有力地促进了市场交易。更为重要的是，由于保险人要对义务人信誉进行严格的调查，通常只为其认为不会违约的客户提供保证保险。在激烈的市场竞争中，能否获得保险人提供的保证保险就成为义务人是否具有良好信用和相应履约能力的重要标志。因此，保证保险机制成为义务人借以提升信用、增强交易能力的较为经济和便利的重要手段。

3. 规范市场竞争，促进优胜劣汰机制的形成

如前所述，在成熟的市场经济中，能否获得保险人提供的保证保险是义务人是否具有良好信用和相应履约能力的重要标志。一旦保证保险机制得到市场广泛认同并成为权利人选择交易对象（义务人）的普遍要求，那么保证保险机制就必将成为规范市场竞争秩序、促进优胜劣汰机制形成的重要工具。因为只有能申请到保证保险的义务人才能得到权利人的认可，进而较为便利地争取到业务，而无法获得保证保险的义务人则因无法表明其信用和履约能力而逐渐被市场淘汰。保证保险的这一功能在某些实行强制性投保的领域体现得尤为明显。如美国公共项目建设领域通常要求强制性投保，所以只有信誉卓著并具有相应履约能力的承包商方可顺利承接业务，而大多数不具备相应资格的中小承包商则被排除在外。

（三）构建保证保险制度是深化我国对外开放的必然要求

改革开放是我国一项长期的基本国策，而保证保险正是国外大公司一种惯用的风险防范机制。从这个意义上说，建立完善的保证保险制度体系，是优化我国投资环境的必要环节。建立完善的保证保险制度，让大量外资机构在中国可以得到与其在国外同样的风险服务和保障，就必然增加对外资的吸引力。事实上，我国最初的雇员忠诚保证保险正是应部分外商独资和中外合资企业为高级雇员的招聘和录用的强烈需求而开展的，但目前仍然离市场需求存在很大的差距。同时，世行和亚行等国际机构对其在中国境内的投资项目也通常按照其经营惯例要求提供相应的第三方保障，我国一些保险公司也应政策需要进行过一些尝试，但基本上还是采取了与银行保函担保类似的方式，常见的做法是要求提供高额的"保证金"，将保证保险事实上演变成了普通的担保业务，没有体现出保证保险机制的优势，这不能不说对我国引资环境造成了很大的不利影响。

同时，我们也必须注意到，改革开放是双向的开放，大量中国企业必将继续携自身优势走出国门参与竞争。这样，就需要在国内也营造一个与国际接轨的市场环境，从而使国内企业得到充分的锻炼和培养出适应这种竞争环境的人才。事实上，改革开放以来我国大量建筑企业在海外工程承包实践中，就因为缺乏相应的锻炼，不熟悉国际工程承包市场上的保证保险惯例而遭受大量的不公正索赔。因此，建立完善的保证保险制度，不仅是引进外资的需要，也是国内企业走出国门的需要。

二 建立和完善我国保证保险制度的紧迫性

（一）严重的信用缺失问题呼唤保证保险制度

处于经济转轨的重要时期，受多方面因素的影响，我国普遍存在较为严重的社会信用缺失问题。突出表现在：金融领域的骗贷逃贷行为；商品市场上假冒伪劣产品屡禁不止；建设领域的"豆腐渣"工程、招投标过程中"暗箱操作"、工程无故延期以及工资拖欠问题；工商企业和政府机构中高级雇员贪污、挪用和欺诈行为等。这些行为对权利人（银行、业主、雇主以及纳税人等）利益造成极大的损害，严重影响了正常的市场经济秩序，急需进行规范和约束。而从国外经验来看，建立完善的保证保险制度就是行之有效的方法。例如完善消费信贷保证保险制度可有效防范商业银行贷款损失；建立完善的工程保证保险制度可以保障工程履约、促进市场规范竞争、减少工程腐败、解决工程质量和工资拖欠问题。同理，建立完善的雇员忠诚保证保险和公务员保证保险机制则可有效防范企业中高级雇员和政府职能部门公务人员的贪污、挪用和欺诈行为的发生。

（二）保险市场的全面开放给中国保证保险市场带来严峻的挑战

按照"入世"协议，我国保险市场已实现全面开放，国外保险机构正陆续进入中国市场，而保证保险是国外尤其是美国财产和责任保险公司的一项传统业务。外资保险公司拥有成熟的经验和技术，这无疑将对我国保险公司开展保证保险业务产生巨大的冲击。尤其需要注意的是，一些国际上的保险巨头事实上早已开始对中国保证保险市场的调研工作，为其将来的市场战略做精密的策划。例如，尽管中国建筑市场尚未对境外承包商完全开放，但在美国工程合同保证保险领域拥有成功经验的美国丘博保险集团（Chubb）在2000年时就已经对进入中国市场做了7年的工作，掌握了大量中国市场的风险信息（邓晓梅，2003）。[①] 因此，各保险人以及保监会等相关政府部门都应积极努力，深入研究保证保险制度的基本特征，结合我国实际对现行的不尽合理的保险条款立即进行修订和完善，积极开发满足我国市场经济建设需求的各类保证保险产品，从组织、人才和技术等诸多方面加强我国保证保险制度建设，以积极的姿态迎接即将到来的激烈的保证保险市场竞争。

---

① 邓晓梅：《中国工程保证担保制度研究》，中国建筑工业出版社，2003，第64页。

第三章
保证保险制度产生的根源与
市场竞争优势分析

国外的保证保险制度是在市场经济环境中逐渐自发形成的，已成为一种传统，很少有人再去思考保证保险制度产生的根源以及保证保险制度如何被市场广泛接受并逐渐成为市场经济中惯用手段等基础理论问题，而这些基础理论问题正是目前建立和完善中国保证保险制度急需回答的现实问题。本章试图从信息不对称理论和交易成本理论等视角对这些问题进行探索。

第一节　信息不对称是保证保险
制度产生的根源

任何一种经济制度的出现都绝非偶然，它总是在特定的历史条件下产生和发展起来的。保证保险作为一种特殊的风险转移机制，市场经济制度是其产生和发展的客观基础。在市场经济中，作为理性的经济人，市场交易中任何一方当事人总会尽力维护自己的正当权益，而同样作为理性经济人另一方，一方面为了实现交易而不得不接受对方要求对其权益提供保障的要求，另一方面，在长期、大量的交易行为中，交易者也发现通过这种保障手段可以极大地提高其信誉，增强其交易能力。在对各种保障方式的不断探索中，人们逐渐发现了一种特殊的第三方保障机制，这就是保证保险。之所以能够出现这种机制，其主要根源在于市场经济中固有的信息不对称现象。

一　市场经济中的信息不对称

市场经济体制充分满足了资源配置的高效率要求，它的核心是通过价值规律来实现对市场的自发调节，但这种调节机制有个客观前提，那就是市场交易者之间的信息要对称。也就是说，只有双方对交易对象的品质都有较为准确的把握，并严格信守承诺，价格才能为调节市场供求关系发出准确的信号。否则，必然出现所谓的"市场失灵"，一个典型的表现就是市场竞争的结果未必就是优胜劣汰，甚至还可能出现"劣币驱逐良币"的不良现象。现代社会关系日益复杂，信息不对称现象除了反映在需要的有益信息难以获取外，还体现在对各种纷繁复杂的交易信息真伪难辨。

信息不对称现象在市场经济中是客观存在的。假定都是理性人，若隐瞒事实真相对某交易方有利可图的话他会毫不犹豫地隐瞒真相，这样就会产生信息不对称。拥有信息较多的一方通常会通过两种途径在与对方的交易中充分利用自己的信息优势给对方带来风险和不确定性。

一是逆向选择（adverse selection），这种信息不对称现象通常发生在契约签订之前，其典型的后果就是"劣币驱逐良币"。以信贷市场上的一个简单模型为例（张维迎，1996）。[①]

假定有连续多个投资项目，每个投资项目有两种可能的结果，成功或失败；成功时收益为 $R > 0$，失败时收益为 0。进一步，假

---

① 张维迎：《博弈论与信息经济学》，上海人民出版社，1996，第 564~565 页。

定给定贷款种类中的所有投资项目具有相同的收益均值 T，并且银行知道 T。那么，如果 $P(R)$ 是给定项目成功的概率，则 $P(R) \cdot R = T$，即成功时的收益 R 越高，成功的概率 P 越低。假定每个投资项目需要的资金都为 1，企业没有自有资金，银行是唯一的资金供给者，贷款利率为 r。如果企业得到贷款，项目得以进行，成功时企业的利润为 $[R - (1 + r)]$，失败时为 0；因此，企业的期望利润为：

$$Y = P \cdot [R - (1 + r)] + (1 - P) \cdot 0 = P \cdot [R - (1 + r)]$$

如果企业不投资，期望利润为 0。因此，存在一个临界值 $R^* = 1 + r$，当且仅当 $R \geqslant R^*$ 时，企业才会申请贷款投资。因为 $P(R) \cdot R = T$，上述结论意味着，存在一个临界成功概率 P^*，当且仅当 $P \leqslant P^*$ 时，企业才会申请贷款。P^* 定义为：

$$P^* = T/R^* = T/(1 + r)$$

假定 P 在 $[0, 1]$ 区间上密度函数为 $f(P)$，分布函数为 $F(P)$，那么所有申请贷款的项目的平均成功概率为：

$$\overline{P}(r) = \frac{\int_0^{P^*} Pf(P)\,dP}{\int_0^{P^*} f(P)\,dP} = \frac{\int_0^{P^*} Pf(P)\,dP}{F(P^*)}$$

因此，

$$\frac{\partial \overline{P}}{\partial r} = \frac{\dfrac{\partial P^*}{\partial r} P^* f(P^*) F(P^*) - \dfrac{\partial F(P*)}{\partial r} \int_0^{P^*} Pf(P)\,dP}{F^2(P^*)}$$

$$= -\frac{f(P^*)}{F^2} \frac{T}{(1 + r)^2} \left\{ P^* F(P^*) - \int_0^{P^*} Pf(P)\,dP \right\} < 0$$

从银行的角度说，为提高期望收益，总会期望较高的贷款利

率 r。然而，利率越高，申请项目的平均质量越低，违约的概率就越大。直观地讲，在有限责任制下，借款人的收益不可能小于零，他享受成功的好处，但可以不承担失败的损失。给定项目的收益，较高的利率意味着成功时较低的利润，只有那些成功时收益较高的项目才会申请贷款，但是给定相同的期望收益 T，较高的成功收益 R 意味着较低的成功概率 P。这样，银行期望高收益，结果贷款流向了高风险项目，反而给银行带来极大风险。这样，高风险的项目"驱赶"了低风险的项目，即发生了所谓"劣币驱逐良币"现象。

二是道德风险，信息不对称通常发生在契约签订之后。当一方因不能掌握足够的信息去监督另一方的行为时，则可能出现后者违背道德规范，在一味追求自身利益最大化的同时损害前者利益的现象。如缺乏诚信，违背社会公共伦理等。继续以上述信贷模型为例。

如果银行满足所有贷款人的要求，则每单位贷款的期望收益为：

$$\bar{\pi}(r) = \frac{\int_0^{P^*}(1+r)Pf(P)\,dP}{\int_0^{P^*}f(P)\,dP} = \frac{(1+r)\int_0^{P^*}Pf(P)\,dP}{F(P^*)} = (1+r)\,\bar{P}(r)$$

这样，银行的期望收益不仅取决于贷款利率，而且取决于贷款人不违约的平均概率。而贷款人还款的概率在很大程度上取决于贷款人还款的主观意愿，如果贷款人缺乏诚信意识，不愿信守还款承诺，恶意逃避应还贷款的话，显然会给银行带来极大损失。我国近年来商业银行开展的各类汽车消费信贷业务中随着新车购置价格不断下跌而出现大面积恶意逃避银行贷款的现象就是有力的证明。

二 保证保险机制对信息不对称问题的缓解

市场经济中的信息不对称现象是客观存在的，而且市场经济越是发达，这种现象就越明显。因此，理性的经济人总会努力寻找规避这种信息不对称风险的具体方法。一个最为简单的机制就是通过一定的信用工具使交易者"隐瞒真相"付出的代价大于其可能获得的收益，使其欲利用单方面信息优势谋取不当利益的动机变得无利可图，则能有效杜绝这种行为。同时，正因为这种机制的存在，使交易的一方对于自己在信息把握中的劣势不必过于顾虑，这就能进一步促进有效交易。"信息不对称"在现实社会中普遍存在，但市场并不总是失灵，其原因在于健康的市场中总有一些信用工具可以帮助完善市场信号机制，修正市场中的信息不对称状态，增加市场交易双方的信用。

通过对各种信用工具的长期探索，人们在实践中逐渐发现并广泛接受了保证保险这种特殊的第三方保障机制。在保证保险中，交易的一方（假定为债权人）对另一方（假定为债务人）能否履行合同承诺缺乏足够的信息，但他却可以充分信任保险人。而保险人之所以敢于对其提供"保证"，是基于它作为专门经营风险业务的特殊机构，在风险预测和控制方面具有独到的经验。保险人通过严格的承保审核和选择手段，将客观上不具备履约能力和主观上道德品质不佳的投保申请人拒之门外。只要保险人接受了投保要求，就表明其对债务人的履约能力具有必要的信心。因此，可以认为，保险人与债务人之间信息是对称的。同时，由于保险人通常具有雄厚的经济实力和卓著的市场信誉，对债权人来说，他与保险人之间可以说是不存在信息不对称风险。由此，保险人就成为交易双方的一种桥梁，可以克服交易双方因为信息不对称而产生的"信任"难题，使市场交易得以顺利进行（见

图 3 - 1）。

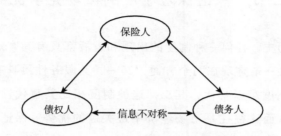

图 3 - 1　债权人与债务人通过保险人实现信息的沟通

继续以上述银行信贷模型为例，银行要获取期望的收益，不仅需要将贷款用途控制在风险较小的项目上以保证贷款人必要的还款能力，还需要严格控制贷款人主观违约的动机。这在信息严重不对称的市场经济中通常难以做到，或者说，即使通过一些特殊手段能够做到，但对银行来说也是极其不经济的。如果引入保证保险机制，保险人对于拟承保的项目和投保申请人的经济实力、道德状况等有可能引起贷款人违约的因素进行严格的考察，理论上只为其认为不会发生违约风险的客户提供保证保险。由此，只要获得了保险人的承保，则表明贷款申请人具有相应的信用和还款能力，银行就不必对自己处于"信息弱势"而过多的顾虑，更为重要的是，保证保险机制中，保险人并非仅仅扮演帮助银行"鉴定"和"筛选"贷款人的角色，他还是贷款人违约给银行造成损失的直接承担者。这样，通过保险人这座信息沟通桥梁，银行和贷款人之间的信息不对称问题得以完整的解决。所以，保证保险是一种信用工具，其最基本的经济学意义就是完善市场信号机制，修正市场中的信息不对称状态，增进市场信用，为发挥价格机制对市场的自动调节作用创造条件。

第二节　保证保险制度的市场竞争优势①

纵观历史，任何一种制度的出现和发展都具有其客观必然性，这种必然性一般体现在两个方面：其一，其服务性质具有特殊性，使得其他制度难以替代；其二，这种制度相比其替代性制度可能更为经济，而这往往是市场经济中最关键的优势。保证保险制度能够被市场广泛接受并保持竞争优势，笔者认为，其主要原因也不外乎两点：一是合同当事人更关心的是具体合同目标的实现而不仅仅是简单的货币补偿。这样，以确保履约为基本宗旨，并以多种形式的"代为履行"为理赔原则的保证保险机制就具有了可贵的优势；其二，也是最关键的原因，就是保证保险的交易成本通常比其他担保方式更为经济，能够为当事人带来交易成本的节约。

一　保证保险制度更加合理地保护了当事人的合同权益

在民事活动中，合同当事人之间的债务通常是金钱债务，对于保证合同中约定保证人代为履行非金钱债务的，如果保证人不能实际代为履行，对债权人因此而造成的损失，通常也给予经济赔偿。因此，在普通民事担保中，保证人对债权人的补偿手段通常较为单一。这对于债权人来说，虽然在一定程度上减轻了损害，但未必能满足其现实需求。因为在许多情况下，合同当事人通常更关心的是具体合同目标的实现而不仅仅是简单的货币补偿。如对于工程建设合同，业主通常更关心的是按照合同约定如

---

① 本部分的研究思路和方法主要源于邓晓梅《中国工程保证担保制度研究》（中国建筑工业出版社，2003）中对除留置以外的物的担保与保证担保进行的比较研究，但具体内容有别。

期交付使用；对于各类质量保证合同，债权人更为关心的是担保物的品质而不是出现质量缺陷后的经济赔偿；对于各类信托契约，信托人更为关心的是信托协议得到忠实履行而不仅仅是信托失败后的经济补偿等。保证保险的出现可以在很大程度上满足这一要求。

一方面，虽然经济补偿也是保险人履行赔付职责的一种具体方式，但在一些重要的险种之中，经济补偿通常并非主流赔付方式，保险人通常可以选择多种"代为履行"责任的方法。如在工程合同保证保险中，当承包商无法继续履约时，保险人可以选择积极引入新的承包商或者将未完工程重新发包并向业主支付因此而增加的合同金额等多种形式来履行其保险责任。这样一来，对于权利人（相当于普通担保中的债权人）来说，其合同目标的实现就几乎不受任何实质性的影响。

另一方面，保险人充分利用自身在风险管理领域的专业经验，通过承保前的专业而细致的资格审查，将客观上可能不具备履约能力和道德品质不佳的投保申请人拒之门外；承保后往往还可以采取监督检查、提供必要风险管理咨询等多种风险防范措施来避免违约风险的发生。如在美国工程合同保证保险实践中，保险人通常会在承包商（投保人）出现违约征兆时就迅速向承包商提供必要的融资、必要的技术和管理咨询等多种关键服务，以便承包商及时渡过难关，继续履约，避免违约事故的最终发生。更为重要的是，保险人在违约事件发生并履行了对权利人的赔付责任后还通常会就代偿损失向义务人（投保人）进行追偿，将信用风险直接转移回风险源本身，这正是保证保险机制区别于普通财产保险的最重要的特征（见图3-2）。

保证保险这种特殊的风险转移机制的主要目的之一就在于增加了对义务人的硬约束，"迫使"义务人放弃所有"投机"动机，认真履约，确保合同目标的最终实现。事实上，在美国保证保险

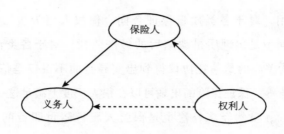

图 3 - 2　信用风险被转移回风险源本身

图片说明：

1. 箭头符号表示索赔要求的具体指向；

2. 该图仅表明义务人违约并拒绝赔偿损失的情况。事实上，权利人通常也有权直接要求义务人赔偿其损失。同时，由于义务人行为受到诸如 GIA 协议等的硬约束，所以义务人主动向权利人赔付损失的情况也并不罕见，此时风险转移机制就没有明显地体现出来。这里，对于权利人直接向义务人要求赔偿的情形用虚线表示。

经营实践中，一旦出现义务人可能无法履约的情形，往往在权利人尚未察觉或者尚未报告保险人之前，义务人就会积极与保险人进行沟通和协调，力争获取必要的理解和支持。因为一旦违约，义务人不但不会因违约事件得到任何"好处"，反而会招致无法估量的信誉损失，这在激烈的市场竞争中是所有经济主体都极不愿意看到的情形。

二　保证保险制度的交易成本通常比其他担保方式更为经济

在现代经济中，具体的合同目标大多可最终转化为货币化的经济目标。如果设定某种保障机制后，一旦违约事件发生，债权人所得到的货币赔偿足以弥补因合同目标未实现所蒙受的损失，就无需特别关注具体合同目标是否实现。这时，不同保障机制的交易成本就成为债权人最主要的选择依据，虽然物的担保也可以使债权人取得对债务人财产的间接支配权。当债权不能及时满足时，债权人可以从担保物的交换价值中优先受偿，从而使债权的实现不受债的无排他性的影响，也在一定程度上弥补了债权人对债务人财产无支配力的缺陷。但是通过提供保证，即人的担保，通常使债权人在行使债权时又多了一个索赔对象，可以扩大保障清偿能力的资产规模，这样债权的实现就有了更为可靠的客观保障。同时，相比物的担保而言，人的担保（按照我国习惯，以下称保证担保）与保证保险在形式与功能上都最为接近。因此，尽管物的担保如抵押、质押等也在某些特定情况下具有其独特的优势，但其具体的运作模式与保证保险机制存在明显的区别。鉴于本书的研究目的，这里仅仅着眼于与保证保险关系最为密切的保证担保机制交易成本的比较。

（一）保证担保的交易成本

债权人通过保证担保方式保障自身权益通常需要承担的成本主要有四个方面。首先，在保证担保中，可以充当保证人角色的市场主体很多，如我国《担保法》第七条就规定，具有代为清偿债务能力的法人、其他组织或者公民，都可以做保证人（郭明瑞，2004）。[1] 不同的保证人往往存在不同的资信，因而债权人需要对保证人的履约信用进行考察，这就必然涉及信用考察成本。其次，债务人违约失败后债权人向保证人提出索赔要求，为此常常涉及诸如司法费用等的索赔成本。再次，保证人通常要求债务人提供较为严格的反担保，这就会导致占用债务人银行信用的成本。因债务人资产被用于设定保证，导致银行信用被占用，影响债务人进一步获取流动资金的能力，也就削弱了债务人的履约能力和盈利能力，这一成本最终会转移给债权人。最后，虽然传统民法学

---

[1] 除特别说明外，本书中所有有关担保法的资料均引自郭明瑞编《担保法》（第2版），法律出版社，2004。

53

说认为保证担保是无偿行为，但实践上这一法理观念已被突破，债务人要么向保证人缴纳担保费（如向专门担保机构缴费），要么以某种特殊的方式对保证人进行"隐性"的利益输送，该项成本最终会通过计入双方交易成本直接或以削弱债务人履约能力等方式间接转移给债权人。债权人可能承担的交易成本用公式表示：

$$C_1 = Q_1 + r_1 \times D_1 + B_1 + P_1 \qquad (3-1)$$

其中：

C_1 为债权人通过保证担保方式保障自身权利需承担的交易成本；

Q_1 为信用考察成本，即债权人考察保证人履约信用的成本；

r_1 为债务人履约失败的发生概率；

D_1 为索赔成本，即债务人履约失败后，债权人为实现债权而支付的成本；

B_1 为占用银行信用的成本；

P_1 为保证担保费用支出。

（二）保证保险的交易成本

债权人（保证保险中通常称权利人，下同）通过保证保险机制保障自身权益而需承担的交易成本通常也包括四项。首先，权利人需要考察保险人的履约信用，这就会产生信用考察成本。法律一般都规定经营商业保险业务的必须是依法设立的保险公司，禁止其他机构和个人经营商业保险业务。从国外实践来看，经营保证保险的保险公司通常还需要申请专门的执照，并接受相应的监督和管理，对经营主体的资格条件要求极高。由此，经营保证保险业务的商业化的保险公司总体上讲都具有良好的资信。尽管如此，实践上保险公司因各种原因失去偿付能力而无法履行保险承诺的事件也并非罕见，因而权利人仍然在一定程度上需要考察保险人的信用问题，这就涉及信用考察成本。其次，在义务人违约风险发生后权利人要实现其债权也可能会涉及诸如诉讼费用等的成本支出，这就可能产生索赔成本。再次，在部分保证保险中，保险人也要求义务人提供附属抵押物，进而占用义务人的银行信用，此成本最终转移给权利人。最后，义务人（投保人）必须缴纳保险费，这项成本最终转嫁给权利人。因此，权利人可能承担的交易成本可以用公式表示如下：

$$C_2 = Q_2 + r_2 \times D_2 + B_2 + P_2 \qquad\qquad (3-2)$$

其中：

C_2 为权利人通过保证保险保障自身权利而需承担的交易成本；

Q_2 为权利人考察保险人履约信用的成本，即对保险人的选择成本；

r_2 为义务人违约概率；

D_2 为义务人违约后权利人为实现债权而支付的成本；

B_2 为占用银行信用的成本；

P_2 为保险人向投保人（义务人）收取的保险费。

（三）保证保险与保证担保机制的交易成本比较

保证担保与保证保险的交易成本都可以归结为四项，即信用考察成本、占用银行信用的成本、平均索赔成本和费用成本，下面结合现实经济背景对上述各项分别进行讨论。

1. 信用考察成本（Q_1、Q_2）

首先来看债权人考察保证人履约信用的成本，即 Q_1。由于在保证担保关系中，保证人是否履约，取决于其信用道德和履约能力，为此，债权人信用考察成本 Q_1 通常难以避免，主要原因在于作为人的担保，保证担保同样具有债的特征：其一，债权无排他性，也就是说，在同一项资产上可以存在多个并列的债权而无论个债成立的先后、种类是否不同。一旦债务人的责任财产在经济活动中出现减少的状况，则可能会立刻使原先足以清偿的债权变得不能清偿或者不足以清偿。其二，债权的非支配性也会影响债权人权利的实现。债权为请求权，债权人为实现其权利，只能通过请求他人行为的方式。而如此一来，在请求权得以实现的过程中，就会使债务人有机会处置财产而套取资金。对于债权人来说，保证人对他来说只不过是另外一个债务人罢了。其债权同样具有无排他性和非支配性。保证责任的承担如同其所担保的债权一样，充满了不确定性。由于保证人的财产数量同样是有限的，这些财产也是保证人的其他债权人实现债权的保证，也即保证债权与其他债权处于平等地位。当保证人财力不足时，其所担保的债权同样存在不能实现的风险。在保证担保中，担保债权是请求权、对人权，其实现只能依赖保证人的履行行为。如果保证人不履行该行为甚至转移财产以逃避担保债务，自然会增加保证债权实现的难度。如此，仍然使保证债权的清偿充斥了不确定性（陈百灵，2005）。[①]

使 Q_1 得到有效控制的基本条件之一是债权人与保证人之间存在着长期的、密切的关系。这种情况在市场经济中显然只会出现在极为偶然的情况下，这也正是实践中大量企业觅保难的根本原因之一。尽管从理论上说可以做保证人的经济主体很多，但法律总会对保证人资格作诸多的限制，使与债权人存在长期的、密切的关系的当事人可能失去了做保证人的资格。如《中华人民共和国担保法》第八条规定："国家机关不得为保证人"；第九条规定："以公益为目的的事业单位、社会团体不得为保证人"；第十条规

---

① 陈百灵：《保证保险合同研究》，对外经贸大学博士学位论文，2005，第 11 ~ 12 页。

定："企业法人的分支机构、职能部门不得为保证人"；第十一条规定："任何单位和个人不得强令银行等金融机构或者企业为他人提供保证；银行等金融机构或者企业对强令其为他人提供保证的行为，有权拒绝。"对于某些债权人来讲，也许保证人的寻觅并非难事，保证人的资信也有保障。但是在这种情况下，法律又出于其他目的而对这类保证行为进行限制。比如在母子公司之间，尤其是在上市公司与其股东公司之间。《公司法》和最高人民法院关于《担保法》的司法解释分别规定：董事、经理不得以公司资产为本公司的股东或者其他个人债务提供担保。董事、经理违反《中华人民共和国公司法》第六十条的规定，以公司资产为本公司的股东或者其他个人债务提供担保的，担保合同无效。除债权人知道或者应当知道的外，债务人、担保人应当对债权人的损失承担连带赔偿责任。目前，实践中大量存在着关联企业之间互为保证担保的现象，使保证人的资信状况并未发生实质性的提升，因为信用风险依然留存在内部企业中，一旦关联企业的财务状况出现问题，保证人自身有可能和被保证人同时失去偿还能力，这对交易对方不仅极不公平，而且还很容易留下诉讼类风险等诸多隐患，不符合市场经济的客观要求。因此，对于绝大多数情况来说，Q_1 通常难以得到有效控制。

使 Q_1 得到有效控制的基本条件之二是保证人具有非常卓著的信誉和毋庸置疑的清偿能力。这一条件在普通的民事担保中很难做到（对于商业银行等可能满足这一条件的情况本书随后论述），但却为市场化运作的经营保证保险业务的保险公司指出了方向。

再看权利人考察保险人履约信用的成本，即对保险人的选择成本 Q_2。对于该项成本，因为保险公司通常来说具有较高的信用和雄厚的经济实力。在保证保险最为发达的美国，保险公司开展保证保险业务需要获得特别的授权，对偿付能力的监管也通常较为严格。这样，权利人的任何正常索赔要求通常都具有较大的保障，所以实践中几乎没有权利人指定义务人必须向哪些保险公司投保的现象，也就是说，权利人对保险人的选择成本 Q_2 几乎为零。从国内来看，目前国家对于保险公司规定有严格的市场准入制度。依据《保险法》第七十三条："设立保险公司，其注册资本的最低限额为人民币 2 亿元。保险公司注册资本最低限额必须为实缴货币资本。保险监督管理机构根据保险公司业务范围、经营规模，可以调整其注册资本的最低限额。但是，不得低于第一款规定的限额即人民币 2 亿元。"同时，根据 2004 年 6 月 15 日起施行的由保监会颁布的《保险公司管理规定》第十四条："保险公司以最低资本金额设立的，在其住所地以外的每一省、自治区、直辖市首次申请设立分公司，应当增加不少于人民币 2000 万元的注册资本。"如此之高的准入门槛把大量没有长期规划和雄厚资金实力的资本有效地拒绝在市场之外，因此能够进入保险市场的就必然是有实力的资本，其履约能力比普通民事保证担保中的保证人通常要强大得多。况且，尽管我国目前保险公司的信誉状况尚有待改善，但不可否认，保险公司总体信誉度相比普通保证担保人而言仍然具有很大的优势，而这一优势随着保险业信誉建设的逐步推进将会越发明显。因此，通过保证保险机制，权利人债权的安全性通常具有更大的保障，权利人对保险人的信用考察成本 Q_2 几乎可以忽略。

综上所述，在市场化运作中，Q_2 通常能得到有效控制，而 Q_1 通常难以得到有效控制，因而一般有：

$$Q_2 - Q_1 < 0 \qquad\qquad (3-3)$$

2. 占用银行信用的成本（B_1、B_2）

按照民法原则，保证担保是单务无偿行为。尽管在实践上大量保证担保都存在缴纳担保费用或者某种特殊的利益输送现象，但是这种利益与其可能要承担的责任相比往往要小得多，而且这种利益的最终实现还存在很大的不确定性，取决于基础合同关系是否能够最终实现。因此，在保证担保中，保证人的利益与风险往往是明显不匹配。为防范风险，法律一般都规定保证人有权要求设置反担保条件，如《中华人民共和国担保法》第二条规定："第三人为债务人向债权人提供担保时，可以要求债务人提供反担保。"

当然，实践中也可能出现个别放弃反担保或者实质上放弃反担保的行为，如为了债务人与债权人合同关系的顺利缔结，债务人与保证人合谋设定实际无效的反担保措施等。但这种行为只能出现在债务人与保证人存在某种特殊的密切关系中，保证担保关系的缔结在很大程度上是基于"友谊"。对此，英国保险法学者就认为，保险与保证两者动机不同，前者在于利润，后者在于友谊（Nicholas Legh-Jones，1997）。[1] 市场经济中的保证人都是理性的经济人，追求利润才是其根本目的，因此基于"友谊"的这种保证担保关系在实践中受到极大限制，只可能出现在极个别情况下，也不符合市场经济的根本要求。普遍看来，保证人通常都要求设置反担保，且大多都是较为严格的反担保措施。因为控制相应的担保物品比其他任何追偿手段都更直接而有效。根据"最高人民法院关于适用《中华人民共和国担保法》若干问题的解释"，反担保人可以是债务人，也可以是债务人之外的其他人。反担保方式可以是债务人提供的抵押或者质押，也可以是其他人提供的保证、抵押或者质押。但这里要注意的是，如果由第三方提供反担保，则对债务人来说相当于对同一合同义务寻求了两个担保人，无疑

---

① Nicholas Legh-Jones, Andrew Longmore, John Birds, David Owen, MacGillivray, 1997, *on Insurance Law*, Sweet and Maxwell, 9th Edition, London, p. 876.

会增加额外成本支出，况且这种情况下，保证人要实现追偿常常会陷入复杂的"三角官司"，追偿难度增大，保证人最终会把该项成本转移给债务人。因此，实践中通常都是债务人自身提供抵押或质押物，从而占用其自身大量的银行信用 B_1。

与普通的民事保证担保不同，保证保险人一般不要求提供附属担保品等类似反担保的信用工具。因为保险人拥有专业的风险管理经验，通过严格、细致而专业的承保调查和审核，通常只接受其认为不会发生违约风险的投保申请，在确信投保人（义务人）相应的道德品质和履约能力基础上，往往还要求签署 GIA 协议以方便履行代偿义务后向投保人追偿。只要这些控制措施有效，保险人通常不要求提供附属担保品。保险人放弃提供担保物品的要求当然还有更重要的理由，那就是通过向投保人授信而尽量不占用其资金，从而增强投保人自己运用流动资金成功履约的能力，避免违约事件的最终发生。因此，绝大多数情况下，$B_2 = 0$。

当然，对于某些特殊险种，保险人也常常要求投保人（义务人）提供相应的担保物品，作为其弥补将来可能发生的代偿损失的重要手段。这类保证常见的是财务担保类保证（financial guarantees）、上诉保证（appeal bonds）、财产扣押保证（writ-of-attachment）以及减税保证（tax-abatement）等。从实践上看，尽管保险人做了周到细致的安全防范，但事实上代偿损失难以避免，且追偿难度较大。对保险人而言，控制相应的担保物品是其实现成功追偿的最有效手段，这时有：$B_2 \neq 0$。尽管如此，只要保险人控制手段有效，B_2 最多等同于 B_1，只要保险人向投保人适度授信，则有：$B_2 < B_1$。从实践上看，除了极个别特殊险种以外，向投保人适度授信是保证保险界的惯例，因此可以认为：

$$B_2 - B_1 \leqslant 0 \qquad (3-4)$$

3. 平均索赔成本

保证担保中，债权人的平均索赔成本是违约事件发生的概率与相应索赔成本的乘积，即 $r_1 \times D_1$；类似地，在保证保险中，权利人的平均索赔成本是 $r_2 \times D_2$。

首先分析 r_1，它受两方面因素的影响，即主观因素和客观因素。债务人违约的一个重要原因可能是主观上没有认真履约。作为理性人，如果债务人可以很方便地逃避债务而不受惩罚，则很难指望其履约的自律得到加强。物的担保通过对债务人资产的抵押或质押，可以有效地将信用风险直接转移回债务人本身，从而增强债务人的自律。尽管如此，物的担保本身具有很大的缺陷，鉴于本书的研究目的，这里不做详述。在保证担保中，信用风险转移回债务人需通过保证人，这种风险转移是否有效对于控制债务人主观上肆意违约所带来的风险至关重要。保证人有效转移信用风险主要有两条途径：一是通过设定严格的反担保措施，在保证人与债务人之间建立起物的担保关系；二是通过与债务人之间建立特殊的长期的信用关系，使债务人逃避对保证人的"债务"代价极高。实际上，保证担保界著名学者邓晓梅（2003）已经证明，保证担保这种信用工具不能以100%严格反担保措施作为保证人风险规避的手段，否则不能为市场所接受。[1] 此外，在普通民事保证中，保证人与债务人之间特殊的长期信用关系可能存在，但这毕竟只可能发生在一些偶然性的情况之中，对于绝大多数情况这种关系难以存在。更为重要的是债务人违约除了主观故意以外还可能是客观上失去了必要的履约能力。对于这一点，如果保证人在承保前对债务人履约能力进行了深入的考察，也可以排除一

---

[1]　邓晓梅：《中国工程保证担保制度研究》，中国建筑工业出版社，2003，第20～21页。

部分因债务人高估自己的履约能力而造成的违约，客观上降低债务人履约失败的发生概率，但普通民事保证的保证人毕竟不是专业化承保机构，这种调查能力客观上受到很大限制。再者，调查结论也只反映某一时点的履约能力，而债务人履约能力可能因为各种偶发事件而受到很大影响，比如经济环境、各种意外事故等都可能削弱债务人履约能力。对此，普通民事担保人很难做出较为准确的预测。因此对于 r_1，通常存在众多难以控制的因素。

再看 r_2，对于专业化承保的保险公司来说，无论是在控制违约事故发生的主观因素还是客观因素方面，都具有可贵的优势。保险人作为风险管理的专门机构，拥有各类高素质专业人才，承保调查经验丰富，在丰富经验积累基础上设定科学的承保条件，通常能将不诚实的和不具备相应履约能力的投保申请人拒之门外。并且，保险人通常要求投保申请人签署 GIA 协议（针对极少数特殊险种，还要求提供一定的抵押担保物品），将投保人违约产生的经济后果严格转移给投保人自身，"迫使"投保人严格自律，认真履约。更为重要的是，保险人作为专门处理风险事故的专业机构，除了承保过程以外，在保险期间对承保项目的风险监控和处置方面也比普通民事保证人更具优势，实际上这正是保险业的特殊社会功能之一，即防灾防损。以保证保险的典型形式工程合同履约保证保险来看，保险人通常会对承保的合同项目进行必要的监督和检查，一旦发现风险隐患有权立即要求承包商进行整改，并且往往在义务人违约事故实际发生前，就会通过及时提供融资或管理咨询服务等多种手段对义务人进行支持，避免违约事故的最终出现。因此，从理论上说，保证保险中违约事故不会发生，即 $r_2 = 0$。虽然事实上损失不可完全避免，但只要保险人的承保审核、风险监控以及追偿机制设置等有效，那么引起投保人违约的主观因素和客观因素都可以得到有效控制，通常情况下有：$r_2 < r_1$。

D_1 和 D_2 分别是保证担保和保证保险的索赔成本。它们分别取决于普通民事保证人和保证保险人的资信情况，包括其清偿能力。对于普通民事保证来说，正是出于对债务人履行合约能力的不信任或有所怀疑，所以才需要保证人的出现。可是，对于债权人来说，这个新的债务人也往往同样存在资信的问题。事实上，我国《担保法》第七条规定："具有代为清偿债务能力的法人、其他组织或者公民，可以做保证人。"符合法律要求的保证人范围广泛，但"具有代为清偿债务能力"的规定并不能解决保证人的资信问题：一是某一时点的清偿能力并不保证后续的资质变动问题；二是有担保能力未必会信守承诺。即使保证人的财力足以承担责任，但其如果坚持对保证偿债义务不作为，此时债权人也无可奈何，如果诉诸法院，则势必增加诉讼成本，即使胜诉，还要解决执行问题等。所以总的来说，债权人的风险依然很大，D_1 通常难以得到有效控制。

而对于保证保险来说，一旦发生保险协议规定范围内的风险事故，保险人通常会积极、主动地承担责任，这是保险理赔的基本原则之一。只要权利人的赔付要求合理，保险人通常不愿卷入不必要的法律诉讼，一方面法律对保险人的这一义务具有强制性规定，任何企图逃避责任的行为都徒劳无益；另一方面还会使其长期声誉受到严重的负面影响。因此，保险人一般不具有主观上故意逃避责任的可能性，对于我国当前部分保险公司尤其是基层保险机构偶尔发生的这类事件，笔者认为并不具有代表性，在成熟的市场经济中，保险人主观上恶意逃避保险责任的几率几乎为零。另外，从客观上讲，保险人相比普通民事担保人来说，行业准入条件高，资本实力雄厚，并且通常还要接受监管部门较为严格的风险约束，如我国保险法第九十四条规定，"保险公司应当根据保障被保险人利益、保证偿付能力的原则，提取各项责任准备金";第九十五条到九十七条分别规定,"保险公司应根据规定提取未决赔款准备金";"保险公司应当依照有关法律、行政法规及国家财务会计制度的规定提取公积金";"保险公司应当按照保险监督管理机构的规定提存保险保障基金,并保险保障基金应当集中管理,统筹使用"。第九十八条规定,"保险公司应当具有与其业务规模相适应的最低偿付能力"。这样一来,保险公司的清偿能力就基本上可以得到保证。所以,通常条件下 $D_2 < D_1$,由于 $r_2 < r_1$,所以通常有:

$$r_2 \times D_2 - r_1 \times D_1 < 0 \qquad\qquad (3-5)$$

4. 费用成本（P_1、P_2）

P_1 和 P_2 分别为保证担保的担保费用支出和保证保险的保险费。首先分析 P_1。

按照传统民法学说,保证合同为单务无偿合同,因此从理论上说,$P_1 = 0$,但这种情况在实践中非常罕见。因为保证人在保证合同中没有享受任何权利,却承担着等同于主债务人的义务,这与市场交易者的本性是相背离的。合同双方在利益上失去平衡,将保证人置于极为不利的法律地位,可以说,保证合同本身的无偿性,是实践中债务人"觅保难"的真正法律根源。真正"免费"的保证只可能出现在债务人与保证人存在长期的、密切的关系这种极其偶然的情况下。这就决定了担保机制必然因为其行为承载的主体有限而发挥的空间也非常有限。如目前我国大量存在的关联企业内部的保证,由关联企业相互保证。正如前文所述,这样的安排使交易中的信用风险依然留存在内部企业中,可能没有真正起到增加安全性的作用,一旦关联企业的财务状况出现问题,保证人自身有可能和被保证人同时失去偿还能力,这对于交易对方并不公平,不符合市场经济要求。

因此，在成熟的市场经济中，P_1 不可能为零。实践中的保证担保合同基本上都是"隐性"的有偿委托合同，即保证人和主债务人之间的委托保证关系表面上是无偿的，债务人在委托保证人为其担保时并不直接给保证人以报酬。但在实质上保证人接受委托却是以主债务人的某种特殊利益输送为前提的。这种方法对保证人有一定的诱惑力，但是需要注意的是，保证人所承担的保证责任所涉金额往往远远高于其所获得的报酬，况且这点报酬的实现仍然取决于另外一个法律关系能否顺利实现。保证的承担者是一般的自然人和法人，作为理性的经济体，追求利益才是根本目的。普通民事担保中的保证人一般不是专业的风险经营机构，为了规避自身风险，必然要求较高的甚至很苛刻的利益条件作为交换，对于普通民事担保，这种报酬也没有统一的制度或标准加以约束，在与保证人的博弈中，债务人作为弱势方通常只有接受较高的代价，因而实践中除极个别偶然情形外，P_1 普遍较高而且较为混乱。

近年来在国家有关部门积极支持下出现一批专业化担保机构，如中国经济技术投资担保公司和长安保证担保公司等，实行较为规范的有偿担保，这在实践上是对传统民法学说缺陷的有效突破。至于专业性担保机构与保险公司的竞争优势等笔者将在随后详细论述。这里笔者所要探讨的仅仅是保证保险与普通民事保证在具体收费方面的比较问题。值得注意的是，这些专业担保机构的担保费率经验正是给保险人厘定费率提供了有益借鉴。事实上，保险公司作为经营风险的专门机构，长期的经营实践中利用保险优势，积累大量风险资料，拥有大批专业化的人才和丰富的费率厘定经验，在美国还有 SFAA 等专门机构发布指导性费率手册，因此，总体上讲，费率比较合理。为便于具体分析，将保证保险费进一步分解为：

$$P_2 = Q_3 + r_2 \times D_3 + r_2 \times L + F \qquad (3-6)$$

其中：

Q_3 为承保成本，相当于保险人考察义务人信用和履约能力的信用考察成本；

D_3 为追偿成本，即保险人在代偿后向义务人进行追偿而支付的成本；

L 为损失成本，即保险人代偿损失中扣除成功追偿的部分后的余额；

F 为保险人经营管理费用（含行政管理费和服务成本等）和合理利润。

对于承保成本 Q_3，如果保险人对同一类业务大量承保或对同一投保人多次承保，单笔承保的信用考察成本就会降低，如美国工程合同保证保险中承保人员对"老客户"的承保审核往往只是重点关注其投保项目的异常情况，如项目合同金额是否明显增加、项目区域是否出现明显改变以及项目类型是否与以往经验项目存在明显差别等，这样就大大降低了承保成本（Jeffrey S. Russell, 2000）。[①] 同时，保险人在长期承保实践中积累了丰富的经验也可以有效降低信用考察成本。在激烈的市场竞争中承保成本优势是保险公司保持市场竞争力的一个关键因素。笔者认为，这也正是美国保证保险市场上总是少数几家公司垄断市场的重要原因之一。目前，在美国大约有100家公司承保保证险，但其中五家老牌保险公司就占了近一半的市场份额，仅仅圣保罗旅行者集团在2005年的保费收入就达8.85亿美元，占20%的市场份额。[②]

---

① Jeffrey, S., Russell, 2000, *Surety Bonds for Construction Contracts*, ASCE Press, p. 38.

② 引自 *Sigma* 2006 年第 6 期，第 38 页。

对于 D_3，保险人承保前的严格审查并通过签署 GIA 协议和设置一定的附属担保条件等都可以极大地降低追偿成本。同时，只要追偿手段是有效的，那么 L 就可以大幅度降低。

实际上，只要保险人在资格审核、风险监控和追偿手段等方面的设置是有效的，违约事故的发生率就几乎为零。因此，从理论上说，$r_2 \times D_3 + r_2 \times L \to 0$，因此：

$$P_2 = Q_3 + F \tag{3-7}$$

对于 F，只要保险市场保持充分的竞争，并且使保险机构实现规模化经营，就可以得到有效控制。

因此，只要保证保险市场满足以上条件，则 P_2 可以得到有效控制，并使得：

$$P_2 - P_1 < 0 \tag{3-8}$$

综合上述（3-3）、（3-4）、（3-5）、（3-8）式，有：

$$C_2 - C_1 = (Q_2 - Q_1) + (r_2 \times D_2 - r_1 \times D_1) + (B_2 - B_1) + (P_2 - P_1) < 0$$

上式表明，在满足成熟市场经济中保证保险经营的合理条件下，保证保险的交易成本通常低于保证担保。事实上，保证保险交易成本：

$$\begin{aligned}
C_2 &= Q_2 + r_2 \times D_2 + B_2 + P_2 \\
&= Q_2 + r_2 \times D_2 + B_2 + Q_3 + r_2 \times D_3 + r_2 \times L + F \\
&= Q_2 + Q_3 + r_2 \times (D_2 + D_3 + L) + B_2 + F
\end{aligned}$$

在保险人信誉卓著情况下 $Q_2 \to 0$；在保险人承保审核、风险监控和追偿手段等风险防范措施有效情况下通常 $r_2 \to 0$；保证保险人通常通过严格的承保审核和要求签署 GIA 协议等形式来防范风险，通过向投保人授信而尽量不占用其资金来增强投保人履约能力，通常也有：$B_2 = 0$。由此：

$$C_2 = Q_3 + F$$

因此，从理论上讲，权利人通过保证保险机制来保障自身利益需承担的交易成本仅仅是保险人的承保成本加上正常管理费用及合理利润。在保险市场充分竞争、保险人实现规模化经营并且保险公司承保经验丰富等条件下这些成本可以得到有效的控制，这也正是美国保证保险业在持续低费率情况下仍然保持较大盈利能力的一个重要原因。

三 中国保证保险制度被市场广泛接受的基本条件

从上述分析中可以发现，保证保险制度并非"天生"就优于保证担保制度。保证保险制度要保持竞争优势，必须满足一系列基本的条件。如果这些条件不能满足，则有可能导致完全相反的结果。在欧洲大多数国家和地区，商业银行和担保公司在市场规模上占据明显优势，而在美国，保险公司却几乎主宰了整个"第三方"保证市场。究其原因，笔者认为，这主要是由于受历史传统影响和受特定制度框架的约束，"欧洲式"保证保险与"美国式"保证保险制度模式存在明显区别，保证保险制度发挥竞争优势的一些基本条件在欧洲地区未能得到满足。当前，保证保险制度发挥竞争优势的许多条件离我国现实还存在很大的距离，要使保证保险制度被市场广泛接受并逐渐成为我国市场经济中的惯用手段，还必须努力做好以下几个方面的工作。

（一）探索多元化的赔偿方式，并加强承保选择和保险期内的风险管控

由于我国目前占主导地位的保证保险是汽车和住宅等消费信贷保证，因此保险人履行赔付责任的方式通常是代为还款，形式

单一。但是在其他一些保证保险中，如建筑工程合同履约保证和住宅质量保证、工程质量保证等险种，保险人都可以适度探索非经济赔偿的履约方式，如对承包商及时进行融资支持和管理咨询、对出现质量缺陷的项目负责修复等。

保证保险的基本宗旨是巩固承诺，确保履约，保险公司必须着眼于确保具体合同目标的实现而不仅仅是事后的补偿。因此，保险人应加强承保审核，严格把关，并切实做好保险期内的风险管理和咨询服务，以防患于未然。虽然这也会产生一定的成本支出，但对于义务人履约失败所产生的严重后果来说，通常是微不足道的。对保险标的的监督和检查本是保险公司的一项重要权利，如我国《保险法》第三十六条就规定："保险人可以对保险标的的安全状况进行检查，及时向投保人、被保险人提出消除不安全因素和隐患的书面建议。"同时，对投保人进行适当的风险管理服务不仅是保险人自身降低经营风险的客观需要，也是保险业"防灾防损"的重要责任，理应受到保险人高度重视。但实践中我国大多数保险公司尤其是基层分公司重保费、轻管理的粗放型经营模式并未得到实质性改变，对保险标的的风险监控和防范措施往往不能落到实处，对此，必须认真纠正。

（二）加强信用建设，保证清偿能力

在市场经济中，信誉是保险公司的生存之本。从交易成本角度看，保险人信誉卓著，那么权利人对保险人的信用考察成本就低。事实上，对于一些实力雄厚、信誉卓著的保险人来说，权利人的信用考察成本几乎为零。同时，如果保险人严格守信，在发生约定范围内的保险事故后及时受理权利人的索赔要求并迅速承担赔付责任，那么对于权利人来说，发生违约风险后的索赔成本也就几乎为零。这样，保证保险机制相比其他担保方式就具备了可贵的成本优势。

然而，由于多方面的原因，我国保险公司长期以来经营不规范，严重影响了保险公司的社会形象。近年来，尽管各保险公司及政府相关部门都把信用建设提到了重要的战略高度并逐步实施，但是总体上讲，我国保险业的信用建设还没有到位，保险业整体信用状况还没有得到明显改善，这一情况在各基层保险公司尤为突出。特殊的历史国情注定了我国保险业信用建设将是个长期的、系统化的工程，需要长期不懈的努力。

此外，保持充足的清偿能力是保险公司履行其信用承诺的物质基础。因此，对于当前部分保险公司盲目扩张的现象应坚决进行纠正。各保险公司也应严格按照监管要求，主动建立起严格资本约束下的发展模式，以保证足够的清偿能力，增强社会信誉。

（三）保险人应充分考虑对投保人（义务人）的适度授信

普通民事担保中，保证人一般缺乏专业的风险监控和化解能力，为规避自身风险，担保人通常要求设置反担保，实践中常见的就是要求提供抵押，该条件通常较为严格。这在很大程度上占用了债务人大量的银行信用，客观上限制了债务人自主履约的能力。一般说来，保险人作为专门经营风险业务的特殊机构，拥有专业的风险管理技术和能力，因而可以减少甚至放弃类似民事保证中的反担保要求。对投保人适度授信，投保人可免于向保险人或债权人提供其他物的担保，避免了因资产被抵押或质押而占用自己的银行信用额度，从而增强了自己运用流动资金成功履约的能力，这显然更符合义务人的利益，同时也是保险人和权利人共同期待的理想结果。

从我国目前保证保险实践来看，保险人通常也要求提供抵押。笔者认为，这不符合保证保险基本原理，无法发挥其"授信"优势。比如，一些保险公司在承保工程合同履约保证保险中，也常要求承包商在指定账户存入一定的甚至完全等同于保险金额的

"保证金"，这实际上和银行作为民事保证人以"银行保函"工具担保履约并没有实质性区别，无法体现保险优势。因此，保险人应该借鉴发达国家经验，加强承保质量控制等多种手段防范义务人违约的客观风险，并落实全面补偿协议和适当的追偿手段等来规避义务人违约的主观风险，在此基础上通过对义务人的授信，放弃或减少担保品要求，以增强义务人自主履约的能力，使保险人、义务人和权利人三方共赢。当然，对于一些实践上经营风险确实难以控制的特殊险种，尤其是在我国当前法制尚不完善、社会信用体系欠佳等大环境下，笔者也并不赞成保险人完全放弃抵押品的要求，毕竟没有其他任何追偿方式比保险人直接控制义务人提供的担保物品更直接而有效。事实上，在保证保险最为发达的美国，保险人对于某些险种如财务担保类保证、上诉保证以及财产扣押保证等也通常要求义务人提供适当的甚至是充足的担保品。因此，对于我国目前各保险人在消费信贷保证保险中要求抵押的做法笔者并不反对，因为这类似于美国的财务担保类保证，实践表明其经营风险通常较难控制。但我国目前这类保证保险的抵押机制本身也存在很大问题，对此笔者在第四章第二节另有详述。

（四）构建完善的保证保险风险识别和控制体系

从保险原理上看，保证保险一般承保的是投保人的履约责任，是以义务人（投保人）的作为或不作为致使权利人（被保险人）遭受经济损失为保险标的。[①] 因此，保证保险的风险主要来自义务人的信用与道德风险，这种风险的发生从主观上说决定于义务人的违约意愿，从客观上说决定于义务人的现实履约能力，这两者

---

① 《关于保证保险条款备案有关法律问题的复函》，中国保险监督管理委员会规范性文件，2006 年 11 月 27 日。

都可以在很大程度上得到有效的控制。

由于风险性质的不同，商业保险的某些传统的风险控制方法对于保证保险而言就可能失去了效力，因而需要根据保证保险的风险构成及其特点，建立和完善适用于保证保险的风险识别和控制体系。从国外的成功实践来看，该体系主要由资信调查、落实GIA协议、保险期内跟踪监督以及事故发生后的积极追偿等几个关键环节组成。通过积极有效的风险防范措施，可以降低违约事件发生的概率，进而降低保证保险机制的交易成本，为保险人实现低成本经营创造必要条件，进而增强市场竞争力。实际上，通过完善的风险识别和控制体系，使 $r_2 \to 0$，正是保证保险得以持续发展的关键，也是义务人和权利人等各方当事人共同期待的理想目标。

目前，我国保险界仍然按照传统经营模式来经营保证保险，忽视资信调查，忽视保证保险风险识别和防范体系的建立，采取了非常消极的风险回避策略。如我国近年来推出的住宅质量保证保险，保险人不仅设置了严格的承保条件（仅限通过了建设部门A级性能认证的住宅项目），执行统一的、缺乏灵活性的高费率（一律为销售金额的 0.5%），还严格限制了保险责任范围，这实际上就是保险人自身为住宅质量保证保险的发展设置了重重障碍。①对于工程履约保证保险，根据笔者的调查，保险公司尤其是各省市分公司因为缺乏完善的风险识别和防范体系，不但不愿积极主动去争取业务，对主动申请投保者也大多采取极为"谨慎"的保守策略。究其原因，主要在于缺乏相应的风险识别和防范体系。因此，深入领会保证保险的本质特点，建立保证保险识别和防范

---

① 中国人民财产保险股份有限公司"住宅质量保证保险条款"，来源于中国人民财产保险股份有限公司。

体系是我国保险界的当务之急。

（五）保持市场充分竞争，并实现保险机构规模化经营

从理论上讲，权利人通过保证保险机制来保障自身利益需承担的交易成本仅仅是保险人的承保成本加上正常管理费用及合理利润。因此，要使权利人交易成本得到有效控制，最为关键的就是使保证保险市场保持充分的竞争，并且使保险机构实现规模化经营。保证保险转移的是信用风险，只有规模化经营才能积累起大量的承保经验，通过规模经济效益极大降低承保与管理成本，同时，保证保险市场上的充分竞争机制，也能推动保险人挖掘各种潜力来降低经营成本，并促使费率趋向合理化。

从我国目前保证保险市场竞争状况来看，个别相对成熟的险种，如汽车消费信贷保证保险和住宅消费信贷保证保险等，竞争相对激烈，大多数财产保险公司都推出了自己的代表性产品。但是对于西方成熟市场经济中较为典型的险种如工程合同保证、住宅质量保证以及雇员忠诚保证等，大多数保险公司却不愿问津，个别保险公司虽然开发了类似险种，但在业务经营中却没有表现出应有的积极性。经营主体不多，投保人寥寥无几，整个市场无法实现充分竞争，保险人也无法实现规模化经营。为扭转这种局面，笔者认为，除了保险人应该继续完善相应保险条款以适应市场需求外，借鉴国外经验，对于个别重要的险种试行强制性投保很有必要，这既是保证这些行业健康发展的需要，也是引领市场走向竞争和实现保险人规模化经营的有效途径。事实上，美国保证保险市场的繁荣在很大程度上也是靠法律强制性来支撑的，大多数合同保证都源于政府的相关规定。① 借鉴国外经验，结合中国实际，笔者认为，我国应以立法形式规定的保证保险可以包括重

---

① 引自 *Sigma* 2006 年第 6 期，第 39 页。

大公共项目和重大商业性项目的"合同保证保险"（含投标保证、履约保证以及具有中国特色的业主支付保证等）、商品房开发中的"住宅质量保证"以及政府体制改革领域的"公务员保证保险"等多类险种。为此，保监会、司法部及相关部门应加强协调和沟通，在逐步试点的基础上将这些险种的投保要求尽快以法律法规的形式明确规定下来，这既是培育保证保险市场的需要，也是发展和完善我国市场经济体制的客观要求。

（六）积极应对专业担保公司和商业银行等兼业担保机构的业务竞争

按照担保法的要求，具有代为清偿债务能力的法人、其他组织或者公民都可以做保证人。这些可以充当保证人的经济主体通常受制于多方面的约束，从总体上讲，在履约方式的灵活性以及交易成本方面相比保证保险机制可能不具有优势。但是对于市场经济中出现的专业担保公司来讲，保证保险在这两方面的优势都可能会受到很大的挑战。以由建设部牵头、国家 11 个部委共同发起组建的长安保证担保公司为例，它的业务范围涉及质量保证担保、住宅保证担保、投标保证、履约保证、支付保证等诸多领域，并创造了近十年来工程履约率、质量优良率和到期完工率均达到100% 的担保业奇迹。长安保证担保公司与泛美保证协会、美国忠诚与保证协会等行业性组织保持着密切的联系，并与美国著名保险公司 AIG 集团、Chubb 集团都有着深入的合作与交流。① 在实践中，长安保证担保公司充分借鉴了美国保证保险经营的成功经验，同样采取非常灵活的履约方式，非常注重对承保标的的风险管理和监控，采取多种措施防止违约风险的最终发生。从总的资本实力来看，我国目前出现的专业性担保机构可能远不及保险公司，

---

① 载于长安保证担保公司网站，http：//www.surety.com.cn。

但是其行业信誉可能丝毫不亚于保险人。更为重要的是，这些专业担保机构往往侧重于某一领域的经营，在特定领域具有很强的专业优势，普通保险公司很难与之匹敌。如长安保证担保有限公司侧重于工程领域，而由财政部和原国家经贸委共同发起组建的中国经济技术投资担保有限公司则侧重于信用担保领域，它们在这些领域里都具有相当的专业优势，对保险公司进入这些领域开展保证保险业务会构成一定的竞争威胁。

此外，商业银行等兼业担保机构也往往是保证保险的传统竞争者。一方面，从功能上说，银行的信用证对保证保险具有一定的替代作用（McKee，1992）；① 另一方面，在很多国家，较之确实保证保险，银行担保是为更多人所认可的一种担保文件，这里有历史的因素，也有银行使用销售网络和客户网络来推动其一站式服务的原因。从我国实际来看，近年来中国建设银行和上海浦东发展银行等一些大的银行机构都积极参与了工程保证担保，并积累了一定的经验。相比而言，银行最大的竞争优势在于它普遍比我国保险公司具有更好的社会信誉，不论是其履约信用还是资本实力，保险公司通常还难以匹敌，这就可能对保证保险制度的交易成本优势构成较大的威胁。

为此，保险人必须继续加强信誉建设，强化清偿能力，完善服务手段和先进的风险化解机制，以创新手段充分发挥自身优势，为提高市场竞争力打下坚实的基础。事实上，保险公司与担保机构相比，还有一个极其重要的优势，那就是可以将保证保险与普通商业保险进行一体化作业。我国保险公司在多年的经营历史中，已经形成了相对固定的客户群体。为了减少自身风险，担保机构

---

① McKee B., 1992, "Letters of Credit May Substitute for Surety Bonds", *Nation's Business*, Vol. 80, Issue.

通常都会要求被担保人投保相应的商业保险作为其提供担保的前提。而对于保险公司经营保证保险来说，不过是在已有业务上"附加"保证业务而已，通过保险与保证的一体化作业，实现了资源更充分的利用，也进一步分散了经营风险。对于投保人来说，保险公司保证与保险一体化作业也比分别向保险公司和担保机构申请保险和担保业务更为经济和便利。

第四章
中国保证保险制度的现状分析

　　准确把握保证保险制度的现状，探索困扰我国保证保险制度发展的主要因素，是完善我国保证保险制度的前提和基础。本章首先介绍目前我国经营保证保险业务的主要保险公司及其险种特点，概述我国保证保险典型险种的基本状况，并分析我国保证保险市场主要的业务指标，以形成对我国保证保险制度现状的基本认知；其次，对困扰我国保证保险制度发展的主要因素进行较为深入的探索，为进一步探讨我国保证保险制度的发展思路做好准备。

第一节　中国保证保险经营状况

一　中国经营保证保险的主要保险公司及其险种特点①

（一）中国人民财产保险股份有限公司

1. 个人汽车消费贷款保证保险

该险种的前身为"机动车辆消费贷款保证保险"。目前的基本

---

　　① 根据中国保险行业协会和部分保险公司产品目录整理。

规定为，自抵（质）押合同生效之次日零时起至借款合同约定的清偿全部贷款本息之日起第 90 日的 24 时止这段期间内，投保人连续三个月完全未履行借款合同约定的还贷义务视为保险事故发生。保险事故发生后，保险人依照保险合同的约定，对于投保人未偿还的贷款本金以及贷款利息，向被保险人赔偿实现抵（质）押权后的差额部分。

2. 个人消费贷款保证保险

该险种规定，投保人未能按个人消费贷款合同约定的期限偿还所欠款项，视为保险事故发生。保险事故发生后三个月，投保人仍未能正常履行贷款合同约定的到期还款责任，保险人将代其偿还未偿还的贷款本金、保险事故发生时到期未付利息和未偿还贷款本金的三个月贷款利息（利率按原贷款合同的约定执行）之和。此外，被保险人因发生约定责任范围内的事故所支付的仲裁费用或诉讼费用及保险人事先书面同意支付的其他费用，保险人也负责赔偿，但同一赔案中这些费用的赔偿金额之和以投保人所欠款项的 30% 为限。

3. 产品质量保证保险

这是我国较早推出的险种之一，其保险责任为在保险单明细表中列明的追溯期起始日之后，由被保险人生产或销售的产品，由于下列原因之一，导致权利人在保险期限内首次向被保险人提出索赔，依法应由被保险人承担的修理、更换或退货责任，对于其中产品本身的质量赔偿责任，保险人在保险单明细表中约定的赔偿限额内予以赔偿：（1）不具备产品应当具备的使用性能而事先未作说明的；（2）不符合在产品或者其包装上注明采用的产品标准的；（3）不符合以产品说明、实物样品等方式表明的质量状况的。此外，由保险事故引起的应由被保险人承担的鉴定费用、运输费用和交通费用等必要的、合理的费用，保险人也负责赔偿。

4. 住宅质量保证保险

该险种是由原中国人民保险公司与建设部住宅产业化促进中心等相关部门在反复调研和磋商基础上于2002年开发的一个较为新颖的险种。其保险责任是保险单明细表中列明的、由投保人开发并经当地或全国商品住宅性能认定委员会认定通过的住宅，正常使用条件下，因潜在缺陷在保险期间内发生下列质量事故造成住宅的损坏，经被保险人向保险人提出索赔申请时，保险人负责赔偿修理、加固或重新购置的费用：（1）整体或局部倾斜、倒塌；（2）地基产生超出设计规范允许的不均匀沉降；（3）阳台、雨篷、挑檐等悬挑构件坍塌或出现影响使用安全的裂缝、破损、断裂；（4）主体承重结构部位出现影响结构安全的裂缝、变形、破损、断裂；（5）屋面、外墙面、厨房和卫生间地面、管道渗漏；（6）户门、窗户翘裂；（7）电气管线破损。

其中潜在缺陷是指在竣工验收时未能发现的引起住宅损坏的缺陷，包括勘察缺陷、设计缺陷、施工缺陷或建筑材料缺陷；住宅的损坏是指投保人交付给被保险人的，包括结构、装修、设备、设施在内的任何一个部位的损坏；主体承重结构部位是指住宅的基础、内外承重墙体、柱、梁、楼板、屋顶等；修理、加固费用包括材料费、人工费、专家费、残骸清理费等费用。

5. 保证保险履约保证函

我国保险公司将工程履约保证通常以保函的形式提供，这与普通的保险单存在很大的区别。人保公司的该险种与中国平安保险推出的"保证保险履约保证函"非常类似。保险人根据该险种的规定执行保证保险履约保证，这些规定应作为权利人行使索赔权利的先决条件。其具体规定为：（1）权利人不得因本保证向保证人进行诉讼，除非该诉讼是在本保证签发后__个月内进行（具体时间由双方商定）；（2）在委托人已按合同履行了其义务或其合同项下的责任已被解除时，保证人在本保证项下的责任应立即取消或终止；（3）保证人对下列原因引起的损失不予负责：人力不可抗拒的原因、自然灾害、战争、入侵、敌对行为（不论宣战与否）、内战、叛乱、革命、武装叛变、武装夺权，或政府或公共、地方当局实行或命令没收、国有化、征用或销毁、民众闹事、骚动、罢工或与上述类似的原因，以及在合同中规定应由权利人承担的责任；（4）权利人或其监督合同执行的代表，如果获悉委托人不执行合同而又有可能引起保证人负责的损失时，必须在事故发生后一个月内以书面通知保证人；（5）保证人对合同中任何有关保证功效或质量磨损的规定不负责任，也不负责提供承担这种责任的其他保证；（6）本保证项下的一切争议应通过友好协商予以解决。如友好协商解决不了时，可申请仲裁机构仲裁或法院审理。除事先另有协议外，仲裁或法律诉讼应在被告方所在地。

6. 雇员忠诚担保保险

根据雇员忠诚担保保险单的条款或有关的批单或保险单的其他规定，及时付给保险人规定的保费（各具体险种的保费由附表规定），则保险人同意赔付雇主由于附表所列任何一名或一名以上雇员在规定的赔偿期内、不中断的雇用期间从事有关的职业和职责中因欺骗或不忠实行为而给权利人（雇主）造成的直接经济损失。

（二）中国太平洋保险（集团）股份有限公司

1. 分期付款购车履约保证保险

在保险期限内，因被保证人（义务人）累计三期或者贷款期限结束后仍未能按贷款合同的规定履行还款义务，保险人按本保险合同约定负责偿还被保证人所欠本金及第八条第三款规定的利息，但以不超过保险金额为限。保险期限1~3年。

2. 雇员忠诚保险

采用行业统领条款，通常结合一揽子业务承保，一般不单独提供。

3. 中小企业短期抵押贷款保证保险

包括中小企业短期抵押贷款保证保险、个人短期贷款保证保险以及个人短期抵押贷款保证保险，主要解决中小企业、私营业主贷款难的问题，由太平洋财险江苏分公司自主研发，目前苏州是全国唯一指定的试点地区。

（三）中华联合财产保险公司

1. 机动车消费贷款保证保险

购车人未能按机动车辆消费贷款合同约定的期限偿还欠款的，由保险人按约定负责偿还投保人所欠款项。保险期限1~5年。

2. 商品房抵押贷款合同履约保证保险

购房人无法履行商品房抵押贷款合同或购房人死亡，且无人代为履行到期债务时，保险人向贷款银行履行还款义务。保险期限1~20年。

3. 旅游消费贷款信用保证保险

借款人在规定的还款期限到期后未履行或仅部分履行还款责任，保险人负责偿还该到期部分的欠款或其差额。保险期限1~2年。

4. 机械设备按揭贷款履约保证保险

因被保证人（义务人）未履行借款合同规定的还款义务，致使贷款人按借款合同和抵（质）押合同依法处置抵押物，在支付处分费用、缴纳税款后因所得剩余价款不足以清偿被保证人所欠贷款本息而使贷款人遭受经济损失时，保险人承担被保证人剩余欠款的一次性清偿责任。保险期限1~2年。

5. 个体经营户贷款履约保证保险

个体经营户未能按贷款合同约定的期限偿还欠款的，保险人按保险合同约定负责偿还个体经营户所欠款项。保险期限 1~3 年。

6. 产品质量保证保险

7. 雇员忠诚担保保险

（四）中国出口信用保险公司

该公司作为政策性保险公司，其经营的产品主要是各类信用保险。在保证保险方面，中国出口信用保险公司也少量经营非融资类保证业务，主要是投标保函、履约保函、预付款保函、质量维修保函（包含留置金保函）等。

（五）天安保险股份有限公司

1. 产品质量保险

保险责任：由于产品设计错误、产品原材料缺陷、制造加工过程中的缺陷、产品说明书的使用说明不当。保险期限 1 年。

2. 产品质量综合保险

含产品责任险、产品质量险。保险期限 1 年。

3. 汽车消费贷款履约保证保险

（六）华安财产保险股份有限公司

1. 雇员忠诚担保保险

在被保险雇员未中断的雇用期间内，在与雇员有关的职业和职责中因欺骗或者不忠实行为而使被保险人遭受的直接经济损失，保险人负责赔偿。保险期限 1 年。

2. 产品质量保证保险

被保证人对其当年生产销售的产品，依照《产品质量法》而承担的修理、更换、退货责任产生的直接损失，保险人负责赔偿。保险期限 1 年。

3. 房屋按揭贷款保证保险

投保人由于死亡、失踪而无人代偿债务或者因为收入减少丧失履行能力而连续六个月或者累计九个月未履行贷款合同约定的还款义务，经处理抵押物仍不足以抵偿欠款时，保险人负责赔偿不足部分。保险期限与购房贷款期限一致。

4. 个人汽车消费贷款保证保险

由于投保人连续三个月未按照贷款合同约定履行按期还款责任，保险人负责偿还剩余的本金、利息等，但最高不超过保险金额。保险期限与贷款期限相同，最长不超过 3 年。

5. 住宅装修消费贷款保证保险

由于投保人连续三个月未履行与被保险人签订的贷款合同约定的按期还款义务而导致被保险人的损失，由保险人负责赔偿，但最高不超过保险金额。保险期限与贷款期限相同，最长不超过 3 年。

6. 出国留学保证金贷款保证保险

由于投保人连续三个月未履行与被保险人签订的出国留学保证金贷款借款合同约定的按期还款义务或贷款到期三个月未还清贷款本息，被保险人经处理质押物仍不足以清偿贷款本息而形成的损失，由保险人负责赔偿。保险期限与贷款期限相同。

7. 建筑工程施工质量保证保险

被保证人承包的施工项目，因除外责任以外的意外因素引起的质量缺陷，依法应承担的经济赔偿责任，保险人按规定负责赔偿。保险期限自被保险项目正式开工之日始，至被保险项目竣工验收合格之日止。

（七）永安财产保险股份有限公司

（1）学生助学贷款信用保证保险。借款人在规定的还款期限到期三个月后未履行或仅部分履行还款责任，保险人负责赔偿该到期部分的欠款或其差额。保险期限是从贷款之日始，至付清最后一笔欠款止，或至该借款合同规定的合同期满日为止，二者以先发生为准。最长不超过 3 年。

（2）个人汽车消费贷款保证保险。

（3）个人抵押商品住宅综合保险。

（4）个人耐用消费品贷款信用保证保险。

（5）旅游消费贷款信用保证保险。

（6）医疗设备贷款保证保险。

（八）中国平安保险（集团）股份有限公司

（1）汽车消费信贷保证保险。

（2）保证保险履约保证函。

（3）雇员忠诚保证保险。

（九）太平保险有限公司

（1）个人抵押商品住宅保险及还贷保证保险。为按揭购房的个人提供物质损失保险保障和还贷保证保险保障。

（2）雇员忠诚担保保险。

（十）中国大地财产保险股份有限公司

（1）雇员忠诚担保保险。

（2）个人耐用消费品贷款信用保证保险。

（3）产品质量保证保险。

（4）个人住宅装修贷款保证保险。

（5）外派劳务人员履约保证保险。

经商务部许可并持有《中华人民共和国对外经济合作经营资格证书》的对外劳务合作经营公司，可作为该保险的被保险人。对外劳务合作经营公司按照与国（境）外的机构、企业或个人所签订的劳务合作、承包工程、设计咨询等合同规定而派出的外派劳务人员可作为本保险的投保人。

在保险期限内，投保人由于不履行其与被保险人签订的劳务合同，导致被保险人为处理投保人违约事宜或将投保人送返中国境内而实际支付的必要的、合理的费用，以及投保人脱岗造成外方被当地政府机构罚款或投保人故意行为造成外方直接物质损失导致的被保险人对外方的经济赔偿，保险人按本条款的规定负责赔偿。保险人同时负责赔偿经保险人书面同意的仲裁或诉讼费用以及其他费用（如勘验费、鉴定费、律师费等）。

以上材料表明，我国几乎所有的财产保险公司都在不同程度上介入了保证保险业务经营，但大多还是以汽车消费信贷保证保险为主，各保险公司都推出了自己的车贷险险种，而其他一些具有巨大市场潜力的保证险种如工程质量保证、住宅质量保证以及工程合同保证等，大多数保险公司则不愿积极介入。值得注意的是，占我国市场规模最大、成立时间最早的三家保险公司中，除了中国人民财产保险股份有限公司经营的具体保证保险险种数量较多，涉及范围较大外，中国太平洋保险（集团）和中国平安保险（集团）这两家老牌保险公司经营险种范围都很小。中国太平洋保险（集团）实际上除了"分期付款购车履约保证保险"是单独开发外，其他险种如"雇员忠诚保险"等均采用行业统领条款，其实也就是简单"模仿"其他公司条款，并且通常结合一揽子业务承保，一般不单独提供，承保条件非常严格。中小企业贷款保证保险是太平洋保险江苏省分公司自主研发的，目前只适用于江苏地区。实际上真正提上经营层面的保证保险只有"分期付款购车履约保证保险"一种。① 而中国平安保险（集团）经营的保证保险险种也仅有3种，即"汽车消费信贷保证保险"、"雇员忠诚保证保险"以及"保证保险履约保证函"，与中国太平洋保险（集

---

① 信息来源于笔者对中国太平洋保险公司的实际调研。

团）类似，真正提上经营层面的实际上也只有"汽车消费信贷保
证保险"一种。相比之下，华安财产保险股份有限公司、永安财
产保险股份有限公司和中国大地财产保险股份有限公司等推出的
保证保险险种数量较多，内容涉及各类信贷保证、质量保证以及
忠诚保证等诸多方面。一个重要的原因可能是这些保险公司市场
创新意识和开拓意识较强，为迅速扩大市场规模而更愿接受风险
考验，而中国平安和太保在市场开拓中则趋于保守，风险规避意
识较强。

二　中国保证保险典型险种的基本状况

我国保险市场上的各类保证险种都是保险公司根据中国经济
和社会发展的实际需求而研发的，所以与国外保证保险的主流险
种并不一致。目前，我国保险市场上的忠诚保证只有"雇员忠诚
保证保险"一种形式，而确实保证则主要有三大类：一是各类信
贷保证保险，包括"汽车消费信贷保证"、"商品房抵押贷款合同
履约保证"以及"中小企业贷款保证"等多种形式，涵盖企业和
个人消费信贷的诸多领域，是我国目前保证保险市场上的主流险
种；二是有关质量保证类险种，如"产品质量保证"和"住宅质
量保证"等；三是工程保证类险种，如"保证保险履约保证函"、
"投标保函"以及"质量维修保函"等。由于篇幅有限，这里仅仅
选择几个较有代表性的险种，对其基本的发展状况进行简单介绍
（更深入的分析详见本书第六章）。

（一）工程合同保证保险

早在改革开放之初，为了配合引进外资工作和对外承包工程，
原中国人民保险公司就在其涉外业务中试办了工程合同保证保险
业务，这是我国保险业全面恢复以来最早出现的保证保险业务。
但是该险种长期以来都是被当作一种政策性业务，保险公司经营

不积极，承保条件非常严格，在引进外资工作中按照国际惯例要求提供第三方担保的，银行也常以银行保函的方式提供保障，并逐渐成为这类业务中占主导地位的第三方保障机制。在过去的20多年里，有关跨国投资建设项目按照国际惯例要求提供合同保证的，主要是由中国银行和中国建设银行等以担保保函的形式提供，保险公司很少有所作为（刘新来，2006）。[①]

目前，中国人民财产保险股份有限公司、中国平安保险（集团）、中国太平洋保险（集团）等在该工程建设领域零星地开展工程合同保证保险业务，主要是以"保证保险履约保证函"的形式提供履约保证。中国出口信用保险公司也在投标保函、履约保函、预付款保函和质量维修保函等方面做了一些初步的尝试。考虑到经营风险难控的客观现实，各保险公司对工程合同保证保险需求仍然采取极为谨慎的态度，承保条件非常严格，通常情况下不会轻易接受承包商提出的投保申请。即使因政策性要求或出于对长期的优质保险客户的"特殊照顾"而同意承保，也通常要求投保人提供较为严格的抵押，常见的就是要求在指定账户存入一笔较大金额的"保证金"。这实际上和商业银行的保函担保业务并没有实质性区别，保证保险机制的特殊优势尚未得到有效体现。

（二）雇员忠诚保证保险

在国外，为关键雇员投保忠诚保证保险是现代企业管理中一种必不可少的风险管理手段。在中国，早在1988年，平安保险公司就尝试推出了"雇员忠诚保证保险"，但长期以来无人问津。目前，人保财产、太平洋保险（集团）、中华联合、华安和大地等几乎所有财产保险公司都推出了相应的雇员忠诚保证险种，但基本上都是普通的总括保证，即对全体雇员不指名和不确定职位的保

①　刘新来：《信用担保概论与实务》，经济科学出版社，2006，第459页。

证保险，形式比较单一。从实践上看，各保险公司表现并不积极，对投保的要求非常高，限制很严格。部分保险公司如太平洋保险（集团）还原则上不单独向客户提供忠诚保证，一般只是在严格承保信息基础上，对现有优质客户在大量其他保险业务基础上提供忠诚保证。从整个市场情况看，相比汽车消费信贷等保证保险业务，雇员忠诚保证保险业务量很少，保费收入也非常低。[1] 目前，忠诚保证的主要客户是外资或中外合资等涉外企业，国内企业由于传统思维习惯等诸多方面的影响，对雇员忠诚保证保险的实际功能甚至在一定程度上还表示怀疑，雇员忠诚保证保险在我国的社会认同度还有待提高。

（三）汽车消费信贷保证保险

为配合国家汽车产业政策，促进汽车信贷消费，1997 年 7 月中国人民银行批准中国平安保险公司试办"汽车分期付款销售保证保险"，正式拉开了中国保险企业提供消费信贷保证保险的序幕。为充分利用宝贵商机，实现优势互补，我国各大商业银行、保险公司和汽车经销商迅速走向联合，汽车消费信贷保证保险业务在我国快速发展起来。为满足客户需求，各保险公司对其保险产品不断创新，仅在 1998 年到 2002 年期间，中国人保"机动车辆消费贷款保证保险"产品就经过四次修改和创新，对于满足需求、引导消费产生了积极的影响。[2] 各保险公司推出的汽车消费信贷保证保险业务强力推动了中国汽车消费的升级，而汽车消费的升级又进一步促进了我国汽车消费信贷保证保险业务的发展。

然而，由于多方面的原因，在我国车贷险业务快速发展的背后，隐藏着巨大的风险隐忧。2003 年前后，各大保险公司车贷险

---

[1] 信息来源于笔者调研资料。

[2] 贾海茂：《积极发展我国汽车消费信贷保证保险》，《中国金融》2003 年第 10 期，第 22～23 页。

业务的经营风险全面暴露，部分地区车贷险赔付率甚至高达 100%
以上，以致车贷险在全国范围内被紧急叫停。2004 年 1 月 15 日，
中国保险监督管理委员会发出《关于规范汽车消费贷款保证保险
业务有关问题的通知》，要求各保险公司现行车贷险条款费率截至
2004 年 3 月 31 日一律废止，各保险公司应根据该《通知》要求重
新制定车贷险条款费率，规范车贷险业务。① 至此，中国汽车消费
服务链中最为人们热议的车贷险业务陷入低谷。此后不久，各保
险公司携重新修订后的车贷险产品重返市场。从目前情况来看，
各保险公司几乎都将车贷险作为其经营保证保险的主打业务，业
务规模相对较大，但保费增长缓慢和赔付率居高不下的市场局面
并未得到有效改善。

（四）住宅质量保证保险

"住宅质量保证保险"是法国一项较有特色的保证险种。早在
19 世纪 80 年代，法国就开始推行这项保险制度，类似的保险叫做
"潜在性缺陷保险"（Inherent Defects Insurance，简称 IDI），主要
承保工程竣工验收之日起 10 年之内，住宅因主体结构存在缺陷发
生工程质量事故而给消费者造成的损失。②

为解决居高不下的住宅质量问题，2002 年 10 月 31 日，建设
部住宅产业化促进中心与中国人民保险公司在北京签署了《A 级
住宅质量保证保险合作协议》。随之住宅质量保证保险业务在湖
北、江苏、四川、浙江、福建、上海、深圳等省市开始试点。但
到目前为止，推出该险种的保险公司仅有中国人民财产保险股份
有限公司和中国大地财产保险股份有限公司两家，投保的也仅有

---

① 《关于规范汽车消费贷款保证保险业务有关问题的通知》，中国保险监督管理委
　　员会规范性文件，2004 年 1 月 15 日。
② 童悦伸、娄乃琳：《国外住宅质量保证保险制度介绍》，《城市开发》2003 年第
　　2 期，第 12 页。

北京金宸房地产开发有限公司的"金宸公寓"、成都的"蜀风花园兰苑"一期、厦门的"华天花园"以及南京市建邺开发集团开发的"云河湾"等少数几个住宅项目。① 近年来住宅消费市场的持续繁荣并没有带来住宅质量保证保险业务的兴旺，这一具有广阔市场空间、对于切实保护消费者利益具有重要意义的保证险种还面临非常尴尬的市场局面，亟须进一步发展和完善。

（五）住宅抵押贷款保证保险

伴随着住宅市场化改革的推进，我国住宅信贷消费市场迅速发展起来。为有效规避商业银行的信贷风险，在国家有关部门积极支持下，我国一些保险公司适时推出了相应的保证保险业务，但通常是将其同"住宅财产损失保险"合并在一起经营，称为"住宅抵押贷款综合保险"。这里所讨论的"住宅抵押贷款保证保险"即指其中的还贷保证业务。从近年来的经营情况来看，我国住宅抵押贷款保证保险业务发展很不理想。2006 年 1 ~ 11 月全国房贷险保费收入仅仅 6.3 亿元，同比负增长 59%。2006 年 6 月 13 日，保监会向各财险公司下发了《关于进一步加强贷款房屋保险管理的通知》，指导和鼓励公司完善现有房贷险产品，积极进行产品创新。从 2006 年 9 月下旬开始，房贷险市场经过规范整顿后重新走上正轨。然而，由于商品房价格不断上涨，国家宏观政策又尚在调整之中，我国商品房市场将来的走势尚不明朗。为及时防范可能出现的大面积违约风险，我国部分保险公司在个别高房价地区已暂停了房贷险业务的销售工作。

（六）中小企业贷款保证保险

"中小企业贷款保证保险"是一种有效缓解中小企业融资困难

---

① 何绍慰：《我国住宅质量保证保险的经营误区》，《上海保险》2009 年第 3 期，第 15 ~ 17 页。

的保险形式，但考虑到经营风险难控等问题，我国保险业界一直以来都对"中小企业贷款保证保险"的开发与普及问题持非常谨慎的态度。大多数业界人士认为，在当前信用环境下推广"中小企业贷款保证保险"的时机尚不成熟。

然而，社会对"中小企业贷款保证保险"的呼声却一直不断，如广西壮族自治区人民政府2007年初下发的《关于加强广西中小企业信用体系建设的意见》就明确提出："鼓励保险公司开办针对中小企业的信用保证保险业务，鼓励中小企业参加信用保证保险。"在经过较长时期的酝酿后，2007年7月18日，太平洋财产保险江苏省分公司自主研发的"中小企业短期抵押贷款保证保险"正式面世。当日，该险种第一单正式签约。这一产品的问世，率先填补了全国保险市场对于中小企业贷款保证类保险的空白，突破了多年来未能涉足的"保险禁地"。目前，苏州是全国唯一指定的试点地区，除太保财险江苏分公司外，其他各大保险公司都还持观望态度。因此，中小企业贷款保证保险业务的具体走势还难以准确预料。

三　中国保证保险主要业务指标分析

（一）保费规模

从保费收入上看，我国近年来保证保险保费收入极不稳定（见表4-1）。1999年后在车贷险业务的推动下，保证保险保费逐渐增长，到2002年达到顶峰，保费收入达9亿元。因经营风险开始凸显，2003年前后车贷险业务逐渐在全国范围内被叫停，其直接后果就是保证保险总保费迅速下跌。与2002年相比，2003年保费收入下跌幅度高达77.8%，2004年继续下跌50%，总保费仅仅1亿元，比1999年还减少了0.41亿元。从2004年下半年开始，各保险公司携新版的车贷险产品逐渐重返市场，保费规模迅速增加。在新版车贷险业务的强劲推动下，整个保证保险市场规模又快速扩大，2005 年保费高达 18 亿元，但 2006 年保费规模再次快速下跌，仅为 8 亿元，下跌幅度高达 55.6%。

表 4-1　我国保证保险主要业务指标

指标 年份	保费收入 （亿元）	业务比例 （%）	赔付支出 （亿元）	赔付比例 （%）	保险渗透率 （%）	人均保费 （元）
1999	1.41	0.27	0.97	69	0.0017	0.11
2000	2	0.33	1	50	0.0022	0.16
2001	4	0.58	1	25	0.0042	0.31
2002	9	1.15	2	22	0.0085	0.70
2003	2	0.23	1	50	0.0017	0.15
2004	1	0.09	2	200	0.00073	0.08
2005	18	1.40	15	83	0.0098	1.38
2006	8	0.53	15	187	0.0040	0.63

数据说明：根据《中国统计年鉴》（2001~2007 年）计算整理。

（二）业务比例

从保证保险占整个财产保险业务规模的比例来看，我国保证保险的市场份额一直不高且波动较大（见表 4-1）。与保费规模变化基本一致，2002 年前保证保险市场份额逐年增长，2002 年占整个财产保险业务规模的 1.15%。此后，市场份额连续两年持续下跌，2005 年又迅速反弹，达 1.40%，创近年来历史新高，2006 年再次出现大幅下跌现象，仅占整个财险业务规模的 0.53%。

（三）赔付比例

我国保证保险业务的赔付比例也极不稳定，波动很大（见表 4-1）。2001 年和 2002 年由于保费基数增长较快，且经营风险尚未凸显，赔付比例相对较小，分别为 25% 和 22.22%，相比同期所有财产保险业务的平均赔付支出情况（2001 年和 2002 年分别为 48.7% 和 51.7%），保证保险的赔付比例算是比较理想。但是，到了 2004 年，由于保费锐减且经营风险凸显等原因，赔付比例高达 200%，远高于同期财产保险业务总的赔付比例 51.4%。2005 年保证保险赔付比例为 83%，仍然远高于同期财产保险业务的平均赔付比例 53.9%。到 2006 年，保证保险业务的赔付比例再次大幅反弹，高达 187%，而同期财产保险业务的平均赔付比例仅为 52.2%。[①] 由此可见，我国保证保险业务总体上看其经营风险远高于同期财产保险业务。

（四）保险渗透率

保证保险的渗透率（即保费规模占 GDP 的比例）主要反映了保证保险在国民经济中的地位。自 1990 年以来，大多数国家的保证保险渗透率都维持稳定，在瑞士再保险公司统计的二十多个国家中，保证保险的渗透率基本上都在 0.01% 以上，其中韩国、美国、意大利等十多个国家的保证保险渗透率都超过了 0.02%，个别国家如韩国甚至接近 0.12%。[②] 从我国近年来的情况看，保证保险的渗透率最高也只达到 0.0098%（2005 年），这表明我国保证保险市场发育水平还非常低下。

（五）人均保费

人均保费主要反映保证保险的普及程度。根据计算，我国保证保险的人均保费只有在 2005 年达到 1.38 元，创历史最高水平，到 2006 年又下跌至 0.63 元。受市场及政策因素的双重影响，2004 年仅为 0.08 元。根据 *Sigma* 的统计，2004 年全球平均的保证保险人均保费为 1.2 美元，其中西欧平均 3.8 美元，北美洲平均为

---

① 有关近年来我国财产保险业务的赔付比例均根据历年《中国统计年鉴》相关数据计算得出。

② 引自 *Sigma* 2006 年第 6 期，第 37 页。

15.0 美元，拉丁美洲平均为 1.6 美元。[1] 由此可见，我国保证保险人均保费与国外还存在很大的差距。

第二节　困扰我国保证保险制度
发展的主要因素分析

我国保证保险制度还非常落后，不但许多在国外非常普遍的重要险种在我国尚未出现，而且大多数现有保证险种在实践上也还面临非常尴尬的市场局面。困扰我国保证保险制度发展的因素非常复杂，归纳起来，主要有以下几个方面。

一　对保证保险的本质特点缺乏科学认识

保证保险的性质非常特殊，它既有保险的某些特征，又具有明显的民事担保机制的特点。保证保险的这一特殊性质不仅对于绝大多数投保人来说不甚了解，在保险公司内部尤其是一些基层机构也显得比较陌生。科学把握保证保险制度的本质特征是正确开展保证保险业务的基本前提。然而，国内理论界和实务界对保证保险究竟是保险还是担保这个问题一直争论不休（详见本书第五章的相关论述）。受此影响，我国保险公司在保证保险经营上也常常体现出两种截然不同的倾向：一是把保证保险当作纯粹的保险形式，按照传统的商业保险经营模式来经营保证保险；二是将保证保险视为纯粹的担保形式，按照普通的民事担保业务处理。虽然保监会一再强调不能将保证保险办成担保业务[2]，但由于缺乏对保证保险本质的把握，也没有明确的指导规范，实践中保险公

---

[1]　引自 *Sigma* 2006 年第 6 期，第 45 页。

[2]　中国保监会在 2004 年 1 月 15 日发布《关于规范汽车消费贷款保证保险业务有关问题的通知》，严禁将车贷险业务办成担保业务。

司尤其是一些基层保险机构按照担保模式处理保证保险的现象仍然广泛存在。

对于第一种情况，主要表现为部分保险公司尤其是基层分公司忽视了保证保险风险识别和防范体系的建立，突出的表现就是对投保申请人的资信调查不到位，部分险种如"住宅质量保证保险"等还放弃了对于保证保险经营极为关键的追偿权利；对于第二种情况，主要体现是保险公司对投保人授信力度不够重视，几乎对所有投保人都要求提供严格的抵押，如在工程合同保证中，常常要求投保人在规定账户存入足够的"保证金"，这实际上和商业银行经营的保函担保业务并没有实质性区别，无法体现出保证保险制度的特殊优势。

此外，保证保险制度的基本宗旨是确保权利人的合同权益实际上不受影响，所以保险人通常会采取灵活多样的理赔方式，以切实保护权利人的现实需求。但是，我国保险人在保证保险经营实践中理赔方式单一，通常都是采取给付保险金的方式来承担保险责任，这在我国当前占市场主体地位的各类消费信贷类保证保险中还未体现出弊端，但在保险公司涉足工程合同保证和住宅质量保证等领域时其弊端就明显体现出来。以多种形式的"代为履行"为理赔原则，确保权利人合同权益实际上不受影响是保证保险优于普通商业财产保险和普通民事担保机制的重要特征之一，但这一优势在我国目前保证保险经营中尚未得到有效体现。

二　现行费率制度无法满足保证保险市场费率合理性要求

费率适当是保险经营的基本准则之一，费率不足会损害保险人的利益，而费率过高则会损害投保人或被保险人的利益。我国目前对保证保险的适用费率一般是要求保险公司根据风险特点和性质制定相应的统一的条款费率，并报保险监管部门备案。笔者认为，保监会的这一规定并未充分考虑到保证保险风险性质的特殊性和费率厘定的复杂性，现行的费率制度尚无法满足保证保险市场费率的合理性要求。

（一）保证保险风险性质的特殊性[①]

从费率厘定角度看，与普通财产保险相比较，保证保险风险性质的特殊性主要体现在以下几方面。

1. 基础合同关系对保证保险定价具有很大的影响

在普通商业保险中，保险人在制定保单条款时拥有很大的自主权，可以对其可能承担的保险责任进行合理的限制，如设置较高的免赔额，规定较为苛刻的承保条件和较多的、较为严格的除外责任等。但在绝大多数重要的保证保险中，保险人的这种自主权利都受到很大的限制。其主要原因在于，保证保险协议通常存在相伴随的某种基础合同关系，它正是保证保险所承保的对象。对于合同保证，若没有基础合同则毫无意义，也根本无法存在。对于其他保证保险，可能并没有成文的具体合同文件，但却总是存在着某种潜在的义务关系，虽然有时候并不一定会立刻显示出来，但这种义务关系正是保证保险承保的对象。

保证保险协议中相伴随的基础合同通常都是为权利人所准备的，保险人往往难以改变或施加影响。这些基础合同通常都只关心权利人自己的利益或公众利益，保险人自身的利益难以得到体现。基础合同关系的存在使保险人厘定保险条款的"自主权"受到一定的影响，保险人在定价中不得不考虑这一因素。此外，基础合同关系性质的不同，风险状况也就会存在很大差别，如雇员忠诚保证，随雇主（权利人）与雇员（义务人）之间合同性质的

---

① 除特别注明外，均根据 EdwardC. Lunt，"Surety Rate-Making"整理。

不同，风险状况也会出现很大差别。因此，保证保险定价中还必须考虑不同的基础合同框架下的风险差别。

2. 许多保证保险都具有不可撤销性质

许多商业保险如火灾保险及绝大多数伤害保险等，出于多方面的理由，保险人对于发现的不利风险可以通过限制赔偿责任或要求增加保险费甚至解除保险合同等形式来维护自己的利益。但对于绝大多数保证保险来说，保险人就没有这些权利。保证保险协议一旦签署并送交权利人，保险人通常就必须对保证协议上的所有义务负责，即使因为一些特殊原因，保险人尚未获取保险费（如保险费被代理商截留等），也不能拒绝承担责任（Jeffrey S. Russell，2000）。[①] 保证保险中的这一规定主要是源于保险人承担的责任的固有性质，它不可避免地会随特定的环境变化而变化。如果允许保险人在承保后自由撤销保险合同，那么权利人的利益将无法得到保障，这就有悖于保证保险的基本宗旨。所以尽管投保人（义务人）可能未履行如实告知等规定义务或者承保后合同项目风险明显增加，但保险人不能随意主张撤销合同（详见本书第五章的分析）。因此，与普通商业保险相比，即使两种风险的承保特点和损失机会完全相同，保证保险中的保险人也会面临更大的赔付风险。

保证保险的这种特性一般体现在合同保证之中。对于忠诚保证，通常是雇主缴纳保险费，权利人也是雇主本身。忠诚保证本身是雇员、保证人和雇主三方的保险合同，但是现代形式的忠诚保证尤其是金融机构保证事实上已经在很大程度上演变成了一种双方补偿协议，即按照协议条款，保险人对被保险人所遭受的实

---

① Jeffrey S. Russell, 2000, *Surety Bonds for Construction Contracts*, ASCE Press, p. 26.

际损失进行经济补偿（Robert F. Cushman，1990）。[①] 一般来说，只要保险人严格遵照合同条款并提前通知，权利人就不会受到永久的或不公平的损害，因而这类保证保险类似于普通保险，一般没有不可撤销的规定。

3. 保证保险更易受到经济周期的影响

不可否认，包括保险业在内的所有行业都或多或少地会受到经济周期波动的影响。对普通保险而言，这种影响主要反映在保费规模的变化上，经济繁荣保费增长快，反之则保费增长缓慢，经济萧条最多导致保费出现负增长。而对于保证保险，经济萧条不但会严重影响保费规模，而且那些尚未解除保险责任的保证保险（outstanding bonds）也会遭受重大的损失，这在忠诚保证保险之中体现得最为明显。国外经验表明，经济萧条往往伴随着大量的违约和欺诈事件的发生，这可能是因为部分被保证人为尽快摆脱经济困境而铤而走险的缘故。对于绝大多数合同保证，保险人不仅受到经济萧条的严重影响，就是在经济萧条过后的快速繁荣过程中也常常遭受一些特别损失。经济萧条中，合同数量少，竞争激烈，工资偏低，违约增加，进而增大保险人赔付风险。一旦经济形势好转，业务开始活跃，原材料价格和劳工工资也随之上涨，在经济萧条时期承接业务的义务人和保险人会突然发现他们已无法按照预期完成合同，因为成本已大幅度增加，保险人和义务人常常会因未曾预料的成本上升而陷于困境。

由于受经济周期影响很大，损失条件不稳定，这就使传统商业保险定价中常用的经验估费系统在保证保险费率厘定中的应用受到极大的限制。

---

① Robert F. Cushman, George L. Blick and Charles A. Meeker, 1990, *Handling Fidelity, Surety, and Financial Risk Claims*, Second Edition. John Wiley & Sons, pp. 5 – 6.

4. 纯粹的预期损失概念难以解释保证保险费率

对于普通商业保险，保险费率通常会直接受到损失率的影响并主要由损失率决定。从公平交易的角度看，只有当保险人具有损失可能性时保单对投保人而言才具有价值，否则投保人的付出就相当于没有得到应有的回报，而且这种价值随保险人损失几率的增加而增加。因此，在一定程度上，保险人损失几率越大，保单价值越多，投保人愿意承担的保险成本就越高，否则保险人只有降低保险费率。

但对于绝大多数保证保险来说，损失概率就很难解释保险费率。因为从理论上说，保险人只为其认为不会发生违约风险的投保申请人提供保证保险，保险人的预期损失为零。因此，尽管损失率这个概念在普通商业保险厘定费率中极其重要，但在绝大多数保证保险费率厘定中却几乎很少考虑。保证保险费率一般不反映损失预期，损失概念也就难以解释保证保险费率的合理性。

5. 保证保险中的保险人具有弥补代偿损失的多重机制

尽管从理论上说，保险人不会遭受风险损失，但事实上保证保险风险事故确实会发生，有时还非常严重。这样，保险人就不得不面临如何应对代偿损失的问题。在绝大多数其他保险形式中，保险人可用于损失支付的主要的甚至是唯一的收入来源是保险人在收取投保人保费基础上通过投资运作等多种渠道建立起来的保险基金（premium fund）。在保证保险中，保险人同样可以充分利用多种投资渠道建立保险基金，但这通常都不是保险人用以弥补代偿损失的主要经济来源。在保证保险中，保险人通常具有普通保险制度所不具备的特殊补偿机制。

首先，义务人的补偿。在保证保险中，保险人通常对义务人享有追偿权，即保险人根据保险协议履行了对权利人的赔付责任后有权利就其代偿损失向义务人进行追偿。这一特征对于大多数投保人来说都很陌生，甚至感到难以理解。面对保险人的追偿，义务人常常会提出严重的"抗议"，因为按照一般保险协议，投保人缴纳保费也就相应地把风险责任转移给了保险公司。但在保证保险中，保险人签署了保证保险协议后基础合同本身的义务关系仍然没有改变，它仍然是义务人的绝对责任，保证保险协议只是保护权利人的利益而并非义务人（投保人）的利益。

其次，第三方的补偿。在实践中，保险人除了有权直接要求义务人进行补偿外，通常还可以要求负有补偿义务的第三方进行补偿，即要求义务人的亲属、朋友或商业伙伴等来偿还。这是因为，在义务人经济能力等资格条件尚不具备承保要求时，保险人通常要求第三方补偿作为承保的前提条件。较为常见的是拥有较大规模和较为雄厚实力的大公司为其下属单位或附属公司提供担保，在保险人要求的 GIA 协议上签字，承诺愿意在保险事故发生后就保险人的代偿损失提供补偿。一般来说，如果某一保证保险协议的执行对第三方当事人具有某种重要的特殊利益，则第三方通常愿意与保险人签署赔偿协议。这样，保险人在履行对权利人的补偿后就有了对第三方的合法追偿权。

再次，担保物品。在普通保险中不可能出现保险人要求投保人提供担保品的情况，因为这与保险的基本原理不一致。然而，在一些特殊的保证保险中，保险人却常常要求投保人（义务人）提供相应的担保物品，作为其弥补将来可能发生的代偿损失的重要手段。常见的是财务担保类保证（financial guarantees），即保险人保证义务人将在规定时间内或某特定事件发生之时支付规定数额的资金。对于这类保证，保险人大多要求投保人提供足够的担保物品作为其承保的前提。尽管一般认为，义务人具有良好道德品质和相应的经济能力就可以在规定时期内自行解除义务，不会给保险人造成损失。但事实上对这类险种很少有保险人会同意放弃担保物品要求，因为从实践上看其经营风险极大，控制相应的担保物品比其他任何追偿手段都更直接而有效。

（二）保证保险费率厘定的复杂性

保证保险风险性质的特殊性决定了保证保险费率厘定的复杂性。在保证保险制度最成熟的美国，较为深入的研究保证保险定价原理和方法的成果也相当有限。根据笔者所掌握的资料，较为系统的研究保证保险定价原理的文献只有 Edward C. Lunt（具体时间不详）所著的"surety rate-making"以及 Athula Alwis（2003）所著的"Credit & Surety Pricing and the Effects of Financial Market Convergence"。[①] 但是 Edward C. Lunt 仅仅是分析了保证保险定价的一些基本要素和基本原则，并没有涉及复杂的定价模型和具体操作问题，Athula Alwis 借鉴资本市场上金融产品定价经验来分析保证保险定价相关问题，被认为是对保证保险定价理论的新突破。但其内容仅仅涉及部分商业保证（非合同保证），对大量其他重要的保证险种并未做出尝试，况且其理论本身还面临较多的操作性难题。

一般认为，保证保险定价的基本方法是准保险方式定价（quasi-insurance basis）和服务定价（service charge）。所谓准保险方式定价，就是对于某些特定保证险种，虽然其风险性质与一般财产保险存在明显区别，但在定价实践中保险人通常将其视为一般性的财产保险，很少甚至几乎不考虑其特殊的风险性质，而是按照类似普通财产保险定价的方法来确定其适用费率。采用这种定价

---

① Edward C. Lunt, "Surety Rate-Making", www. casact. org/pubs/proceed/proceed-38/38016. pdf.
　Athula Alwis and Christopher M. Steinbach, "Credit & Surety Pricing and the Effects of Financial Market Convergence", http：//www. casact. org/pubs/forum/03wforum/03wf139. pdf.

方法的最常见的就是许可证保证（license and permit bonds）和公证人保证（notary public bonds）等非合同类保证保险。其主要原因在于这类保证保险的损失率通常较低而且相对稳定，保险人实施追偿通常也显得不够经济，所以保险人在实践中一般不考虑追偿等问题，而是直接按照一般性财产保险的费率厘定原则进行定价。准保险方式定价方法只适用于极少数保证险种，保证保险定价实践中更常见的是服务定价方法，凡是保险人基本上是依赖投保人经济能力以及投保人补偿责任和提供的担保物品等情况来决定是否承保那些保证保险，基本上都适用服务定价方法。对于这类险种，保险人通常不期望通过收取保费建立保险基金来应对可能发生的代偿损失，相反，保险人在承保前就已经预期建立保险基金仅仅是应对其将来可能发生的代偿损失的非主要的手段之一，因此通常要求投保人（义务人）具有偿还能力并且必须签署 GIA 协议承诺偿还保险人的代偿损失，有时还同时要求提供保险人认可的担保物品。由于保险人一般假定不会发生损失，所以在费率厘定中很少或几乎不考虑这一要素，而是直接将保险费看做是向投保人（义务人）提供信用支持和保证而应收取的服务费，其具体标准根据服务成本、管理费用和合理利润等因素来确定。

从实践上看，无论是纯粹的准保险方式定价还是服务定价都难以满足现实要求，所以更常见的是将两种方法综合运用。到底以何种方法为主，取决于具体险种的风险性质和费率厘定人员的主观判断。一般来说，对于忠诚保证保险，由于其损失支付基本上来自于积累起来的保险基金（当然，这并不意味着忠诚保证保险中，保险人可以放弃对不诚实义务人的责任追究），所以通常是以准保险方式定价为主。忠诚保证保险费率在很大程度上是根据过去若干年度的保费、损失和其他承保情况的历史经验来确定；对于合同保证保险（最常用的一种确实保证保险），义务人总是对合同义务承担主要责任，必须尽所有可能的资源偿还可能发生的代偿损失，保险人预期通过对投保人（义务人）品质、经验和财务能力等方面的严格审查以及违约事件发生后的积极追偿等诸多风险防范手段，可以有效规避风险损失。因此，从理论上说，合同保证保险定价适用服务定价理论，但实际上费率厘定过程非常复杂，并非纯粹的服务定价原理就能满足现实需要。从美国情况来看，承包商（义务人）和保险人常常就保险费率问题产生严重的意见分歧。

保证保险费率厘定极为复杂，需要考虑的因素众多，以合同保证保险为例，美国 SFAA 在制定费率时除了根据行业统计资料计算出行业整体承保成本及赔付成本外，还需综合考虑以下多种因素（邓晓梅，2003）：[①] 宏观经济运行对保证行业的影响；法律法规的变动对费用的影响；市场竞争因素；投保需求预测；风险的规模；保额要求的影响；风险的性质；已知风险的类别；法规的限制；信用延伸的价值；信用风险的程度；所要求的服务的性质；代理费标准；再保成本以及逆向选择的影响；等等。在这些基本要素中，许多都属于主观性较强的评价项目，这就大大增加了保证保险费率厘定的难度。

（三）中国保险公司尚不具备自主厘定保证保险费率的条件和能力

综上所述，保证保险风险性质特殊，费率厘定过程非常复杂，需要考虑的因素众多，通常涉及极为复杂的计算过程和大量的主观判断，需要大量的数据积累和丰富的实践经验，普通保险人通

[①] 转引自邓晓梅著《中国工程保证担保制度研究》，中国建筑工业出版社，2003，第 214 页。

常受制于经验、技术以及信息和数据来源等诸多方面的限制，难以胜任保证保险费率厘定工作。在美国保证保险制度发展的早期，各保险人自主厘定保证保险费率，由于定价方法和定价理念不统一，各保险人数据积累和资料来源也极为有限，导致保证保险费率在很大程度上带有较为严重的"猜测性"，整个保证保险市场费率混乱无序。正是在这种背景下，1908 年美国保证保险业界的领导者们创立了美国保证协会（SAA）。SAA 负责制定并公布行业参考性费率。作为费率厘定方面的专门机构，相比普通保险人而言，SAA 在经验、技术以及行业信息和数据资料的积累等诸多方面都具有明显优势，从而最大限度地保证了保证保险市场费率的合理性。

相比之下，我国保证保险经营历史还不长，业务量小，对于单个保险公司而言，经验、技术和人才储备都还相当有限，自主厘定保证保险费率的能力还存在很大的局限。此外，对于单个保险公司而言，其数据积累和信息获取渠道也相当有限，这也在客观上对保险人自主厘定保证保险费率构成很大的现实约束。实际上，我国各保险公司在厘定保证保险费率过程中，既没有成熟的理论指导，也缺乏相应的实践经验，在很大程度上带有较为严重的"猜测"性。考虑到经营风险难控，各保险公司实际执行的费率标准普遍偏高。以中国人民财产保险股份有限公司推出的"住宅质量保证保险"为例，该险种条款规定，一般费率为 5‰，具体费率可以在 20% 范围内上下浮动，但实际执行中通常是按照销售金额的 5‰ 收取保险费。在住宅质量保证保险制度最成熟的法国，虽然规定的费率一般是工程造价的 0.5% ~ 10%，[①] 但一般执行的是工程造价的 0.5%，只有对极少数风险较大的投保项目增加保险

---

① 刘美霞：《以住宅质量保证保险机制维护消费者权益》，《中国房地产》2003 年第 4 期，第 63 ~ 65 页。

费。我国住宅质量保证保险投保项目必须是通过建设部门 A 级性能认证的住宅项目，通常认为属低风险项目，应适用较低的费率标准，但保险公司执行的却是销售价格的 0.5%。需要注意的是，由于特殊的国情，我国商品住宅项目的实际造价与销售价格存在很大的差距，所以开发商普遍认为当前住宅质量保证保险的市场费率偏高，保费负担过重，进而严重影响了对该险种需求的积极性。

根据笔者的调查，除经过市场反复洗礼后相对较为成熟的汽车消费信贷保证保险具有较为统一的费率标准以外，对于其他保证险种，如产品质量保证和雇员忠诚保证等，部分保险公司在实务经营中其实并没有真正的费率标准，保险人通常是对具体客户的核保信息进行分析评估，结合"综合性业务取向"开出具体险种的价格。实际价格在很大程度上取决于投保双方业务关系的紧密程度和双方的谈判能力，随意性很大，这就明显偏离了保证保险定价的基本原则，无法确保市场费率的合理性。

总之，由于缺乏权威的费率标准，保险公司又缺乏费率厘定的经验和能力，近年来保证保险赔付率比例又居高不下，对于经营风险的"恐惧"心理往往导致保险人将费率标准估计偏高，从而影响了保证保险的市场吸引力。

三　业务管理不完善，风险防范机制不健全

由于业务管理不完善，风险防范机制不健全，我国保险公司在保证保险业务经营中不但效率低下，而且经营风险极为突出，赔付比率在 2004 年高达 200% 就是明显的例子。笔者认为，这正是我国保险公司对于保证保险承保条件极为苛刻甚至对于一些重要的保证保险业务申请采取消极回避态度的重要根源。从实践上看，保证保险的业务管理及风险防范机制主要由严格的承保审核、

积极的风险监控和有效的理赔与追偿等几个关键环节组成。目前，我国保险公司在这些关键的业务环节中都还存在较为严重的问题。

（一）保证保险承保环节存在的主要问题

承保是保证保险经营的关键环节，是保证保险经营风险的第一道防范屏障。由于多方面的原因，我国目前保险公司在保证保险承保环节问题较多，承保风险较为突出，主要体现在以下几方面。

1. 承保审核指标体系不健全

与普通商业保险不同，保证保险一般承保的是投保人的履约责任，是以被保证人（投保人）的作为或不作为致使权利人（被保险人）遭受经济损失为保险标的的。因此，保证保险承保风险评估的重点是被保证人（投保人）的履约能力和诚信的品质。尽管各保险公司都有其承保指导方针和具体的风险识别标准，但是通常情况下都需要对投保申请人品质（character）、能力（capacity）和资本（capital）进行审核，也即所谓的"3C"承保标准。[①]其中，"品质"方面主要是考察投保申请人过去的经营行为和履行义务情况，主要包括：是否曾进行或参与过商业欺诈活动；是否有过虚假陈述的记录；当前和过去是否卷入可能造成欺诈性和惩罚性损失赔偿的法律诉讼；是否曾经有过违约记录；等等。"能力"主要是评估投保申请人是否具备履行具体义务的各种资源及技术手段，主要考察指标包括：投保企业过去的经验和工作业绩；公司管理层和关键雇员的教育背景；投保申请人是否具有必要的管理和技术人员；是否具有履行合同项目所必需的设备以及必要的材料准备；等等。"资本"主要是分析投保申请人是否具有履行

---

① 载于 SFAA 网站，http：//www. surety. org/content. cfm？ lid = 70&catid = 2。

规定义务所必需的财务能力。考察指标通常包括：投保申请人提供的财务报表是否经过注册会计师（CPA）审计，尤其关注的是CPA出具的审计意见；账簿上的费用记录；流动资金计划；应收债权的可靠程度以及清偿能力、净资产和利润指标；等等。除此之外，在一些重要的险种中，另外两个"C"也是保险人重点关注的标准：其一是持续性（continuity），它主要是考察投保申请人是否具有持续经营的能力以及具有完备的在遭遇意外情况下的持续经营计划；其二就是投保申请人的沟通（communication）能力。一般来说，掌握良好沟通技巧的投保申请人将更受各保险公司的欢迎。

由于起步较晚、经验不足等诸多方面的原因，承保审核指标体系不健全是我国整个保证保险业务经营中普遍存在的问题。从实践上看，保险公司尤其是基层分公司，在业务操作上大多仍然按照传统经营思维来经营保证保险，忽视了保证保险风险识别指标体系的建立，最为突出的问题就是对投保人的资信调查不到位。以近年来占我国保证保险市场主体地位的汽车消费信贷保证保险为例，部分保险公司尤其是基层机构常常通过"合作协议"的方式委托贷款银行对贷款人（投保人）资信进行调查，实际上也就是商业银行例行的贷款资格审查而已，在这一过程中，商业银行的道德风险和逆向选择风险很难避免。当然，也有的保险公司要求亲自进行资信调查（如中国平安保险公司等），但却通常是使用与商业银行的信贷审核标准几乎一致的指标体系（一般仅包括贷款人职业、年龄、收入、家庭、消费、抵押物状态以及所购买车型等主要指标），因为在他们看来，只要符合商业银行信贷标准，就表明贷款人一般都具备还贷的能力。殊不知，保证保险的违约风险不仅来自于投保人失去履约能力的客观因素，也来自于投保人的主观故意行为，在我国当前缺乏完善的信用约束和失信惩罚机制的情况下，后一种方式显得更加突出。事实上我国汽车消费信贷保证保险的违约事件中除了极少数从一开始就是"空车骗保"、"空车骗贷"等非法行为外，绝大多数都是因为新车购置价格不断下跌而故意选择了拒绝还贷的行为，并非是因为投保人失去了还贷能力。传统的银行贷款资格审核的重点在于考察贷款人将来的还款能力，而保证保险审核除了要考察投保人的履约能力外更应该注重对投保人信用道德的审查，这在我国信用体制尚不健全的情况下显得更为重要，而这正是我国目前保证保险承保审核指标体系最主要的缺陷。车贷险业务是我国目前最成熟的保证保险业务，对于其他险种而言，保险人更是缺乏一套完整的承保审核指标体系，对承保风险无法做出准确合理的评估，这正是保险人普遍感到保证保险经营风险难控，进而对大多数保证保险业务采取消极态度的重要原因之一。

2. 现行抵押机制不合理

如前所述，保证保险机制相对于普通民事担保机制而言，其最大的优势之一就是采用"全面补偿协议"（general indemity agreement，简称 GIA）代替了严格的反担保机制。一方面，该协议作为保险人对投保人的一种授信机制，增强了投保人自主履约的能力；另一方面，通过 GIA 协议，保险人实施追偿过程中可执行财产的范围也扩大到与义务人存在密切关系且在 GIA 协议上签名的所有当事人。

我国目前保证保险经营中，基本上都采取了与普通民事担保相同的所谓反担保措施，常见的就是要求投保人提供足够的抵押物品。现行抵押机制在实践中的主要弊端在于义务人大量资金或资源被占用，其不但造成很大的"沉淀成本"，还常常会影响其现金流量，反而削弱了义务人履行合同义务的能力，这在各类工程合同类保证保险中体现得最为明显。如在工程合同保证保险业务中，保险人常常要求投保企业提供高额的所谓"保证金"，这实际上和商业银行的保函担保业务并没有实质区别，无法体现出保证保险的特殊优势。此外，对于目前占市场主体地位的各类消费信贷保证保险，如车贷险和房贷险等，由于其风险性质较为特殊，投保人通常为自然人，流动性较大且可供执行的财产数量也通常有限，保险公司追偿难度较大。笔者也并不赞成保险公司放弃抵押要求，但是现行的抵押机制的确存在明显弊端。

首先，现行消费信贷保证保险抵押机制中投保人提供的所谓抵押品通常就是贷款所购物品，一旦抵押物品价值大幅下跌，极易发生贷款人的道德风险问题，即贷款人（义务人）恶意拒绝还贷而任由贷款银行或保险公司处置其抵押物品，但处置收益通常无法弥补保险人的代偿损失。我国近年来发生的一系列因汽车购置价格不断下跌而出现的大面积恶意逃避银行债务，任由商业银行或保险公司处置所购车辆的现象就是明显的例证。

其次，按照保证保险的基本原理，抵押物品的权益本应在保险公司，以便于保险公司追偿机制的顺利实施。但我国目前的各类消费信贷保证保险业务中，商业银行总是以"抵押贷款合同"为由，将抵押物品的权益归于贷款银行。这种抵押机制明显不符合保险人的利益，增加了保险公司经营风险。以住房抵押贷款保证保险为例，如果发生违约事故后由银行先行处理抵押房屋，[①]难以避免商业银行的道德风险问题。因为处置价款与银行没有太多直接利益（处理抵押物仍不足以抵偿欠款部分由保险人承担），这就难以避免"廉价处理"之嫌；如果保险公司在履行赔付职责后

---

① 一些保险公司如华安保险"房屋按揭贷款保证保险"规定，发生违约风险后保险人负责经贷款银行处理抵押物仍不足以抵偿欠款部分。

取得抵押权，[①] 则会牵涉另外两个问题：一是产权转让成本；二是产权转让后的处置过程可能涉及复杂的法律纠纷（因为投保人与保险人之间没有直接的产权抵押关系）。

3. 承保技术手段落后

保证保险承保过程是一项技术性很强的专业工作，从理论上说，凡是可能引起义务人违约的所有主观和客观因素都需要保险人严格细致的审核和评估。但事实上这不但不符合保证保险承保的效率要求，通常也会受制于承保人员技术和经验等条件限制而难以保证评估结果的合理性。从国外保险公司承保实践来看，各保险公司通常大量利用现代数理统计分析技术和先进的计量经济手段，通过对大量的历史经验数据进行统计分析，建立相应的计量经济模型，借助于这些基本模型来实现对义务人信誉状况的初步评判，并广泛使用先进的网络信息技术平台促进承保信息的采集、传递和整理（详见本书第六章的相关论述），极大地增强了保险人承保审核的效率，并尽可能地减少了承保评估人员的主观性影响，提高了承保风险评估和决策的合理性。

目前，我国保证保险承保技术手段还非常落后，基本上依赖承保人员的主观判断这种较为初级的承保审核方式，如在车贷险业务中，保险人通过对购车人职业、年龄、收入、家庭、消费、所购买车型等因素直接打分来决定是否接受承保及适用费率。此外，我国保险公司在保证保险承保评估中基本上依赖手工操作，电子化程度还很低。缺乏先进技术手段一方面直接影响了承保评估的合理性，另一方面也导致了我国保证保险承保审核和风险评

---

① 一些保险公司如人保"商品房抵押贷款保证保险条款"规定，"在偿清贷款合同本息时，若投保人尚未还清本公司代偿的款项，本公司即按法定程序取得抵押物的抵押权，并按本保险条款第十二条的规定对抵押物处置所得价款进行分配"。

估的低效率、高成本，进而成为推动我国保证保险费率偏高的因素之一。

（二）保险期内的风险管控问题

对于保证保险而言，权利人通常需要的是具体合同目标的实现而不仅仅是事后的简单的经济补偿，而确保履约正是保证保险的基本宗旨，也是其优于普通民事担保机制的本质特征之一。为体现保证保险的基本宗旨，保险人除了应加强对承保标的的风险评估和承保选择外，还必须切实做好保险期内的风险监控与管理咨询服务，以防患于未然。虽然这也会产生一定的成本支出，但相对于义务人履约失败所产生的严重后果来说，通常是微不足道的。但实践中我国大多数保险公司尤其是基层分支机构长期以来"重保费、轻管理"的粗放型经营模式并未得到实质性改变。由于思想观念滞后、人才和技术限制等诸多方面的原因，我国保险公司在保证保险经营中对保险标的的风险监控和防范措施往往没有落到实处。以工程履约保证保险为例，国外保险公司在承保期内通常会采取各种积极措施，随时掌握工程项目的进展状况，一旦出现承包商可能违约的征兆，则立即采取相应的措施如对承包商进行融资或提供技术支持等，尽量避免违约事故的最终发生，实现保证保险"巩固承诺、确保履约"的宗旨。但我国保险公司在经营工程履约保证保险业务中基本上是收取保费后就不再对工程项目实施切实的监督和管理服务，往往要等到权利人提出索赔申请时方知保险事故已发生。由于在保险期内缺乏对保险标的的有效监控，对于潜在的风险无法及时发现并采取相应的防范措施，这一方面导致潜在风险的扩大化，另一方面保证保险"确保履约"的宗旨也难以得到实际体现，进而降低市场主体对保证保险的认同度。

（三） 保证保险理赔环节存在的主要问题

相对而言，保证保险理赔工作比普通商业保险更加复杂。其主要原因在于，保证保险的理赔方式不仅仅限于对被保险人（权利人）进行简单的经济支付，在一些重要险种中常常会体现为多种形式的"代为履行"。事实上，"代为履行"也正是保证保险机制的优势之一，因为合同未得到切实履行给权利人造成的损失有的时候难以用简单的经济赔付来弥补。"代为履行"一方面要求保险人具有快速的判断和决策能力，另一方面还要求保险人对选定的履行方式进行监督和实施以确保其效果，这就大大增加了保险理赔工作的难度。此外，保证保险理赔工作中通常还会涉及就代偿损失向投保人（义务人）进行追偿的问题，这不仅要求保险人具有对 GIA 协议框架所涵盖的各种财产的处置能力，还要求保险人能够熟练应付其中可能涉及的复杂的法律纠纷。不仅如此，保证保险的这种追偿机制对投保人来说显得"极不公平"，常常会遭遇投保人严重的心理"抵制"，因此，还需要理赔追偿人员具有良好的沟通和协调能力。

目前，由于思想认识不足以及客观条件限制等诸多方面的原因，我国保证保险理赔工作还很不到位，不但未能体现出保证保险制度本身的优势，而且还极大地增加了保证保险的经营风险，突出地表现在以下几个方面。

1. 赔案调查不够细致和严格

一般来说，保证保险的理赔调查工作至少要达到三个目的：一是要明确保险各方当事人的权利和责任，避免错赔和滥赔等现象；二是要检验承保审核工作的疏漏，以便进一步改善承保质量；三是要查清事实真相，防止骗赔事件的发生。此外，对于某些重要的保证险种，深入细致的赔案调查是保险人合理选择理赔方式的重要前提。

从我国现实情况来看，我国保证保险理赔调查不严格、不细致的现象时常出现，甚至一些基本的理赔规范在实践中也没有得到切实履行，在某些地区甚至出现较为严重的错赔现象。如近年来我国汽车消费信贷保证保险中，尽管保险人一般都在保险条款中规定了被保险人的义务以及保险人的免责条件，如永安财产保险股份有限公司的"个人汽车消费贷款保证保险条款"明确规定："被保险人对借款购车人资信调查的材料不真实或贷款手续不全以及被保险人与借款购车人共同的故意行为和违法行为，保险人不负赔偿责任。"但在实践中，面对业务压力以及获取非法收益的动机，一些商业银行尤其是基层分支机构违规放贷或在资信调查中采取敷衍态度，甚至与贷款人或汽车经销商等联合作假，采取"低贷高保"甚至"空车骗保"等手段坑害保险公司利益的现象时常出现。而当前保险公司尤其是一些基层分支机构，仍然将总保费收入而不是实际效益作为最重要的业务考核指标，业务人员的晋升和薪金待遇等都与业务总量密切挂钩。这样，一些基层保险分支机构为简化理赔程序和出于与银行、汽车经销商等保持良好业务关系以便争取更多的保险业务的需要，理赔工作中往往只关注投保人违约事实，而常常忽视了对贷款银行和汽车经销商的责任调查和追究。更为严重的是，不少车贷险违约事件都已经超出了《保险法》或《担保法》（我国目前车贷险业务纠纷案件按最高人民法院的相关规定可以适用担保法）的范畴，事实上已经涉嫌欺诈犯罪问题，但保险人却很少去调查和追究。从近年来的司法实践看，绝大多数保证保险纠纷都因保险人"缺乏有力证据"而最终以失败告终。而所谓的有力证据必然来自于严格而细致的赔案调查。保险理赔调查工作不到位，一方面可能造成错赔、滥赔现象，另一方面也在很大程度上助长了权利人与义务人等相关当事人的道德风险，给保证保险的长期稳定发展造成严重的后果。

2. 理赔方式单一，缺乏灵活性

按照保险协议的约定对遭受灾害事故损失的单位和个人进行经济补偿是保险的根本目的，在普通财产保险中这种补偿通常就是支付被保险人一定金额的保险金。而在保证保险中，支付保险金通常并非最佳的补偿方式。从国外实践来看，在保证保险业务中，保险人通常可以灵活选择多种方式来处理权利人提出的索赔要求。如在工程履约合同保证保险中保险人处理赔案申请的具体方式可体现为对义务人（承包商）提供经济支持、将工程合同转包、接管工程后再行转包、对工程项目再次进行招标并负责安排一个权利人（业主）与新的中标者之间的工程合同等多种灵活多样的方式，以充分照顾权利人的实际利益，并减少自身赔付风险。

目前，我国各保险公司在保证保险理赔方案上通常还是沿用了普通商业保险的习惯做法，即向权利人给付一定金额的保险金。对于各类消费信贷保证保险而言，保险人对权利人的索赔要求采取现金赔付方式也是最适宜的理赔方式，尚没体现出现金理赔的弊端，但对一些其他的重要险种，如工程合同保证保险、住宅质量保证保险以及工程质量保证保险等，保险人"代为履行"的方式可能就有许多种，但我国保险公司通常还是以在保险金额范围内支付一定的现金作为赔付方式，这就显得过于单一，不仅可能不利于权利人的现实利益需求（可能要求的不仅仅是现金补偿），还使保险公司的保证保险业务与民事的民事担保业务相比，无法显示出优越性。

3. 追偿机制不健全

保险人在履行了对权利人的赔偿责任后有权向义务人进行追偿是保证保险的一个基本特点，这既是保险人弥补代偿损失的重要手段，也是保险人借以"迫使"义务人认真履约，进而控制投保人主观违约风险的关键。在美国等保证保险制度成熟的国家里，法律一般都明确地规定，保险人签发保证保险单的先决条件就是要求保险人可以明确取得这种补偿权利，这种权利虽然源自普通法，但是已经被成文法和合同约定固定下来，属于专属权利（Aremn Shahinian，1996）。①

尽管我国《保险法》尚无相关的具体规定，最高人民法院出台的相关司法解释还存在很大的争议（详见本书第五章的分析），但是毕竟最高人民法院也在司法实践中承认了保证保险合同"具有担保合同的性质"，并可以向投保人进行追偿。如最高人民法院在 2003 年颁布的《关于审理保险纠纷案件若干问题的解释（征求意见稿）》中提出："保证保险合同是为保证合同债务的履行而订立的合同，具有担保合同性质。保证保险法律关系的当事人为保险人（保险公司），权利人（债权人、受益人），投保人（合同的债务人、被保证保险人）"，"投保人违反约定给权利人造成的损失，由保险人按照保证保险合同予以赔偿。保险人承担保险责任后，有权依照合同向投保人追偿"。② 可见，我国保险公司在保证保险经营实践中就代偿损失向义务人（投保人）进行追偿具有明确的法律依据。但从实践上看，保证保险追偿机制还很不完善，主要体现在以下几方面。

（1）保险人出于一些特殊原因主动放弃了追偿权利。保证保险是为保护权利人的利益而不是投保人的利益而设立的，因而保

---

① Aremn Shahinian, 1996, "Strategic Use of The General Indemnity Agreement in Settling Bond Claims Over A Prinicipal's Objections", ABA Tort and Insurance Practice Section.

② 《关于审理保险纠纷案件若干问题的解释（征求意见稿）》，中华人民共和国最高人民法院，2003 年 12 月 8 日。

险人在履行了对权利人的赔付之后有权向被保证人（义务人）进行追索，这也是国际保险界的通行做法，然而我国一些保险公司在某些险种中却明确放弃了这种权利。典型的如 2002 年中国人民保险公司与建设部住宅产业化促进中心等相关部门在多次磋商、协调下推出的住宅质量保证保险。在该保险条款中，保险人就没有要求追偿权利。笔者认为，保险人之所以放弃该条款，主要是考虑到该条款通常都难以为人们所接受，常被指责为"霸王条款"，因而保监会、人保公司以及建设部在磋商过程中保险公司做了让步。追偿权利的放弃，使保险人单方面完全承担了违约风险，严重危及保险人利益。同时，追偿条款的放弃也使保险人不得不规定严格的承保条件和较高的费率标准，而这又在很大程度上限制了住宅质量保证保险业务的拓展。

（2）简单地将保证追偿权与代位求偿权混同。代位求偿机制与保证保险的追偿机制具有类似的功能，它们都是保险人弥补代偿损失的重要手段。从国外的实践来看，通常是普通财产保险适用代位求偿机制，而保证保险适用类似担保业务中的特殊追偿机制。这两种机制最主要的差别体现在两个方面：一是适用目的不同。普通财产保险中的代位求偿机制是源于保险的补偿原则，其直接目的是为了防止被保险人从保险事故中获利，进而防范道德风险，而保证追偿机制的直接目的就是挽回代偿损失，并借此"迫使"义务人认真履约（因为义务人违约不会得到任何好处）；其二，也是最明显的区别，那就是保证追偿和代位求偿机制的适用对象明显不同。按照《保险法》，保险人行使代位求偿权，其权利对象只能是对保险事故负有法律责任的第三方，而投保人作为保险合同的当事人之一，并非独立于保险合同的第三方当事人，因此保险人不能对自己的投保人行使代位求偿权。况且，在财产保险合同中，投保人与被保险人通常合二为一。如果允许保险人向投保人行使代位求偿权，那么就成了保险人向被保险人履行了赔付义务后又向被保险人索回保险金，这显然不合逻辑。但在保证保险中，保险人在履行了对权利人的赔付职责后进行追偿的对象首先就是投保人（义务人）。不仅如此，凡是在全面补偿协议（GIA）上签名的其他任何当事人，都可能受到责任追究。

由于起步较晚，理论基础薄弱，我国保险实务界大多对保证保险追偿机制还缺乏真正的理解。况且，保险人行使追偿权与保险人向第三方行使代位求偿权在为保险人挽回损失方面具有共同性，所以，实践中常常出现将保证追偿权简单等同于代位求偿权的现象。如永安财产保险股份有限公司"汽车消费信贷保证保险条款"第15条规定："被保险人在获得保险赔偿时，应将其有关追偿权益书面转让给保险人，并协助保险人向借款购车人追偿欠款。"这实际上就是简单沿用普通财产保险中代位求偿权的相关规定（有关保证保险追偿权利的行使问题笔者将随后详述）。

此外，我国一些保险人在实践中放弃追偿权利也在很大程度上与这一因素有关。因为在普通财产保险中，尽管法律赋予保险人代位求偿权，但为了满足有些被保险人的特殊需要，保险公司可以使用合同条款放弃代位求偿权，或者在损失发生后决定不行使代位求偿权。这是因为法律费用可能超过可能获得的补偿额，或者因为保险公司希望与公众保持良好关系。笔者认为，保险人能放弃代位求偿权，除了上述原因之外，还有一个最根本的理由，那就是保险人放弃代位求偿权对保险公司的稳健经营不会造成太大的影响。因为规定代位求偿权的最根本目的是防止被保险人取得超过保险利益的赔偿金，从而有效防范可能出现的道德风险问题。至于通过求偿弥补保险公司的损失，并非最直接、最根本的理由。因此，为了保障自身利益，保险人在进行保险产品定价时就已经充分考虑了代位求偿的低效率问题，其定价几乎不考虑代位求偿的影响，而是直接假定损失的发生就是绝对的、理所当然的，收取的保费绝大部分都会用于将来的损失支出，并基于对将来损失的精算假设来确定合适的费率。如此，保险人将可能发生的损失早已通过合理的定价等手段进行了"消化"，适度放弃代位求偿权并不会对保险人的经营造成太大的影响。

由于对代位求偿与保证追偿概念的混同，一些保险人也就容易简单沿用代位求偿权的相关规定，出于一些特殊原因主动放弃了保证保险的追偿权利。典型的如中国人民财产保险股份有限公司当前推行的"住宅质量保证保险"，该保险条款第18条规定，"发生本保险责任范围内的损失，应由投保人之外的有关责任方负责赔偿的，被保险人应立即以书面形式向该责任方提出索赔，并积极采取措施向该责任方进行索赔。保险人自向被保险人赔付之日起，取得在赔偿金额范围内代位追偿的权利"。虽然该条款中也明确提到了"追偿"二字，但实际上这并不等同于保证保险业务中的追偿机制，因为它们实施的对象存在根本区别。事实上，保证保险中，保险人收取的保费通常都不能弥补其代偿损失，对投保人（保证保险中的义务人）的追偿所得在保证保险定价中占有极端的重要性，如果简单放弃追偿权利则会给保险人带来巨大的利益损失。

（3）追偿机制的具体实施受到很大约束。在某些具体险种，尤其是各类信贷保证保险中，为弥补代偿损失，我国保险人一般也都规定了相应的追偿条款。虽然是沿用传统的代位求偿模式，但毕竟对保险人实施追偿提供了明确的依据。但在具体实施中，保险人却通常面临较大难题，严重影响了追偿机制的应有效力。其主要原因在于我国社会信用制度尚不够健全，尤其是缺乏相应的失信监督和惩罚机制，这就在很大程度上为义务人（投保人）逃避追偿创造了条件。更为重要的是，我国保险人在承保过程中就没有为保险人实施追偿奠定好基础。从国外实践来看,保险人在承保业务中就通常要求义务人签署全面补偿协议(GIA)。该协议涵盖了所有在协议上签字的当事人而并非仅仅是义务人自己的资产,同时对一些风险较大的险种还要求提供一定的抵押物品,这样就为保险人成功追偿奠定了法律和物质基础。而我国目前的各类信贷保证中,不但没有类似的 GIA 协议,就连抵押资产的权益也通常都在贷款银行。一些保险公司如华安保险"房屋按揭贷款保证保险"规定,发生违约风险后保险人负责经贷款银行处理抵押物仍不足以抵偿欠款部分。而另外一些保险公司如人保"商品房抵押贷款保证保险条款"规定,"在偿清贷款合同本息时,若投保人尚未还清本公司代偿的款项,本公司即按法定程序取得抵押物的抵押权,并按本保险条款第十二条的规定对抵押物处置所得价款进行分配"。在前一种方式中,商业银行处置抵押资产后保险公司再行赔偿不足部分,实际上此时保险公司已经没有可供追偿的财产了,追偿权利在很大程度上已变成一纸空文;在后一种方式中,一方面银行向保险公司的产权转让不可避免地会产生额外的转让成本,另一方面是产权转让后的处置过程可能涉及复杂的法律纠纷(因为投保人与保险人之间没有直接的产权抵押关系)。因此,只要抵押物的权益在贷款银行,都会给保险公司追偿手段的实施构成一定的约束。

四 人才和技术瓶颈

保证保险经营的各个环节都需要大量高素质人才。从定价来看,保证保险的定价要素与普通财产保险存在很大区别,需要特殊的定价模型和方法,需要畅通的信息渠道和丰富的数据积累,而且与普通财产保险相比,涉及更多的主观性判断,并非保险公司一般的精算人员所能够胜任。目前,我国各保险公司普遍缺乏保证保险费率厘定人才，实务处理上具体的费率标准带有很大的"猜测性"；从承保环节看，保证保险承保审核和风险评估人员不仅要求具有丰富的调研经验，还要求懂法律、财务分析以及某些专业领域知识，如工程合同保证保险承保审核需要懂一定的建筑、材料和设备知识，雇员忠诚保证保险审核人员还要求熟悉企业内部控制制度等，我国各保险公司目前的承保业务人员显然还难以有效胜任；从理赔环节看，保证保险理赔并非以经济赔偿方式作为解除保险责任的唯一方式，相反，保险人可采取多种"代位履行"的方式，这就不仅要求保险理赔人员具有很强的决策能力，还对保险人决策实施和控制能力提出了更高的要求。此外，保险人在代位履行职责后通常要采取积极措施向义务人追偿，在我国现行体制下这也是一项非常烦琐的事务，不仅需要熟练使用各种法律手段，还需要具备良好的沟通协调与谈判能力。

保证保险在我国还是一个较为陌生的领域，保险公司现有人员大多知识结构不合理，也缺乏相关的专业训练，经验明显不足。此外，我国现行教育体制又远不能满足保证保险市场的现实需求，虽然人才市场上"人满为患"，但真正符合保险公司需要的高素质、复合型人才却凤毛麟角。每当涉入新领域，推出新险种之机，各大保险公司都面临严重的人才危机，当前保险市场上普遍存在的恶性"人才争夺战"就是明显的例子。

人才和技术是两个密切关联的因素，高素质人才的匮乏又直接导致了我国保证保险费率厘定和承保与理赔技术手段的落后。这一方面使保险公司对保证保险经营风险普遍存在"恐惧"心理，进而采取消极的经营态度，如规定极为苛刻的承保条件并严格限制保险责任等；另一方面也限制了保险公司在新险种研发和普及方面的原动力，这正是我国保证保险业务量少、覆盖面不高的重要根源之一。

五　外部环境条件的制约

任何一种制度总是在特定的环境中运行的，这种环境提供了该制度生存和发展的现实土壤。当前，我国保证保险制度总体上讲还非常落后，这其中的原因，除了保险人自身思想认识偏差以及人才和技术约束等因素外，最关键的问题就在于我国目前保证保险经营的外部环境尚不够宽松，对保证保险的业务推广、承保、理赔以及追偿机制的实施等诸多业务环节构成极大的约束。当前，制约我国保证保险制度发展的外部环境条件主要体现在以下几个方面。

（一）社会认同度不够

相比普通财产或人身保险而言，保证保险在我国还非常陌生，社会各界对其性质、作用和功能等还缺乏了解，对保证保险的认同度普遍较低。尤其需要注意的是，保证保险经营中极为重要的"追偿机制"更是让众多投保人感到难以理解，人们总是习惯用传统保险思维来看待保证保险，认为只要交了保费，保险公司就理所当然地承担了风险，而事后追偿对义务人（投保人）来说是极其"不公平"的，从而产生较为严重的"抵制"心理。对于权利人（或债权人）来说，由于各种主观或客观方面的原因，也没有形成使用保证保险机制来保障自己合法权益的习惯，银行保函和担保公司等传统担保形式基本垄断了我国"第三方"担保市场。此外，一些传统思想也影响了我国保证保险的市场接受度，如我国一些保险公司在推广雇员忠诚保证保险中，就常遭遇"用人不疑、疑人不用"的传统思想观念的冲击，大多数雇员认为为其"忠诚"购买保险就是表明雇主对其不信任。况且不同于其他保证，该项保证保险通常是雇主（权利人）缴费，而雇主对于该项保证保险能真正保证雇员忠诚又常常表示怀疑。

（二）市场经济体制改革尚不彻底

市场经济制度是保证保险存在与发展的现实土壤，作为一种信用风险转移手段和信誉增强机制，保证保险的经济和社会功能也只有在完善的市场经济制度中才能得到充分实现。1992 年以来，我国逐步建立市场经济体制，各项改革全面展开。但总体上看，目前的改革还很不深入，现行经济体制对保证保险制度的发展还构成很大的限制，这表现在以下几个方面。

1. 市场竞争不充分

市场竞争对保证保险经营具有重要的影响。从义务人角度看，充分利用保证保险机制可以增强自身信誉，增强交易能力，从而赢得竞争优势。如美国在工程合同保证保险中，不符合保险公司承保要求的承包商往往在项目竞争中处于绝对劣势，被几乎所有的公共工程项目和绝大多数大型私人项目排斥在市场大门之外，而符合保险公司承保资格的承包商，通常被认为是具有良好的信誉和优良的资质，不会给权利人（业主）造成不必要的损失，因而赢得业主的青睐。从权利人角度看，除了国家法律要求强制投保的项目外，往往是在较为激烈的市场竞争条件下，其对义务人提供保证保险的要求才容易被接受。因为保证保险的直接目的是保护权利人的利益，而且保证保险中法定的追偿机制又对义务人显得很不"公平"，义务人往往只有在存在业务竞争条件下才愿意接受权利人要求其投保保证保险的要求。从保险人的角度看，也正是因为存在市场竞争，各保险人才会努力开发新产品，提供优质服务，以各种创新手段来推动整个保证保险行业的发展。

由于市场经济体制改革尚不彻底，我国许多经济领域的市场竞争还不够充分，从而导致这些领域内保证保险业务难以顺利开展。以我国当前房地产开发市场为例，由于开发商之间缺乏有效的业务竞争，在房价一路高涨情况下是否投保住宅质量保证保险对其销售业务并不会具有实质性的影响。这一方面导致开发商本身缺乏利用住宅质量保证保险机制来增强其信誉的动机，另一方面即使权利人（消费者）要求开发商投保，开发商也完全可以不予理会（这也正是笔者在后文提出住宅质量保证保险需列为法定保险的重要原因之一）。此外，在住宅质量保证保险市场上，保险人之间也缺乏竞争（目前大多数保险公司不愿积极介入），所以保险公司本身也缺乏创新的动力。

2. 市场竞争不规范，政府干预现象较为严重

当前，我国许多重要领域不但市场竞争不充分，而且不规范竞争现象也较为普遍，较为典型的是制假售假和商业欺诈等现象，这给我国保险人经营各类质量保证保险及合同保证保险等诸多险种都造成极大的风险隐患。经济转轨时期较为普遍的政府干预现象更是加剧了市场上的不规范竞争。现实中，单从保险市场看，政府尤其是地方政府直接干预保险市场的现象常有发生，如要求保险人承保本不符合保险资格的项目，对企业选择投保人做出或明或暗的严格规定，一些政府职能部门甚至为了保险中介收益而利用特权实行强制投保、强制定损等，这就使经济主体的自由决策权受到很大的损害，严重动摇了保证保险制度发展所必要的自由竞争基础。

3. 政府投资体制改革不到位

从国外实践来看，公共工程项目的合同保证保险通常都是整个保证保险业务的主要部分。我国近年来公共工程投资规模也非常巨大，工程合同保证保险本应具有很大的市场空间。但是，我国政府投资体制改革尚不到位，公共投资主体尚未受到严格的风险约束，也没有相应的决策失误或决策失败的惩罚约束机制，这就导致政府公共工程项目投资主体往往并不十分重视工程履约失败问题。当前，我国公共项目建设领域普遍存在竞争无序现象，

所谓的招投标政策在很大程度上形同虚设，利用权力干预和各类"公关"形式的业务竞争在现实中往往比诚信和实力竞争更重要，这就使承包商根本体会不到保证保险的信誉增强功能，无法激发保证保险需求。

（三）社会信用缺失现象严重

完善的社会信用制度和信用文化是保证保险健康发展的基本要求，否则，保险人在承保调查、理赔以及追偿等诸多环节都会遇到很大的困难。由于历史和现实中的多方面原因，与市场经济相适应的信用制度在我国还没有建立起来，经济和社会等几乎各个领域信用缺失现象比比皆是，严重恶化了保证保险健康运行的现实环境。在中国，信用缺失的类型、方法和手段多种多样，千差万别，概括起来，主要有以下几个方面。①

1. 工商企业领域的信用缺失

自中国经济实行市场化改革以来，企业信用缺失问题一直非常突出，主要表现在以下几方面。

（1）财务做假。由于监管制度不到位，我国企业财务做假现象非常普遍。为保持虚高利润而肆意造假的"黎明股份"以及创造利润神话的"银广夏"事件等更是集中体现了企业造假的疯狂。在保证保险承保中，投保企业的资本实力是保险人必须审核的一个重点，保险人通常需要认真查阅投保企业的利润表、资产负债表和现金流量表等基本财务资料，而企业做假账，必然导致会计信息严重失真，使保险人难以准确了解投保企业的真实财务能力，从而影响到承保风险评估的准确性。

（2）合同违约甚至欺诈。合同违约现象是我国国民经济中的

---

① 除特别注明外，主要根据潘金生著《中国信用制度建设》（经济科学出版社，2003）整理而来。

一大顽症，有资料显示，在经济活动中，有 50% 的经济合同带有欺诈性。保险公司在理论上只为其认为不会发生违约风险的投保申请提供保证保险，而且在发生违约事件后往往还需要就代偿损失向义务人进行追偿。在企业合同违约甚至欺诈现象较为普遍、实践中保险人追偿手段受到极大限制等情况下，保险人面临的经营风险很大，对于大量的保证保险市场需求，不得不采取极为谨慎甚至消极回避态度。事实上，我国工程建设领域的相关合同保证保险业务，中国人民财产保险股份有限公司、中国太平洋财产保险股份有限公司以及中国平安保险（集团）等都曾做过积极的尝试。但由于违约风险大、经营风险难以控制等原因，各保险人根本不去主动争取业务。对于一些几乎是"送上门"的市场机会，保险人通常也极为谨慎。在过去的 20 多年里，有关跨国投资建设项目按照国际惯例要求提供合同保证的，主要是由中国银行和中国建设银行以担保保函的形式提供（刘新来，2006），[①] 保险公司很少有所作为。

（3）相互拖欠。企业之间，尤其是国有企业之间相互拖欠货款，逾期应收账款居高不下，是我国现实经济运行中的又一大顽症。"三角债"问题自 20 世纪 80 年代中期爆发以来，虽历经治理，却从未根除，而且蔓延扩大，愈演愈烈。在现实生活中，这种债务关系远远超出了"三角"，成为一环套一环的"多角"债务链，"企业相互拖欠"已成为业界的一种风气。这种复杂的债务链往往掩盖了企业的真实财务能力，保险人的承保判断充斥很大的不确定性，而且这种复杂的债务关系往往会令保险人的追偿工作异常艰难，助长企业恶意违约，保险人往往束手无策。

（4）假冒伪劣猖獗。在我国积极向市场经济体制转轨过程中，

---

① 刘新来：《信用担保概论与实务》，经济科学出版社，2006，第 459 页。

企业制假、售假现象较为突出，甚至大型国有企业、上市公司等也参与其中，如"哈药事件"、"毒大米事件"等。假冒伪劣对保证保险最直接的影响就是对各类质量保证保险造成很大的潜在危险，如产品质量保证保险、工程质量保证保险以及住宅质量保证保险等。现代企业做假技术水平高、隐蔽性强，而且往往以各种"包装"手段制造良好的企业形象，这就对保险人承保审核和风险评估造成极大困难。在当前法律环境和社会信用惩罚机制尚不健全的情况下，保险人一旦错误承保则往往难以实现追偿而只有单方面承担全部的风险，严重影响保险人利益。因而，我国保险人在这类保证保险业务经营中表现很不积极，不但险种数量极少，而且承保条件也非常严格，市场局面难以拓展。

2. 保险中介机构的信用缺失

作为社会中介组织，维护公正、公平的市场原则是其根本使命，依法维护各方当事人正当权益理应是其服务的宗旨，但在现实的经济生活中，我国一些保险中介机构缺乏信用意识和信用责任，存在较为严重的信用缺失现象。

（1）保险代理人、保险经纪人和保险公估人等专业保险中介机构的信用缺失。保险代理人是保险人的代表，保险经纪人是投保人的代表，保险公估人是独立于保险人与投保人或被保险人的第三方。在成熟的保险市场，保险代理人、经纪人和公估人是不可或缺的重要中介机构，对于保险展业、承保与理赔等诸多方面起到举足轻重的作用。如在保证保险制度最完善的美国，保证保险的承保业务基本上都是借助于保险代理人来完成的。

但在我国，如果说保险业起步晚，发展尚不规范的话，保险代理、保险经纪和保险公估机构则起步更晚，发展更不规范。目前，这三大保险中介机构都还存在较为严重的信用缺失问题，尤其是保险代理人信用问题非常突出。虽然近年来保监会、保险行业协会以及一些代理公司等对于代理人信用建设问题非常重视，并采取了一系列措施加以规范，但保险代理人尤其是基层保险代理公司故意隐瞒重要除外责任、误导和欺瞒投保人，或者与投保人串谋、故意隐瞒保险标的重要信息甚至虚构保险标的信息、在参与赔案处理中为了自身利益做假赔案等肆意侵害保险人利益的现象仍然较为严重。

由于受自身人力、精力或专业技术等方面的约束，在一些特定的业务环节借助保险专业中介机构的服务和支持是我国保险公司顺利开展保证保险业务的必要手段，但这些中介机构本身信用缺失就使其重要的中介功能受到极大限制。

（2）会计与审计服务领域的信用缺失。在合同保证领域，保险人通常需要了解义务人的财务资源、资金实力以及银行授信等基本情况，以判断投保申请人有无足够的资金支持其履行合同承诺的能力。在忠诚保证领域，保险人除了要考察被保险人的业务行为是否符合法律规定和商业理性外，还通常要考察企业内部控制制度，以评估投保企业出现雇员欺诈风险的可能性及相应的后果。所有这些都是高度专业的技术性工作，而经过严格训练、具有丰富执业经验的注册会计师和审计师等正是这方面的专家，良好的会计、审计和鉴证服务不但可以简化保险人承保审核程序，节约业务成本，还能最大限度地保证承保评估的合理性。但这必须有一个基本前提，那就是注册会计师和审计师出具的审计和鉴证报告必须客观公正。

然而，由于多方面的原因，在我国现实经济生活中，一些会计、审计机构缺乏信用意识和信用责任，甚至为利益所驱将独立、公正的鉴证服务行为演变为故意造假行为，如被称为"经济警察"的审计师事务所为"郑百文"上市造假，中天勤会计师事务所为"银广夏"造假，广东"琼民源"四年内连续更换了三家会计师事务所，但每年均获审计通过，直到停牌尚无一家会计师事务所披露其重大舞弊行为。会计、审计领域严重的信誉缺失问题，使审计和鉴证报告在很大程度上失去了权威性，投保企业提供的所谓经审计的会计信息可能严重失真，给保险人承保评估工作埋下风险隐患。

3. 金融领域信用缺失

金融领域的信用缺失对保证保险制度的影响主要体现在有关信贷类保证保险方面。我国近年来金融领域的信用缺失非常严重，突出地表现在贷款人恶意逃贷、骗贷和贷款银行本身的违规操作及"寻租"行为等方面。

（1）贷款人恶意逃贷行为严重。由于信用制度不健全，缺乏有效的失信惩戒机制，因而在近年来银行推出的各类消费信贷中违背诚实守信的基本商业伦理道德的现象非常普遍。典型的表现就是恶意逃贷，这在我国近年来各商业银行推出的汽车消费信贷业务中体现得尤为明显。随着新车购置价格不断下跌，贷款人尚欠银行余款与新车购置价可能相差无几，这时就极易引发贷款人拒还余款而任由贷款银行处置抵押车辆的现象。更为恶劣的是，一些贷款行为从一开始就是恶意诈骗，如在住宅消费信贷中伪造《国有土地使用证》、《建设用地规划许可证》，虚拟期房购销合同，骗取银行巨额购房贷款；汽车消费信贷中汽车销售商自身或与购车人串谋以"低价高贷"甚至"空车套贷"形式套取银行贷款等。值得注意的是，近年来我国一些商业银行为支持高等教育事业而在有关部门积极支持下推出的各类学生助学贷款业务表现得也很不理想。银行一直认为贷款对象素质高，还款能力强，业务风险不高，所以在业务推出之初各大商业银行表现非常积极，但结果表明到期不还贷的比例一直偏高，这让银行感到非常尴尬和无奈。

针对消费信贷领域商业银行面临的收账风险，我国一些财产保险公司近年来推出了相应的保证保险业务，如个人消费贷款保证保险、分期付款购车履约保证保险以及商品房抵押贷款合同履约保证保险和学生助学贷款保证保险等。这些险种的推出保护了贷款银行的利益，但却同样因为信用缺失而使保险公司承担了大量的风险，因为保证保险实际承保的是义务人（贷款人）的还贷行为，义务人失信就意味着保险人经营的失败。

　　（2）金融机构本身也存在信用缺失问题。目前，我国商业银行尤其是基层商业银行机构本身也存在很大的信用问题，如有的银行机构出于自身利益的考虑，对相应贷款项目未做深入细致的调查，对经营风险不做积极防范，对于保证保险协议中约定的义务进行敷衍，甚至以贷谋私，与贷款人串通勾结而恶意将风险通过保证保险机制转嫁给保险公司。待贷出款项无法收回后又径直起诉保险公司要求赔偿，而保险公司又常常因为缺乏强有力的证据而通常以诉讼失败而告终，被迫承担赔偿责任，这种现象在我国近年来各保险公司开展的汽车消费信贷保证保险业务中常常出现。

　　（四）中介服务不健全

　　在保证保险经营中，合理利用保险中介服务有助于保险人克服信息不对称的影响和认知能力的局限，借助中介服务开展业务是保证保险经营的成功要素之一。由于缺乏完善的中介服务，我国保证保险在业务推广方面受到很大局限，承保和理赔过程中的一些复杂的专业技术问题也难以得到及时的、合理的处理。这不但在一定程度上影响了我国现行保证保险业务的发展，也在很大程度上制约了我国保证保险系列新险种的开发和普及。当前，我国保证保险中介服务的不足主要体现在以下几个方面。

1. 一些重要领域的中介服务缺失

保险中介服务通常分为专业中介服务和兼业中介服务两大类。其中，专业中介服务主要是保险代理、保险经纪和保险公估。兼业中介服务主要是指会计与审计机构、法律服务机构以及信用评级机构等社会中介组织所承担的沟通、协调和鉴证、咨询等服务。单从数量上看，我国目前保险中介机构已经初具规模，截至2007年12月底，全国保险专业中介机构的数量已达2331家，兼业代理机构（我国兼业保险中介机构主要是代理机构）数量已达143113家。① 但从我国目前保险中介服务的具体构成来看，主要是保险代理，其次是保险经纪和保险公估，这些都是普通商业保险经营中最常见的中介服务。对于保证保险的经营来说，一些特殊领域的中介服务在我国还非常匮乏，这主要表现在以下几方面。

（1）质量鉴定与认证服务不完善。质量鉴定与认证服务对保证保险的作用主要体现在各类质量保证保险之中，如产品质量保证、工程质量保证以及住宅质量保证保险等。高度独立、客观公正的质量鉴定与认证机构在这类险种的事故损失及其原因鉴定方面具有难以替代的重要功能，在承保风险评估、保险期内风险监控等诸多方面也都具有一定的辅助作用，缺乏这类机构的专业性服务可能导致保险人经营成本和经营风险的显著增加，甚至可能引发较为严重的业务纠纷。

我国目前社会上还普遍缺乏权威性的质量鉴定与认证机构，保险人在经营质量保证类保证保险中涉及复杂的业务纠纷时通常是依赖相关的政府职能部门的技术支持，如在产品质量保证保险经营中常依托政府的技术监督部门、在工程质量保证保险和住宅

① 《二零零七年保险中介市场发展报告》，中国保险监督管理委员会编制，2008年1月31日发布。

质量保证保险经营中通常依托建设行政部门等。依托政府行政部门进行质量鉴定的弊端主要体现在两个方面：其一，政府行政部门毕竟不是市场化的经营机构，虽然可以应邀为保险事故进行鉴定，但难以为保险人在项目风险评估和对承保标的的动态监控方面提供重要的支持服务，保险人难以实际掌握承保标的的风险状况；其二，更为严重的是，由于一些历史遗留问题，我国政府体制改革还不到位，一些政府行政部门与企业之间的关系还比较复杂，其独立性和公正性还难以令人信服，一些被政府职能部门授予"优质样板工程"称号和获得各类嘉奖的工程项目也被媒体曝出存在严重质量问题甚至发生倒塌事件等现象就是有力的说明。

（2）项目咨询和管理服务缺乏。工程项目咨询和管理服务的作用主要体现在对各类工程保证保险的日常项目管理和风险监控与咨询服务等方面，这类服务的缺乏正是制约我国工程合同保证保险发展的重要因素之一。实践中，对大型工程项目进行评估和监控往往是保险公司无法胜任的，或者说，即使保险公司能够胜任也往往是极其不经济的，在这种情况下，借助相应的项目咨询和管理服务就是一种非常有效的方法。从工程合同保证制度最完善的美国来看，建筑咨询业也非常发达，他们除了提供传统的设计咨询外，还有一个重要方面就是协助保险人进行项目管理。项目管理工程师的特长是对项目进行投资控制、进度控制和质量控制。① 借助项目管理工程师的专业优势，保险人可以较为便利地处理承保评估中的技术难题，做好风险评估和预测，也可以较好的处理工程项目的风险监督和防范工作。

近年来，虽然在我国工程建设领域已出现了一批专业的设计

---

① 邓晓梅：《中国工程保证担保制度研究》，中国建筑工业出版社，2003，第153页。

机构和工程监理机构等可以为保险人提供一定的咨询和管理服务，但受制于技术、经验以及其本身的独立性和权威性等诸多方面的限制，这些机构的服务功能离工程合同保证保险发展的需要还有很大的差距。工程合同保证保险是我国最早出现的保证保险业务，但长期以来保险公司都是采取了非常"消极"的经营态度。根据笔者的调查，最根本的原因就是保险人自身缺乏相应的人才，技术和精力有限的同时又缺乏较为完善的外部中介服务支持，因而普遍认为经营风险过大，难以防范。

（3）征信管理与信用评级服务缺失。保证保险的经营离不开有效的信用中介服务，否则，保险人在对投保人的信用调查方面将会显得非常不经济，甚至会出现较为严重的错误判断。在美国，沟通信用信息最为重要的中介机构是有效的征信管理机构和信用评级机构。征信数据机构如邓白氏商业记录编号、美国标准工业编码、北美工业分类系统等掌握了大量企业资信数据和消费者个人信用数据，而信用评级机构如著名的美国标准普尔公司和穆迪公司等把经济主体复杂的业务与财务等相关信息转变成一个易于理解的反映其经济实力和可信程度的级别符号。通过这些独立、公正而专业的信用中介机构，保险人可以及时了解投保人有关信用信息，不但可以简化审核程序，节约业务成本，还能最大限度地保证对投保人风险评估的合理性。我国目前信用中介建设还刚刚起步，既没有完善的征信系统，也没有完善的信用评级制度。保险公司在经营保证保险业务中不但难以及时获取投保申请人的各种信用信息，而且通常还不得不面对有限信息真伪难辨的难题，这不但增加了保险人承保审核的成本，也极大地损害了承保评估的合理性。

2. 人才匮乏，技术落后

高效的保险中介服务不仅要求中介机构的数量达到一定的规

模，还要求中介机构具有大量既懂得保险业务又熟悉相应专业领域知识并具有丰富实践经验的复合型人才。然而，我国保险中介机构普遍面临高素质人才匮乏问题，不仅如此，现有执业人员也大多缺乏相应的实践训练，难以有效地开展保证保险中介服务。以保险代理、保险经纪和保险公估等专业保险中介机构为例，实际上，这些机构的从业人员大多来自保险公司，其知识结构、服务意识等都和保险中介服务要求相差甚远。为提高从业人员总体素质，近年来中国保险监督管理委员会采取了资格考试认证等一系列手段，提高从业门槛，但从现有保险专业中介机构业务人员的持证率来看，结果都并不理想。截至 2007 年底，保险代理机构平均持证率为 73.74%，保险经纪机构为 56.11%，保险公估机构仅为 44.52%。① 总体上看，持证率尤其是保险公估机构持证率严重偏低。如果排除一些中介机构为使人才结构"达标"而雇请已获资格证明、并未实际从事保险中介业务的人员挂靠等因素，那么实际持证率会更低。需要注意的是，即使通过了资格认证，也只是表明从业人员具备了最基本的知识结构，有效地履行保险中介职能尚需大量的实践锻炼，需要数据和经验的积累。由于发展时间短、大型业务不多等原因，我国保险中介机构中既有坚实的理论基础又有丰富实践经历的高层次人才非常缺乏，远不能满足保证保险市场发展的需要。

3. 执业道德规范有待完善

独立、客观、公正的维护交易各方的正当权益是中介机构执业的基本准则，保险中介机构必须遵守高尚的职业道德规范。然而，我国部分保险中介机构在执业过程中违背职业道德规范的现

---

① 《二零零七年保险中介市场发展报告》，中国保险监督管理委员会编制，2008 年 1 月 31 日发布。

象还较为严重，这一方面直接坑害了保险人的利益，另一方面也通过损害投保人利益等形式间接影响了保险人的市场信誉，阻碍了保证保险业务的推广和普及，这在保险代理行为中最为突出。保险代理人在保证保险业务推广中具有不可或缺的作用，在美国，绝大多数保证保险业务都是通过保险代理人完成的，一些具有良好信誉的代理人还得到保险公司的授权，可以直接签发保证保险保单，成为授权代理人（Attorney-in-fact）。但在我国，一个常见的现象就是保险代理人利用投保人对保险条款不了解的弱点，随意许诺一些保险条款上不存在的保险责任，夸大保险单的保障范围，从而引起投保人的极大误解以及一系列相关纠纷和诉讼，保险人的信誉也受到极大损害；另外一个常见现象就是个别代理公司利用其股东背景或与政府相关部门的特殊关系控制大量保险资源，进而与保险公司进行非正常博弈，表面上严格执行监管部门规定的手续费标准，私下却与一些急于获得业务的保险公司另订契约，他们将自己的办公费等经营费用拿到保险公司报销作为变相的代理费。此外，在近年来我国汽车消费信贷保证保险中，作为重要兼业代理的汽车销售商，与购车人甚至基层银行合谋坑骗保险公司等现象也时常出现。

实践中，除了保险代理以外，保险经纪、保险公估以及在保证保险经营中具有重要中介功能的其他社会组织，如会计、审计、质量认证等机构也都在一定程度上存在执业不规范现象，极大地破坏了保证保险制度的运行环境。

（五）法律、法规建设滞后

完善的法律和法规体系是保证保险健康经营的基本保障，但由于历史和特殊的国情等多方面的原因，我国有关保证保险经营的立法工作还相对滞后，主要体现在以下三个方面。

首先，《保险法》本应是保证保险经营最主要、最直接的法律依据，但我国现行的《保险法》对保证保险来说几乎就是一片空白。针对我国保证保险（主要是各类消费信贷保证保险）司法纠纷不断，各地人民法院审案依据较为模糊的情况，最高人民法院在2003年12月8日及时公布了《关于审理保险纠纷案件若干问题的解释（征求意见稿）》，但是该司法解释在实践中仍然存在很大的争议（详见本书第五章的相关分析），难以从根本上解决保证保险业务的纠纷问题。由于缺乏明确的法律准绳，我国车贷险业务经营秩序较为混乱，风险剧增，为此，中国保险监督管理委员会在2004年1月紧急出台了《关于规范汽车消费贷款保证保险业务有关问题的通知》，以弥补现行法律滞后于保证保险发展业务需要的不足。但是该《通知》也只是对车贷险业务做出了一定的规范，对其他各保证险种并没有涉及，况且其本身也只是原则性的规定，可操作性不强。

其次，保证保险经营需要宽松的外部环境，而良好的经营环境必然需要相应的法律和制度来维护，而我国当前的法制建设明显滞后于保证保险的发展要求。以信用环境为例，我们目前还缺乏较为完善的信用法律制度，尤其是失信惩罚机制，这就难以从根本上改善我国社会信用环境。实际上，正是因为失信惩罚机制缺失才导致了我国消费信贷保证保险经营中投保人恶意逃避银行债务进而给保险人带来极大的赔付风险。

再次，对于一些具体险种，在实际经营中除了会直接涉及《保险法》以及《合同法》等基本的民事法规之外，还通常涉及大量专业领域内的法律体系。如经营工程合同保证保险，除了需要《保险法》和《合同法》的保障之外，通常还需要《建筑法》和《招标投标法》等相应的法律规定作支撑。但我国现行法律法规体系尚不健全，不仅《保险法》和《合同法》对工程合同保证保险尚没有明确规定，《建筑法》和《招标投标法》等也缺乏相应的规定，使工程合同保证保险业务在实践中难以操作。

第五章

中国保证保险制度的法律适用及相关问题研究

我国理论界和实务界对于保证保险纠纷案件处理中究竟该适用《保险法》还是《担保法》这个问题一直存在很大的分歧，导致这些争议的根源主要在于对保证保险本质属性的认识和理解不同。因此，本章首先对有关保证保险本质问题的各种争议进行了总结和评价，并结合国外惯例对保证保险的本质属性进行了界定，在此基础上论证了保证保险制度的法律适用问题；其次，对我国近年来保证保险业务纠纷案件中存在的几个常见法律问题也做了相应的探讨和分析，并提出了相应的意见和建议。

第一节 保证保险的法律属性

一 保证保险的属性之争

理论界和实务界有关保证保险本质属性问题的争议，基本上可以概括为两种相互对立的观点：一种观点认为保证保险是担保而不是保险；另一种观点认为保证保险是保险而不是担保。

（一）保证保险是担保而不是保险

关于保证保险的性质是保险还是担保，境外保险界和司法界的观点也各不相同，保险界的学者大多主张保证保险是一种保险，而司法界则认为保证保险不是保险，而是担保的一种形式，并在一些司法判例中确认了这一观点。例如，1985 年 1 月 26 日意大利最高法院第 285 号判决认为，"至于与保险企业缔结的保证保险，实质上具有担保性质，其目的不是转移被保险人的风险，而是担保主合同的债的履行利益，所以它是担保合同而不是保险"；1986 年 4 月 2 日米兰法院的判决也认为，"保证保险不是保险，而是一个担保的非典型合同"（冯涛，2005）。①

我国也有不少学者持类似观点。较有代表性的是，我国著名法学家、中国社会科学院法学研究所研究员梁慧星（2006）认为，当事人订立保证保险合同，是借用保险合同的形式，实现担保债务履行的目的。换言之，所谓保证保险合同，形式和实质是不一致的，是采取保险形式的一种担保手段。② 持类似观点的还有邹海林（1998），他认为，"保证保险是指保险人向被保证人提供担保而成立的保险合同，在该合同项下，投保人按照约定向保险人支付保险费，因被保证人的行为或不行为致使被保险人（权利人）受到损失的，由保险人负责赔偿。保证保险合同实际上属于保证合同范畴，只不过采用了保险的形式，保证保险是一种由保险人开办的担保业务"③。张海荣（2004）也认为保证保险虽然有别于

---

① 转引自冯涛《保证保险纠纷中保险责任法律分析》，对外经贸大学法律硕士学位论文，2005，第 9 页。

② 梁慧星：《保证保险合同纠纷案件的法律适用》，2006 年 3 月 1 日《人民法院报》，http：//oldfyb. chinacourt. org/public/detail. php？id＝93743。

③ 邹海林：《保险法》，人民法院出版社，1998，第 354 页。

保证，但仍然是一种独立担保形式。①

认为保证保险是担保而不是保险的主要依据是保证保险与普通商业保险存在很大的区别，根据"担保论"者的观点，这些区别主要有以下几点。

1. 保证保险不符合《保险法》中关于保险利益的规定

我国《保险法》第十二条规定："投保人对保险标的应当具有保险利益。投保人对保险标的不具有保险利益的，保险合同无效。保险利益是指投保人对保险标的具有的法律上承认的利益。"在保证保险合同中，保险标的是合同债务的履行，而此债务的履行对借款合同的债权人有利，对借款合同的债务人不利。可见，在现实中的保证保险合同中，投保人自己对于保险标的并不具有保险利益，而是自己的一种义务，这与《保险法》第十二条的相关规定显然不合。

2. 保证保险中保险事故的认定与保险不同

我国《保险法》第十七条规定，"保险事故是指保险合同约定的保险责任范围内的事故"。保证保险合同的保险事故，是借款合同债务的不履行，即债务人违约。如中国人民财产保险股份有限公司的"个人汽车消费贷款保证保险"条款规定，"自抵（质）押合同生效之次日零时起至借款合同约定的清偿全部贷款本息之日起第 90 日的 24 时止这段期间内，投保人连续三个月完全未履行借款合同约定的还贷义务视为保险事故发生"。按照《保险法》原理，保险事故必须是客观的、不确定的、偶然发生的危险。换言之，保险事故是否发生应不受保险合同当事人主观方面的影响。而投保人不履行债务，除遭遇死亡、丧失劳动能力、陷于破产等

---

① 张海荣、侯春丽：《保证保险是一种有别于保证的独立担保形式》，2004 年 1 月 14 日《人民法院报》。

特殊情形外，均属于投保人故意不履行债务。可见，保证保险合同的保险事故与《保险法》原理不合。

3. 保证保险的合同当事人关系、保证保险的设立目的、保证保险"保费"的性质等也与普通商业保险存在很大的不同（详见本书第二章的相关论述）

（二）保证保险是保险而不是担保

在美国等西方发达国家，一般保险界更多的是认为保证保险是保险，而司法界大多认为是担保。而在我国，恰好相反，大多法学界人士都认为保证保险是一种特殊的保险而不是担保。如周玉华（2001）认为，"保证保险是指保险人在被保险人因雇员的不诚实行为或债务人之不履行债务所负损失责任的一种财产保险"；[①] 宋刚（2006）认为，"保证保险具有保险的特征、功能，也是由各方签订保险合同而成立。因此，保证保险就是保险，虽然它有其不同于一般财产保险的特点"；[②] 魏君涛（2000）也认为，"保证保险和保证不论是在功能、特征、求偿权、责任的承担方式等方面，还是在法律规定方面，二者都大相径庭"，并因此认为，"保证保险是一种保险，而不是保证担保业务"。[③] 近年来出现的有关保证保险法律制度方面的专门研究文献也大多认为保证保险是一种保险形式，如冯涛（2005）在对我国机动车辆消费信贷保证保险的法律分析中认为，"保证保险是一种独立的保险制度"；[④] 陈百灵（2005）也认为，"保证保险合同本质上是一种保险合同，其与

① 周玉华：《保险合同与保险索赔理赔》，人民法院出版社，2001，第735页。

② 宋刚：《保证保险是保险，不是担保》，《法学》2006年第6期，第111页。

③ 魏君涛：《论保证保险与保证担保的关系》，《保险研究》2000年第6期，第35页。

④ 冯涛：《保证保险纠纷中保险责任法律分析》，对外经贸大学法律硕士学位论文，2005，第11页。

保证担保存在着'质'的区别"。① 归纳起来,这些"保险论"者的主要依据有以下几点。

1. 保证保险的行为性质与保证担保存在根本区别

按照《保险法》规定,保险合同成立后,投保人需按照约定交付保险费。因此,从行为性质上看,保险合同是典型的有偿合同。投保人承担给付保险费的义务,保险人承担给付保险金的义务,保险金给予被保险人或受益人。当合同中约定的条件满足时,保险人必须给付保险金,这一给付义务是以保险人收取投保人的保险费为对价的,其性质是对合同义务的履行。虽然在实务中由于一些特殊原因保险人在签发保证保险协议后可能并没有收到义务人应缴保费,在这种情况下,国外一般也规定保险人不得拒绝保险责任,即保证保险通常具有不可撤销性质。这种规定的目的主要是使权利人的利益得到切实保障,但这并不否认保证保险合同的有偿性质,因为保险人签署保证保险协议的逻辑前提仍然是义务人必须缴费。

按照传统民法学说,保证担保则是一种单务无偿的民事关系,是债权人和保证人之间订立的担保之债,本质上是由保证人代替主债务人履行债务,债权人并不对保证人承担义务,也不因为保证人的保证义务而给付对价。值得注意的是,保证合同的无偿性,不影响保证人有偿担保。实践中常出现大量"隐性有偿"担保问题,因为保证人为债务人提供担保,往往都伴随着某种特殊利益的输送。而且,目前独立担保合同的出现,如中小企业贷款信用担保等,已使双务有偿担保合同成为传统民法理论在实践上的突破。但是按照担保法的规定,保证担保合同的当事人是保证人和债权人,债务人并非保证担保合同的当事人。因此,这种由债务

---

① 陈百灵:《保证保险合同研究》,对外经贸大学博士论文,2005,第60页。

人"缴费"的所谓"有偿保证担保"也并不影响保证担保合同本身的无偿性。对此，英国保险法学者就认为，保险与保证两者动机不同，前者在于利润，后者在于友谊。①

2. 法律对担保人和保险人具有不同的限制性规定

在民事担保中，法律对保证人的资格限制一般较为宽松，如我国《担保法》第七条规定："具有代为清偿债务能力的法人、其他组织或者公民，可以作保证人。"② 而在保证保险关系中，法律对保险人的担保限制较严。如前所述，法律一般都规定经营商业保险业务的必须是依法设立的保险公司，禁止其他机构和个人经营商业保险业务。从国外的实践来看，经营保证保险的保险公司通常还需要申请专门的执照，并接受相应的监督和管理，对经营主体的资格条件要求极高。

3. 保证保险与保证担保的功能和运作机制有别

尽管从理论上讲，保险公司通过严格的承保审核，只为那些他们认为不会发生损失的交易行为提供保证，但从业务实践来看，损失的确不可避免地会发生，为消化损失并进行经济补偿，保险人必须应用大数法则，把众多同质风险进行会聚和分摊，而这正是保险的本质。因此，其功能仍然是风险分担和损失补偿。而从保证担保来看，其基本功能是确保担保债权的实现，通常不涉及建立在大数定理基础上的风险消化机制。

4. 保险人与保证担保人承担责任的方式不同

从承担责任的方式来看，在一般保证担保中，保证人履行债务或承担责任是为他人履行义务，因而可以享有先诉抗辩权。在保证合同中可以约定，保证人在主合同纠纷未经审判或者仲裁，

---

① Nicholas Legh-Jones, Andrew Longmore, John Birds, David Owen, *MacGillivray on Insurance Law*, Sweet and Maxwell, 9th Edition, London, 1997, p. 876.

② 郭明瑞：《担保法》（第 2 版），法律出版社，2004，第 295 页。

并就债务财产依法强制执行仍不能履行债务前，对债权人可以拒绝承担保证责任。而在保证保险中，发生保险事故后，保险人依约赔偿损失，是履行自己应尽的合同义务，保险人并不享有先诉抗辩权利。当权利人提出赔偿要求时，保险人不能要求权利人应先向被保证人（义务人）求偿，而应立即予以赔付。尽管法律一般都规定在发生违约事故后，权利人可以向义务人直接要求赔偿，也可以请求保险公司承担赔偿责任，但权利人通常都是直接向保险人提出索赔要求，而保险公司不能以先诉抗辩理由拒绝赔偿。事实上，这也正是在我国近年来车贷险系列纠纷中，普遍是银行直接起诉保险公司而保险公司通常败诉的一个重要原因。

二　保证保险具有保险和担保的双重特征

不同学者基于不同的经济或法律视角对保证保险性质的判断都具有一定的合理性，但又并不完全正确。实际上，保证保险既不是普通的民事担保，也不是通常意义上的商业保险，它兼有保险与担保的双重特征。

一方面，保证保险在具体功能、运作机制以及承担责任的方式等诸多方面都与保证担保存在极大的差别，体现出了鲜明的保险特征；另一方面，我们也不得不注意到，保证保险也同样与普通商业保险存在差别，在很多方面体现出了较为明显的保证担保的基本特征。我国部分学者以及一些法院在司法判决中也认为保证保险就是"名为保险，实为保证"。具体表现在以下几方面。

其一，履约保证保险合同的保险人以其资信能力向债权人作保，当债务人不履行债务时，则由保险人依约履行保险责任来保护债权人所享有的债权的实现。

其二，保险人履行了保险责任后，有权向债务人追偿。

其三，与保证担保合同一样，履约保证保险合同在履行上也具有或然性，即保证保险合同所涉及的相关合同的债务人不履行义务时，保险人才需履行保险责任，反之，相关合同履行完毕，保险人则无需履行保险责任而导致保证保险合同的消灭。

其四，履约保证保险合同中的免责事由一般都是不可抗力或债权人的过错。

以上四点与保证担保合同的基本特征正好相符（张英，2005）。[1]

三 保证保险应被界定为一种特殊的财产保险制度

保证保险制度在我国还较为陌生，对于其具体属性理论界和实务界一直存在分歧。从官方的有关解释来看，则更多的是考虑了保证保险的"二元"特征。在中国保险监督管理委员会和最高人民法院等权威机构的相关文件中，大多是采取了"折中主义"的方法进行解释。如1999年8月30日中国保险监督管理委员会《关于保证保险合同纠纷案的复函》（保监法［1999］16号）中认为"保证保险是财产保险的一种，是保险人提供担保的一种形式"；最高人民法院（1999）经监字第266号复函认为，保证保险虽是保险人开办的一个险种，其实质是保险人对债权的一种担保行为；最高人民法院2003年12月8日公布的《关于审理保险纠纷案件若干问题的解释（征求意见稿）》第36条规定，"人民法院审理保证保险合同纠纷确定当事人的权利义务时，适用保险法；保险法没有规定的，适用担保法"[2]。由此看来，中国保险监督管理委员会和最高人民法院对保证保险的解释中，综合考虑了保证保

---

① 张英：《履约保证保险合同案件实务初探》，《法治论丛》2005年第5期，第18页。

② 转引自冯涛《保证保险纠纷中保险责任法律分析》，对外经贸大学法律硕士学位论文，2005，第12页。

险的"二元"特征。

保证保险在我国是典型的"舶来品",其产生和发展的最不利的背景就是当前法律规定缺位,保险基础理论研究非常薄弱。在面对大量纠纷出现的现状时,作为不同的利益主体,对于保证保险性质的认识难免会存在一定的利益驱动下的非理性认识。而对于法院、仲裁等司法或准司法系统来说,由于保证保险在法律上找不到相关的依据,所以在实践中也常常感到困惑。同时,由于受经济审判中审理借贷纠纷案件的惯性影响,其思维理念的深层还是认为保证保险就是民事担保。正是因为如此,即使一些人民法院也认为保证保险本质上是保险,但在具体审案程序中却拒绝适用《保险法》规定的保险利益规则、如实告知义务规则、危险程度增加规则等。

在这种背景下,虽然中国保险监督管理委员会和最高人民法院出台的复函和司法解释为法院审理保证保险纠纷案件提供了指引,但其实质上仍然没有对保证保险的本质属性进行明确界定。对本质属性的"折中主义"的解释容易导致业务实践上的混乱和司法实践上的模糊地带。笔者认为,最高人民法院出台的司法解释只是在当前保证保险尚在一定程度上"无法可依"情况下做出的权宜之计。正确的做法应该是将保证保险严格定义为一种特殊的财产保险制度,尽管它有着不同于普通财产保险的某些特征。其理由在于以下几方面。

(一) 把保证保险界定为特殊的财产保险符合国际惯例

虽然国外也曾出现在司法实践中将保证保险界定为民事担保的案例,但这毕竟不是主流,把保证保险视为一种特殊的财产保险已成为国外保险实务界、理论界和法学界的基本共识。从保证保险制度最成熟的美国来看,许多财产和责任保险公司都在从事该项业务,并把它们作为财产保险处理。美国保证保险权威机构

SFAA 也把保证保险严格视为是一种非常特殊的险种（a very spe-cialized line of insurance），其理由主要在于保证保险同传统商业保险一样，它们都是一种风险转移机制；它们都接受各州政府保险监管机构的监督管理；它们都是为财务损失提供补偿。从司法实践上看，美国法院也通常将保证保险视为一种保险而不是担保机制，通常按保险相关法规审理保证保险合同纠纷案件。因此说，将保证保险界定为一种特殊的财产保险，符合国际惯例。

（二）将保证保险界定为特殊的财产保险有利于相应纠纷案件的审理

从实践上看，保证保险纠纷往往与一系列复杂的法律关系相互关联。保证保险业务涉及当事各方的利益，法律关系非常复杂，各种法律关系各有其特定的性质，同时又有密切的联系。以我国目前的汽车消费信贷保证保险案件纠纷为例，常常会牵涉到以下几种不同的法律关系：一是投保人（车主）与保险人之间的保证保险法律关系，可能附带着担保法律关系，如第三方作为投保人的担保人为保险人提供担保；二是投保人与汽车销售商之间的汽车购买关系，可也能附带着担保法律关系，如第三方作为投保人的担保人为汽车销售商提供担保；三是投保人与银行（被保险人）之间的借款合同法律关系，一般附带着投保人为银行提供的担保法律关系，常见的就是将所购车辆抵押在银行；四是保险人、借款银行与汽车销售商之间的业务合作合同关系，即通常的"三方协议"关系，一般附带着汽车销售商对借款银行的担保责任，即汽车销售商为投保人就借款行为向借款银行提供担保。

在上述错综复杂的法律关系中，本身就存在着很多种担保关系。在实务操作中，银行作为被保险人，在追究借款人的还款责任时，又往往同时将借款人、汽车销售商、担保人及保险公司一同起诉。如果将保证保险界定为民事担保行为，那么其逻辑结论就是审理该类案件必须适用《担保法》。这不但与中国保监会的相关规定不符，① 也与最高人民法院《关于审理保险纠纷案件若干问题的解释（征求意见稿）》第 36 条的规定相背。况且，按照最高人民法院的司法解释，同一案件中《保险法》与《担保法》两套不同的法律体系同时适用也会大大增加案情的复杂程度，往往令法院无所适从，从而导致各地方法院在审理保证保险纠纷案件时常常是久拖不决。鉴于此，若按照国际惯例把保证保险严格界定为一种特殊的财产保险，那么保证保险纠纷自然就应该严格适用《保险法》（折中主义导致的法律适用困难见后文论述）。这样，作为权利人的贷款银行只需要起诉作为保证人的保险公司，两者的纠纷按照《保险法》处理，只要客观事实认定符合保险合同约定，则保险公司必须承担赔付责任。而案件中的其他保证担保法律关系不应该与此混同，是典型的担保关系就应该严格适用《担保法》另行审理，由此可以大大降低保证保险纠纷案件的复杂程度。

（三）把保证保险界定为担保行为也不符合我国现行法律要求

从我国《担保法》的规定来看，保险公司是企业法人，只要具有代为清偿能力，似乎就可以充当保证人，从事保证担保业务。但是根据我国《保险法》第 92 条规定，"保险公司的财产保险业务仅仅包括财产损失保险、责任保险和信用保险等保险业务。其具体的业务范围需由保险监督管理机构依法核定，且只能在被核定的业务范围内从事保险经营活动，不得兼营本法及其他法律、行政法规规定以外的业务"。虽然 2004 年 3 月保监会出台的《保

---

① 中国保险监督管理委员会在 2004 年 1 月 15 日发出《关于规范汽车消费贷款保证保险业务有关问题的通知》，通知指出：各保险公司应严格依据保险法律法规，规范车贷业务的经营管理，严禁将车贷险业务办成担保业务。既然不是担保业务，那么当然不能适用担保法。

险公司管理规定》正式规定了财产保险公司可以经营保证保险业务，但也明确将其归类为保险业务。若非把保证保险界定为担保行为，则显然超出了《保险法》及保监会相关规定中保险公司业务经营范围。

此外，根据《保险法》第 105 条的规定，"保险公司的资金限于在银行存款、买卖政府债券或金融债券以及国务院规定的其他形式"。① 虽然近年来保险资金运用范围有所扩大，但前提都是中国保险监督管理委员会先行颁发了明确的法律文件。目前，中国保监会并没有明确规定保险公司可以将资金运用于对外担保。明确认可保险公司可从事担保业务的只有最高人民法院和建设部等相关机构，② 但其效力尚值得商榷，因为在《保险法》未作规定，保险公司的营业执照上的经营范围中没有许可从事担保业务时，这些部门的"认可"难免有"越俎代庖"之嫌，与《保险法》的强制性规范相背（魏君涛，2000）。③ 更为重要的是，中国保险监督管理委员会在 2004 年 1 月 15 日曾发出《关于规范汽车消费贷款保证保险业务有关问题的通知》，明确指出："各保险公司应严格依据保险法律法规，规范车贷险业务的经营管理，严禁将车贷险业务办成担保业务。"由此，如果非要把保证保险界定为担保业务，则显然与《保险法》及保监会的相关规定形成明显的冲突。

最后需要说明的是，我国保证保险产生于法律规定缺位和保

---

① 《中华人民共和国保险法》，载于保监会网站，http://www.circ.gov.cn/Portal0/InfoModule_449/21009.htm。

② 建设部 2006 年 12 月 7 日出台的《关于在建设工程项目中进一步推行工程担保制度的意见》（建市 [2006] 326 号），首次将保险公司列入可提供工程担保的保证人。

③ 魏君涛：《论保证保险与保证担保的关系》，《保险研究》2000 年第 6 期，第 35页。

险理论研究薄弱的特定历史时期，而这一概念本身就很容易让人在"保证"与"保险"概念之间产生诸多误解。在保监会批准开办保证保险业务前，这是一种模糊不清的术语，人们可以从不同的视角将其理解为担保行为或保险行为，但 2000 年 3 月 1 日起正式实施的《保险公司管理规定》已经明确将保证保险列为财产保险业务的一个种类，"保证保险"已成为一个特殊的保险业务的专有名称，如再将其理解为担保业务，显然不妥。况且，我国各大财产保险公司几乎都设立了专门机构处理保证保险业务，事实上已将其视为一种特殊的财产保险。因此说，保证保险在事实上已经成为一类独立的险种，一种约定俗成的专业术语，对其到底应归为保险还是担保的争议已失去了实际意义，只会给保证保险的发展造成混乱。

第二节　保证保险的法律适用问题

保证保险的本质属性决定了保证保险的法律适用。正如前文所述，保证保险应该被界定为一种特殊的财产保险制度，由此，保证保险合同纠纷案件就理应适用《保险法》。当然，保险法律关系本是民事合同关系，当然也就应接受《合同法》等相关民事法规的约束。中国保险监督管理委员会在 2004 年 1 月 15 日发出的《关于规范汽车消费贷款保证保险业务有关问题的通知》明确指出"严禁将车贷险业务办成担保业务"。笔者认为，既然不能办成担保业务，那么其逻辑结论也就是保证保险纠纷案件不能适用《担保法》。事实上，《保险法》和《担保法》是两个完全不同的民事法律体系，两者的混同适用很容易导致司法实践上的混乱。遗憾的是，最高人民法院在《关于审理保险纠纷案件若干问题的解释（征求意见稿）》第 36 条规定中却认同了在保证保险纠纷案件中

《保险法》与《担保法》同时适用的问题。① 事实上，这种基于"折中主义"的司法解释本身蕴藏着若干问题，可能导致较为严重的法律后果。对于最高人民法院的这种解释，笔者认为，只是最高人民法院在当前保证保险业务纠纷案件审理在很大程度上尚"无法可依"的情况下不得不采取的权宜之计而已，正确的做法应该是保证保险纠纷案件应严格适用《保险法》和《合同法》等相关民事法规，而不应适用《担保法》。

一　法律适用上的"折中主义"将导致严重的法律后果

最高人民法院 2003 年 12 月 8 日公布的《关于审理保险纠纷案件若干问题的解释（征求意见稿）》第 36 条规定，"人民法院审理保证保险合同纠纷确定当事人的权利义务时，适用保险法；保险法没有规定的，适用担保法"。该"征求意见稿"在 2004 年 3 月的修改版本中，变更为"人民法院审理保证保险合同纠纷确定当事人的权利义务时，适用合同法、保险法；合同法、保险法没有规定的，参照担保法的有关规定"。实际上，将《保险法》与《担保法》两种完全不同的民事法律体系混同，可能导致以下较为严重的法律后果。

（一）保证保险"形式"与"实质"在法理上的轻重问题

按照最高人民法院的相关复函，保证保险实质是一种担保行为，保险只是其采取的形式而已。② 既然如此，那么在法律适用上，理所当然地应该更加注重其实质而非表面形式。而最高人民法院的相关司法解释却明确表明，保证保险合同纠纷案件应优先

---

① 第 36 条规定，"人民法院审理保证保险合同纠纷确定当事人的权利义务时，适用保险法；保险法没有规定的，适用担保法"。

② 如最高人民法院（1999）经监字第 266 号复函认为，保证保险虽是保险人开办的一个险种，其实质是保险人对债权的一种担保行为。

适用《保险法》和《合同法》，其次才是《担保法》，也就是说，保证保险的所采取"形式"重于其"实质"，这显然不符合法理。

（二）法律适用程序上的冲突问题

现实中的保证保险合同纠纷往往伴随着多种复杂的法律关系，既有保证保险纠纷也有保证担保纠纷，将《保险法》与《担保法》同时应用于同一保证保险纠纷案件，很容易导致法律适用上的冲突。以我国最常见的车贷险业务纠纷为例，银行与保险公司之间是保证保险合同关系，银行起诉保险公司显然应该优先适用《保险法》和《合同法》，具体案件中若未涉及《保险法》未作规定的事项，当然不会产生实践上的困惑。但是，一旦具体案件涉及《保险法》尚未明确规定的事项，则按最高人民法院的相关司法解释，应该参照《担保法》的规定，这里就产生了一个问题。如果适用《担保法》，那么就应当追加借款人（投保人）以及其他的担保人参加诉讼，而银行与借款人（投保人）之间的法律关系是借款合同关系，银行与保险公司之间的法律关系是保险合同关系，这是两种不同性质的法律关系，也不是主从合同关系。银行起诉借款人与银行起诉保险公司的诉讼标的明显不同，应属于两个不同的诉讼。因此，借款人（投保人）及其他担保人就不应成为共同被告，法院也不应合并审理。显然，这两种结果是矛盾的。也就是说，对同一保证保险纠纷案件，无法同时适用《保险法》和《担保法》（冯涛，2005）。①

二 保证保险纠纷应该严格适用《保险法》和《合同法》等相关民事法规

前文已经论证，保证保险应该被严格界定为一种独立的财产

---

① 冯涛：《保证保险纠纷中保险责任法律分析》，对外经贸大学法律硕士学位论文，2005，第18页。

保险，那么自然就应该适用《保险法》。当然，保险合同作为民商合同的一种具体类型，应当受统一的合同法律制度的约束，因而保证保险也应适用《合同法》等相关民事法规的具体规定。我国保险业一向实行较为严格的监管制度，中国保险监督管理委员会也曾不断强调要严格依据保险法律法规来规范保险业务经营，保证保险的条款设计和业务经营都是严格依据《保险法》及相关规定，按照最高人民法院的司法解释，一旦出现业务纠纷可以适用《担保法》就明显不符逻辑。因为《保险法》和《担保法》都是民法中一个重要的分支，两者调节的法律关系存在本质区别，一者是保险关系，另者却是民事担保关系。最高人民法院在司法解释上采取的"折中主义"会导致严重的法律冲突，不具备法律逻辑性，其实质就是将保证保险责任变相认定为担保责任。这也正是很多地方法院在审理保证保险纠纷案件时，虽然认可了保证保险的保险属性，从程序上也遵照了最高人民法院关于审理保证保险合同纠纷的司法解释，但却拒绝适用《保险法》中有关最大诚信原则等重要条款的一个重要原因，而最大诚信原则正是保险合同的最基本原则。

因此，对于最高人民法院出台的相关司法解释，笔者并不敢苟同。但是，在当前《保险法》尚不完善、《合同法》也缺乏明确的可操作性的相关规定的情况下，为缓解我国保证保险法律纠纷案件"无法可依"的现实矛盾，也只能将参照《担保法》相关规定作为权宜之计，这也许正是最高人民法院公布《关于审理保险纠纷案件若干问题的解释（征求意见稿）》的初衷。

但为整个保证保险业的健康发展，最根本的还是必须尽快修正《保险法》，对保证保险经营做出明确而具体的法律规范，使保证保险经营真正做到"有法可依"。事实上，既然保证保险具有明显的担保特征，那么可以适当借鉴《担保法》的某些原理，在符合法理要求下进行适当修正，使之与保险法原理兼容，从而为我国保证保险的发展提供强有力的法律规范。

第三节　中国保证保险业务纠纷案件中的几个常见问题

与国外保证保险主流险种不同，我国目前保证保险市场上主要以各类信贷保证保险为主，尤其是汽车消费信贷保证保险。该险种虽然在 1997 年后才正式出现，但业务增长最快，同时，业务纠纷也最多。各地人民法院在进行相关业务纠纷案件的审理时，常在《保险法》与《担保法》之间摇摆不定，久拖不决。2003 年 12 月最高人民法院公布了《关于审理保险纠纷案件若干问题的解释（征求意见稿）》以后，该问题似乎有所缓和。但是正如前文所述，最高人民法院的司法解释仍然存在很大的问题，仍然无法避免司法实践上的混乱局面，各地人民法院在具体审理保证保险系列纠纷案件中仍然存在很大的争议。本节主要以我国保证保险市场上最有代表性的"汽车消费信贷保证保险"为例，对近年来我国保证保险业务纠纷案件中几个争议较大的问题进行专门讨论和分析，以进一步明确我国保证保险纠纷案件的法律适用相关问题。

一　保证保险合同的独立性问题

保证保险合同是否能够独立存在，是我国近年来司法实践中一个颇具争议的问题，通常与保证保险法律属性问题纠缠在一起。

按照我国《担保法》第五条的规定，担保合同是主合同的从合同，主合同无效，担保合同无效。① 具体而言，保证担保合同是

---

① 　郭明瑞：《担保法》（第 2 版），法律出版社，2004，第 295 页。

在被担保的主债之外基于双方当事人的意思表示一致而在主债权人和保证人之间建立的一种从属合同关系。保证担保合同的设立、变更和消灭均以主债为前提。主债合同无效，保证担保合同也就当然无效。据此，认定保证保险为保证担保者认为，保证保险合同不具备合同独立性，保证保险合同必须依附于主债权、债务合同而存在。主债权、债务合同无效，则保证保险合同也就当然无效。而反对上述观点者认为，保证保险中，保险人的理赔义务是第一位的，并不依赖于投保人与被保险人之间的合同而存在。投保人与被保险人之间的债权、债务合同无效，只意味着保险人承担的风险并未发生，保证保险合同并不就一定当然无效，保险人与投保人仍可以依据双方的约定对收取的保费进行处理。

如前所述，保证保险合同并非保证担保合同，它是一类特殊的保险合同，而保险合同是并不存在一个决定其效力的"基础合同"。不可否认，保证保险总是与某种明确的或潜在的基础契约存在关联，但两者之间并不存在主从关系，保证保险协议一经签订就已经独立存在了。保险合同中规定的保险责任履行与否，取决于是否具备保证保险合同规定的保险责任的履行条件。保证保险合同与其承保的基础合同之间的这种密切联系，不同于被担保主债之间的主从关系，而是由于二者之间的关联性而形成的并存关系。虽然基础合同的权利义务是保险人在保证保险合同中确定承保条件和保险标的的依据，但是这并未改变二者之间的独立关系和关联性（冯涛，2005）。[1] 此外，从保险原理上看，保证保险一般承保的是投保人的履约责任，以被保证人（投保人）的作为或不作为致使权利人（被保险人）遭受经济损失为保险标的。也就

---

[1] 冯涛：《保证保险纠纷中保险责任法律分析》，对外经贸大学法律硕士学位论文，2005，第 15 ~ 16 页。

是说，保证保险实际上承保的是投保人的信用风险，其根本的目的是保护权利人的利益。从这个角度看，即使基础合同无效，也并不意味着保证保险合同就当然无效，否则权利人的利益就难以得到有效保障。正是基于此，国外法律一般都规定，保证保险为不可撤销合同，保证保险合同一经签订并送交权利人，保险人就必须承担合约规定的义务，即使因为特殊原因保险人没有实际收到保险费也不能免除其保险责任（Jeffrey S. Russell，2000）。①

从我国近年来司法实践来看，由于保证保险的法律属性和法律适用方面的分歧，导致在具体审理相关案件时基础合同（主要是车贷险中的借款合同）有效性与保证保险合同有效性的关系问题出现颇多的争议。受最高人民法院《关于审理保险合同纠纷案件若干问题的解释》中"人民法院审理保证保险合同纠纷确定当事人的权利义务时，适用合同法、保险法；合同法、保险法没有规定的，参照担保法的有关规定"的影响，由于保证保险合同与"基础合同"在保险法中没有具体规定，因而各地法院将类似纠纷案件都按照《担保法》处理，认为基础合同无效则保证保险合同当然无效。

一个典型的案例是 2004 年 2 月中国建设银行东莞市分行（下称"东莞分行"）向东莞市人民法院提起的诉贷款人陈××及中国平安财产保险股份有限公司（下称"平安保险"）一案。贷款人陈××以一系列虚假购车文件向平安保险申请投保，与平安保险签订了汽车消费信贷保证保险合同并据此在东莞分行借款 190000元，最终拖欠贷款本金 176263.26 元，利息 6262.64 元。东莞分行依据借款合同和保证保险合同，向法院提起诉讼，请求法院判令：

---

① Jeffrey S. Russell, 2000, "Surety Bonds for Construction Contracts", ASCE press, p. 26.

陈某偿还贷款本金人民币 176263.26 元及利息；平安保险东莞支公司承担保证保险责任，负责偿还陈某尚欠的上述借款本息。在陈××无力还贷情况下，东莞中院最终判决平安保险东莞支公司对陈某上述未能清偿的债务承担 1/3 的补充清偿责任。其理由是原贷款合同因欺诈而被确认为无效，保证保险合同因此无效，但保险公司存在一定过错，没有履行严格审查义务。故该院判决平安保险公司对银行承担 1/3 债务的赔偿责任。笔者认为，法院在这种判决完全依照《担保法》中的相关规定，即"最高人民法院关于适用《中华人民共和国担保法》若干问题的解释"中第八条的规定："主合同无效而导致担保合同无效，担保人无过错的，担保人不承担民事责任；担保人有过错的，担保人承担民事责任的部分，不应超过债务人不能清偿部分的三分之一。"①

正如本书所反复强调的，保证保险合同纠纷应严格适用《保险法》和《合同法》等相关民事法规，最高人民法院出台的有关保证保险合同纠纷可适用《担保法》的规定只是权宜之计。因此，应尽快修正《保险法》，将保证保险合同的独立性以法律形式明确规定下来。按照保证保险原理，严格审核投保人信用资料是保险公司自己应尽的义务，由此所造成的法律后果与权利人并没有直接关系。只要符合保险协议规定的违约事故发生，保险人都应该承担全部的赔偿责任，保险人不能以借款合同无效为理由推辞责任，法院也不应该按照《担保法》来确定保险人的责任。在本案中，正确的做法应该是保险公司承担借款人尚未清偿的全部贷款本金及利息，履行其保证保险合同下的全部责任，就代偿损失部分保险人应依法向贷款人追偿，无法追偿的部分应由保险公司自己承担。

---

① 郭明瑞：《担保法》（第 2 版），法律出版社，2004，第 297 页。

保证保险合同是一项独立的保险协议，在具体司法实践中必须把握以下两点：一是投保人与被保险人之间的合同关系，并不构成保证保险的主合同，不应该以基础合同的效力为前提来判定保证保险合同的效力；其二，应该坚持保险人的理赔义务是第一位的。只要保险合同约定的危险发生，保险人即须履行给付义务，并不能以债务人对权利人的抗辩为理由进行抗辩。当然，由于两个合同的关联性，虽然它们是不同的法律关系，但仍然可以合并审理。但是，在债权人并未起诉保险人而仅起诉债务人时，绝不能将保险人作为共同被告，也不宜将保险人作为第三人追加。因为有可能被保险人与保险人达成和解或放弃对保险人主张权利，那么在审理债务合同时将保险人作为第三人予以追加，无异于在审理债务合同时超范围处理了保证保险合同关系。这一方面增加了案情的复杂性，另一方面这种处理结果也不一定合乎当事人的本意。从国外实践来看，权利人通常可以直接起诉义务人，也可以直接起诉保险人，但由于保险人最终会把责任转移给义务人，所以大多数情况下义务人愿意主动与权利人达成和解协议。

二 保证保险合同解除权——最大诚信原则的适用问题

根据《合同法》的一般原理，任何一方不得擅自变更或解除依法成立的合同，但是法律也允许在一定的情况下变更或者解除已经依法成立且发生法律效力的合同。就投保人而言，多数国家的保险法均赋予了投保人这一对保险合同的任意解除权，我国也不例外。就保险人而言，由于保险人的特殊地位，各国立法都规定保险人不能随意解除保险合同，除非投保人有违法行为或重大的、特别规定的违约行为。我国保险法也沿袭了这个规则，通过立法的形式严格限制了保险人的合同解除权。虽然如此，按照我国现行《保险法》的规定，保险人行使保险合同解除权的条件仍然不少，如《中华人民共和国保险法》第 17 条第 2 款规定，"投保人故意隐瞒事实，不履行如实告知义务的，或者因过失未履行如实告知义务，足以影响保险人决定是否同意承保或者提高保险费率的，保险人有权解除保险合同"；第 28 条第 1 款规定，"被保险人或者受益人在未发生保险事故的情况下，谎称发生了保险事故，向保险人提出赔偿或者给付保险金的请求的，保险人有权解除保险合同，并不退还保险费"；第 28 条第 2 款规定，"投保人、被保险人或者受益人故意制造保险事故的，保险人有权解除保险合同，不承担赔偿或者给付保险金的责任，除本法第 65 条第 1 款另有规定外，也不退还保险费"；第 36 条第 3 款规定，"投保人、被保险人未按照约定履行其对保险标的安全应尽的责任的，保险人有权要求增加保险费或者解除合同"；第 37 条第 1 款规定，"在合同有效期内，保险标的的危险程度增加的，被保险人按照合同约定应当及时通知保险人，保险人有权要求增加保险费或者解除合同"。

从以上规定来看，保险人行使合同解除权，最常用的依据就是投保人或受益人未履行"如实告知"和"保证"等规定义务，即违背了最大诚信原则。最大诚信原则是订立和履行财产保险合同的最重要原则之一，也是我国近年来保证保险司法实践中最常见的问题。因此，这里仅以最大诚信原则在保证保险合同中的应用问题为例来探讨我国保证保险合同的解除权问题。

（一）最大诚信原则适用的主体

最大诚信原则虽然对保险人同样具有约束力，但它主要是针对投保人的，要求投保人履行如实告知等规定义务。最大诚信原则在保险合同中主要体现在两个方面：一是陈述，要求投保人必须真实告知保险人有关风险的重要事实，不得欺骗；二是隐瞒，要求投保人在申请投保时，对于已知的重要事实，必须告知保险人。我国《保险法》规定的诚信原则中如实告知义务的主体为投保人，至于被保险人是否具有同样的义务，《保险法》中并无强制性的规定，只是要求在保险期内对于知道的保险标的危险程度增加的情况应该及时通知保险人。按照民法中的"法无禁止即合法"的原则，可以推定被保险人实际上并无告知义务。在财产保险中，投保人和被保险人通常为同一人，因此，该规定并不会导致责任认定上的争议。但是在保证保险中，投保人是义务人，被保险人是权利人，这是两个具有不同经济利益的市场主体，因而权利人是否应当履行如实告知义务就成为司法实践中的一个颇具争议的问题。从保证保险的特点来看，对投保人的资格审查以及保险期内的跟踪调查都是保险人的权利，权利人不会进行干预，同时权利人一般也不承担如实告知的义务。国外法律也没有明确规定权利人必须履行如实告知义务，但在实践中保险人也通常在保险协议中约定权利人应就所知道的重要事实告知保险人。对此，权利人通常也愿意接受。其原因在于，及时告知保险人有利于保险人积极采取相应的风险防范措施，防止违约事件的最终发生，这也符合权利人的利益。

由于我国保证保险刚刚起步，司法实践上较为混乱，对于权利人责任的认定将对保证保险纠纷案件的最终审理结果产生重要的影响。同时，考虑到我国目前较为严重的社会信用缺失问题，如果不对权利人义务进行适当约束的话，权利人道德风险也可能显著增加，如贷款银行可能已察觉贷款人出现违约的趋向，但并不告知保险人、也不采取切实措施而任其发展下去，最终违约发生后径直向保险人索赔，这就对保险人明显不利。因此，笔者认为，应该修正现行《保险法》，将如实告知义务的主体明确扩展到保证保险中的权利人，使其在享受保险保障权利的同时，也受制于一定的义务约束，这更符合权利、义务"对等"的原则。其主要理由有三点。

其一，投保人与权利人（保证保险中的被保险人）的知悉事项的告知对于保险人来说具有同等性质。

其二，若权利人（被保险人）不负告知义务，权利人对于危险估计事项有意违反，保险人不得自行主张解除合同，那么道德风险问题就难以避免，权利人很可能对明显已察觉到的义务人（投保人）可能违约的情况故意不告知，保险人无法及时采取防范措施，违约事件最终发生对保险人是极为不利的。

其三，权利人（被保险人）对保险标的的实际状况、危险发生程度等可能比保险人更加熟悉，具有履行告知义务的客观条件。如在我国消费信贷保证保险中，贷款银行本身就可能比保险人更加了解投保人的真实情况。这一方面是因为银行本身也有审贷义务，另一方面银行在催收贷款过程中更容易发现贷款人可能违约的征兆。

值得注意的是，根据《保险法》第 37 条："在合同有效期内，保险标的危险程度增加的，被保险人按照合同约定应当及时通知保险人，保险人有权要求增加保险费或者解除保险合同。"在此，危险增加告知义务主体仅系被保险人，实际上危险增加告知与如实告知属同类。因此，在保证保险中，应当认为权利人（被保险人）负有如实告知义务（冯涛，2005）。[1]

（二）投保人违背最大诚信原则与保证保险合同的效力问题

各国法律一般都规定投保人违背最大诚信原则将导致保险合同无效，保险人可以据此解除保险责任。对此，我国《保险法》第 17 条和第 37 条等也有相关规定。但正如本书所反复强调的，我

---

[1]　冯涛：《保证保险纠纷中保险责任法律分析》，对外经贸大学法律硕士学位论文，2005，第 102 页。

国现行《保险法》在制定之时并没考虑到保证保险的特殊性。保证保险一般承保的是投保人的履约责任，是以被保证人（投保人）的作为或不作为致使权利人（被保险人）遭受经济损失为保险标的的。因此，不能简单地引用《保险法》中关于投保人最大诚信原则的规定，否则权利人的利益必然受到极大的损害。事实上，保证保险所承保的履约风险基本上来自两个方面：一是投保人（义务人）因特殊原因客观上失去了履约能力；二是投保人故意不履行协议。投保人故意不履约的主观意识可能发生在投保以前，即投保人在申请保证保险时就已经做好了违约准备，故意以虚假信息骗取保证保险，违背了最大诚信原则中关于"陈述"和"隐瞒"等的规定，具体表现有：提供虚假身份证件办理贷款和投保手续，包括伪造和盗用他人证件等情况；提供虚假的财产状况证明，夸大自身收入和其他财产数量；提供虚假材料，虚构汽车买卖关系骗保等。投保人故意不履约的主观意识也可能发生在承保以后，即保险期内投保人因多种原因而故意违约，违背了最大诚信原则关于"保证"的规定，如我国近年来车贷险中大量贷款人因新车购置价不断下跌而故意拖欠银行贷款等。

由于在保证保险合同中，保险人承保的是投保人的信用风险，投保人是否履约，就意味着保险事故发生与否。如果投保人不履行协议，除了特定的死亡、丧失劳动能力和经营破产等客观因素外，投保人自己完全能够预见、控制保险事故的发生，保险事故如果发生基本上就是投保人的故意行为。对此，保险人应有充分的认识，实际上这也正是权利人要求义务人投保的主要动机，保险人显然不能因此而行使解除合同的权利，否则就损害了权利人的利益。因此，投保人故意制造保险事故，违背最大诚信原则，但保险人并不能据此解除其保险责任。在这种情况下，保险人只能在履行了对权利人的赔付职责后再向投保人追偿。同理，对于投保人违背最大诚信原则取得保证保险的，只要权利人不知情，保险人同样应该承担对权利人的赔付义务。当然，正如前文所述，权利人也有如实告知的义务，若对于知道的或应当知道的投保人违背诚信原则骗保的事项而不做告知，则保险人可以免除保险责任。继续以上述"东莞分行"诉"平安保险"一案为例，笔者认为，若银行在信贷业务中发现或有充分理由相信银行应当能发现贷款人陈某实施的故意诈骗行为，却没有告知保险公司，导致陈某违背最大诚信原则取得保证保险，进而据此取得银行贷款，那么保险公司可以拒绝赔偿，当然，保险公司此时的主要依据其实已不再是投保人违背诚信的问题，而是权利人的诚信原则问题了。实践中，还有一种常见的违背最大诚信原则的形式就是被保险人（银行）自己或与投保人（贷款人）恶意串通，制造保险事故并要求保险公司赔偿，对此，笔者认为，不论是银行故意行为还是与投保人的合谋行为，都应该依照《中华人民共和国保险法》第二十八条第二款的规定，"投保人、被保险人或者受益人故意制造保险事故的，保险人有权解除保险合同，不承担赔偿或者给付保险金的责任"。

三 保证保险的除外责任——意外事故和不可抗力问题

除外责任是保险合同的核心条款之一，对保险合同当事人的影响至关重要。它是当事人控制风险，分配责、权、利的重要工具，也是维护保险合同各方当事人正当权益的重要手段。普通商业保险中的除外责任随具体险种不同有很大的差别，但大多都规定：战争、敌对行为、军事行动、武装冲突、罢工、暴动；被保险人及其代表的故意行为或纵容行为；核反应、核子辐射和放射性污染以及行政行为和执法行为所致损失等多种损失原因，皆为除外责任。由于保证保险的特殊性，其除外责任也与普通财产保险有一定的差别，在我国保证保险经营中争议较多的除外责任条款主要是投保人及被保险人故意行为、意外事故和不可抗拒因素三个方面。至于投保人及被保险人的故意行为前文已有论述，这里主要探讨意外事故和不可抗力是否导致保险人责任免除的问题。

在普通民事保证关系中，债务人因不可抗力不能履行债务，不仅自身可免于承担违约责任，而且保证人亦可以充分利用债务人的抗辩权对抗债权人，免于承担保证责任。因此，坚持认为保证保险是担保者据此认为，在保证保险中，投保人（债务人）遭遇自然灾害、意外事故或其他不可抗力，不能履行合同，导致保险事故发生，权利人（债权人）请求保险公司赔偿时，法院不应支持。对此，笔者不敢苟同，理由在于本书已反复强调保证保险是一种特殊的保险形式而并非普通民事担保行为，保证保险应受《保险法》约束而不应该适用《担保法》的相关规定。此外，也有人依据《合同法》的规定，"因不可抗力不能履行合同的，根据不可抗力的影响，部分或者全部免除责任"，认为意外因素和不可抗力导致投保人无法履约，保险人可解除责任。对此，笔者认为，《合同法》的该项规定仅是针对普通债务合同而言的，不能适用于保险合同。一方面，保险的基本功能就是对各种意外事件和自然灾害等不可抗力造成的风险损失进行分摊和补偿，将意外事件和不可抗力列为除外责任有违保险的初衷；另一方面，为控制保险责任，在保险协议中如果将一些具体的意外事件和不可抗拒因素明确列为除外责任，这无可厚非，根据权利义务对等原则，保险人是根据可能承担的赔偿责任来收取相应的保险费的，因而将保险人难以预测的或者可能造成的后果特别严重以至于超出保费负担能力的意外事件和不可抗力排除在保险责任之外也是保险实务界的通行做法。但对于保证保险而言，笔者认为，对于意外事件和不可抗力条款的使用应该适当地进行限制。因为保证保险承保的是投保人的履约责任，其直接目的是保护权利人的利益。虽然大多数情况下投保人拒绝履约都是主观故意行为，但事实上除此之外，投保人也会因多方面的意外事件和不可抗拒因素而导致其在客观上失去履约能力，如在美国占市场大部分份额的工程合同保证保险中，承包商（投保人）违约大多是因为施工条件恶劣、原材料价格上涨以及设备和技术出现问题等导致其无法按协议规定履行承诺。如果将这些因素都列为除外责任的话，业主（权利人）的利益就无法得到有效保障，有违保证保险制度的基本宗旨。事实上，在美国，几乎所有这些所谓的意外和不可抗力都在保险人的承保范围，当然，这也与保险人有成熟的经验有关，一来保险人丰富的承保审核经验将不具备履约能力和信誉不佳的承包商排斥在外，二来其严格而完善的追偿机制使承包商不得不放弃主观违约的企图，这样就导致承包商违约的客观因素基本上就是各种意外事件和不可抗力了，而这基本上都属保险人承保范围。

　　当前，我国一些保险公司在除外责任条款中有关意外事故和不可抗力方面的规定较多，如永安财产保险股份有限公司在其"个人抵押商品住宅综合保险条款"中的"还贷保证"部分，除了将战争、类似战争行为、核子辐射和污染、地震以及借款人故意行为等普通财产保险中常见事件列为除外责任外，还特别规定被保险人患疾病或者由于行政行为或执法行为、饮酒过度、滥用药物、违法犯罪行为等行为造成借款人伤残或死亡而造成丧失还贷能力也列为除外责任；在其"医疗设备贷款保证保险"条款中规定，投保人的民事侵权行为或经济纠纷致使其医疗设备及其他财产被罚没、查封、扣押、抵债及医疗设备被转卖、转让以及因所购医疗设备的质量问题及医疗设备价格变动致使投保人拒绝偿还或拖欠医疗设备贷款和因自然灾害、意外事故而造成的损失等原因而造成投保人不能按期偿还欠款，引起被保险人的贷款损失时也不负责赔偿。

由于保险人在保险协议的具体条款设计上具有很大的自主权，同时，我国保险公司经营保证保险经验还不足，外部环境条件也有待完善，为尽量减少经营风险，保险条款规定较为严格，这也具有一定的合理性。因此，笔者也并不赞成美国式的几乎包括所有风险在内的保险责任范围规定，毕竟保证保险在我国还刚刚起步，各方面条件都还不够成熟，保险人控制经营风险的能力还相当有限。这里仅仅想要说明的是鉴于保证保险基于保护权利人利益的本质特征，保险公司应该尽可能放宽责任条件，借鉴国外经验，扩大责任范围，否则难免有"霸王条款"之嫌，影响其长期发展。

四　保证保险追偿权的行使问题

就代位求偿权而言，在保险业务实践中，我国各大保险公司通常是在支付保险金的同时，要求被保险人签署赔款收据和权益让与书，作为被保险人将对第三人损害赔偿请求权让渡给保险人的有效证明。但是，保证保险的追偿机制并不完全等同于普通财产保险中的代位求偿机制，虽然都具有类似的功能，但其直接目的和适用对象等诸多方面都存在很大的区别，对此，笔者已有详述。因此，对于保证保险的追偿机制，不应该简单沿用传统的代位求偿制度。根据本书的研究目的，这里仅探讨我国保险界在实务处理中关于追偿权利的取得和实现问题。

目前，我国各保险公司基本上都是将追偿与代位求偿混同，在保证保险追偿权利的取得问题上采取与代位求偿机制完全相同的规定。如太平洋财产保险公司"产品质量保证保险"条款规定："权利人在获得赔款时，应将向有关责任方的追偿权转让给本公司，并协助本公司赔偿"；永安财产保险股份有限公司"个人汽车消费贷款保证保险条款"规定："被保险人在获得保险赔偿时，应将其有关追偿权益书面转让给保险人，并协助保险人向借款购车人追偿欠款"；人保财险"商品房抵押贷款保证保险"条款规定："在投保人不能履行贷款合同情况下，由保险人偿清贷款合同约定本息后，被保险人应当将抵押房屋的全部权属文件及其享有的抵押权移交给保险人，协助保险人按法定程序办理抵押权变更登记手续。投保人也应予以协助。"

对此，笔者认为，保险人实施追偿权利不需要权利人出具"权益让与书"，完全可以以自己的名义直接行使追偿权。在代为求偿规定中，因为可能造成保险事故的"第三方"事先是不明确的，其与保险人不存在任何权利义务关系，因此，需要被保险人将权利让与后保险人才能据此向第三方行使赔偿请求权。但在保证保险机制中，投保人（义务人）本是保证保险合同的重要当事人之一，保险人承保的实际上是投保人（义务人）的履约信用问题，两者之间存在直接的权利义务关系。在保证保险三方当事人的权利义务关系中，一旦权利人向保险人提出赔偿要求并获得协议规定范围的全部赔偿，则权利人与保险人的权利义务关系终止，同时，作为第三方"保证人"，保险人代义务人履行赔付后权利人与义务人的权利义务关系也因此而终止。此时，保证保险的三方权利义务关系事实上就演变成了保险人与义务人之间的权利义务关系。如果再要求保险人将对投保人的受益权转让后保险人才能行使追偿，显然不符合法理和逻辑。因此，笔者认为，保证保险机制中根本没有权利人书面授让对投保人赔偿请求权的必要，保险人完全可以以自己的名义直接向义务人（投保人）追偿。

保险人以自己名义追偿的权利与经被保险人"授权"后获得追偿权利表面看来没有实质性差别，实际上这种"权利转让"给保险人的实际追偿导致诸多不便。以我国现行房贷险还贷保证为例，一方面银行将房屋产权转让给保险公司会产生产权转让成本，另一方面产权转让后的处置过程可能涉及复杂的法律纠纷（因为投保人与保险人之间没有直接的产权抵押关系）。当然，在我国现行的保证保险经营中，保险公司在条款中明确要求贷款银行（权利人）在获得赔偿后将对贷款人（投保人）的赔偿请求权及相应的抵押物权转让给保险公司处理。还有一个客观的原因就是，在我国现行的各类消费信贷保证保险中，抵押物权通常都在银行。根据保证保险原理，笔者认为，这种抵押权属的规定是不合理的。权利人的合同权利已由保险人提供保障，保险人承担了义务人的违约风险，就应取得对担保物品的抵押权属。事实上，从美国等成熟的保证保险制度来看，绝大多数情况下根本就没有要求提供任何抵押物，而仅仅是在严格承保调查基础上要求投保人签署 GIA 协议并据此作为向投保人追偿的主要依据。因此，为便于保险人以自己名义追偿，防止业务操作和司法上可能出现的混乱，笔者认为，应把保证保险的追偿权单独规定下来，保险人据此对现行保险条款进行适当修改，明确规定保险人对担保物的抵押权属，并以自己名义就代偿损失部分直接向义务人（如贷款人）追偿。这也有助于简化诉讼程序，提高诉讼效率。

第六章
我国保证保险制度的发展与展望

伴随着改革开放的深化和国民经济的持续增长，信用契约交易在我国各个经济层面迅速展开，客观上推动了我国保证保险制度的产生与发展。但从总体上看，我国保证保险制度还非常落后。当前，我国保证保险面临良好的发展机遇，也面临较为严峻的挑战。本章在借鉴国外保证保险制度成功经验基础上，探索了突破我国保证保险制度困境的基本思路和方法，并对我国现有保证保险重要险种的发展和完善以及保证保险新产品的研发和普及等相关问题进行了探讨。

第一节　我国保证保险制度面临的机遇和挑战

一　我国保证保险制度的发展机遇

当前，我国各大财险公司仍然将汽车及第三者责任险、企业财产保险等传统保险品种作为经营的重点，保证保险并没有引起保险人足够的重视。不仅如此，根据笔者的调查，在未来一段时期内各保险公司也没有将保证保险作为一种重要的战略要素，这不能不说是一种遗憾。实际上，无论是从国际还是从国内来看，传统的财产保险的开发都已经达到了一定的深度和广度，相对而言，保证保险将更具市场潜力。当前，我国保证保险制度面临良好的发展机遇，主要体现在以下几方面。

（一） 政策保障更加明确

首先，国务院于 2006 年发布了《国务院关于保险业改革发展的若干意见》，充分肯定了保险业发展改革的重要意义，明确提出了加快保险业改革发展的指导思想和总体目标，要求稳步发展住宅、汽车等消费信贷保证保险，积极推进建筑工程、项目融资等领域的保险业务。这就为我国保险公司进一步拓展住宅和汽车等消费信贷保证以及工程合同保证（含投标保证、履约保证以及支付保证等形式）等保险业务提供了广阔的政策空间。同时，该《意见》还要求实施人才兴业战略，深化人才体制改革，优化人才结构。在保险宣传教育方面，国务院还规定，要将保险教育纳入中小学课程，发挥新闻媒体的正面宣传和引导作用，普及保险知识，提高全民风险和保险意识。①

其次，中国保监会制定的《中国保险业发展"十一五"规划纲要》也明确提出要健全保险人才管理体制机制，改进保险教育培训制度，培养一批具有高素质和创新意识的复合型保险人才等一系列政策，② 这就为缓解我国保证保险经营中严峻的人才和技术瓶颈问题提供了重要的政策支持。

再次，针对建筑工程领域的第三方保证问题，2006 年 12 月建设部出台了《关于在建设工程项目中进一步推行工程担保制度的

---

① 《国务院关于保险业改革发展的若干意见》，2006 年 6 月 15 日。
② 《中国保险业发展"十一五"规划纲要》，中国保险监督管理委员，2006 年 10 月 15 日。

意见》，首次将保险公司与银行和担保公司一道，列为可提供工程担保的保证人。如果说以往保险公司介入工程合同保证领域尚缺乏明确依据的话，那么该文件可以看做是正式确认了保险公司的经营主体资格。该《意见》还规定，工程担保监管措施完善的地方，在工程担保可以提交银行保函、专业担保公司或保险公司保函的情况下，应由被保证人自主选择其担保方式。这就为保险公司进入工程保证市场创造了市场条件。此外，该《意见》还明确要求工程建设合同造价在 1000 万元以上的房地产开发项目（包括新建、改建、扩建的项目），施工单位应当提供以建设单位为受益人的承包商履约担保，建设单位应当提供以施工单位为受益人的业主工程款支付担保,[1] 这必将对建筑市场主体对工程合同保证保险的需求产生积极的影响。表面看来这只是涉及我国保险公司仅仅处于尝试阶段的工程合同保证保险，但实际上正是这种主要针对公共工程项目和私营工程项目的工程合同保证构成了全球保证保险最重要的组成部分。[2] 而我国庞大的建筑市场也预示着这必将成为保证保险领域的一个非常重要的组成部分。

（二）体制改革进一步推进

我国当前的社会经济问题大多与经济体制改革尚不彻底有着密切的关系，随着改革的深入，各项政策逐步落实，我国保证保险经营环境将会得到很大的改善。首先，市场经济体制改革的深入将使政府职能彻底转变，经济主体的个体利益和决策自由权得到更充分的发挥，同时，国家"一保到底"的传统保障体制也将彻底扭转，居民和企业（尤其是国有企业）风险约束显著增加，风险和保险意识增强，从而激发各类契约交易中对第三方保

---

[1] 中华人民共和国建设部：《关于在建设工程项目中进一步推行工程担保制度的意见》，2006 年 12 月 7 日。

[2] 引自 *Sigma* 2006 年第 6 期，第 29 页。

证——保证保险机制的需求。其次，经济体制改革的深入将进一步促进各项法制的健全，市场交易更为规范，社会信用制度和信用文化更加完善，保证保险经营面临的最大障碍——严重的信用缺失问题将得到极大改善，从而有效降低保险人经营风险。此外，单从政府公共项目投资体制的改革来说，就可以为保证保险创造极大的市场空间。目前，这项改革正在加紧进行，国家发展和改革委员会副主任陈德铭于 2007 年 4 月 2 日在"2007 年全国经济体制改革工作会议"上指出，"着眼于转变政府职能，积极推进行政管理体制和投资体制改革，抓紧建立政府投资决策责任追究制度"。随着改革的深入，政府投资逐渐受到风险约束，我国保险公司只要认真做好技术准备，切实做好风险防范工作，就必将在公共工程建设领域为工程合同保证保险找到理想的市场空间。不仅中国庞大的公共工程建设市场本身可以充分推动工程合同保证保险业务的发展，而且公共项目合同保证保险巨大的社会效应还会很快辐射到私营项目。因此，对于这一前景极为广阔的市场，我国保险公司绝不能错失良机。

（三）对外开放进一步深化

按照"入世"协议，我国金融业已全面实现对外开放，外资保险机构纷至沓来，截至 2007 年第一季度末，共有 49 家外资保险公司在华设立了 132 家总分支机构，保费收入从 2001 年底的 33.29 亿元增长到 2006 年底的 259.1 亿元。随着国内投资环境的进一步完善，预计还必将有大量外资保险机构进入中国市场。保证保险是国外财产保险公司的一项传统业务，同时，伴随改革开放而迅速增长的各类外资企业也大多早就习惯于使用保证保险机制作为规避信用风险的手段。因此，对外开放的进一步深化必将有力地刺激我国保证保险市场需求。同时，外资保险机构大量进入中国也将给中国保证保险经营带来强烈的示范效应，为我国保险公司启动学习机制、掌握国外保证保险经营中成熟的经验和技术创造更加有利的条件。

（四）稳定的经济增长

经济增长是保险发展的客观基础，保证保险当然也不例外。现代经济增长总是伴随着市场契约交易的显著增加，而各类契约交易中信息不对称现象却愈发明显，保证保险机制在克服市场信息不对称难题、增强交易主体信誉和交易能力以及保护权利人正当权利方面的独特优势将会越来越得到社会经济主体的认同，进而增加保证保险需求；同时，经济增长也伴随着企业和居民财富的增长，财富的增长必然导致消费观念的变迁，信用消费和信用交易观念将显著增强，如分期付款购房、按揭购车等，进而为以有效规避信用交易风险著称的保证保险制度的发展创造更加有利的条件。

比较保险增长与经济增长关系常用的指标是保险渗透率，即保费收入占 GDP 的百分比。从我国近年来情况看，保证保险渗透率还非常低。仅仅在 2005 年达到历史最高点，即 0.0098%，而在瑞士再保险公司统计的二十多个国家中，保证保险的渗透率基本上都在 0.01% 以上，其中韩国、美国、意大利等十多个国家的保证保险渗透率都超过了 0.02%，个别国家如韩国甚至接近 0.12%。[①] 保险渗透率偏低意味着随着经济的增长我国保证保险更有发展空间。"十一五"期间，我国提出了 2010 年人均国内生产总值比 2000 年翻一番的目标，经济预期增长速度将保持年均 7.5% 左右，[②] 国民经济的持续增长将为我国保证保险制度的发展奠定更加坚实的经济基础。

---

① 引自 *Sigma* 2006 年第 6 期，第 37 页。
② 《中国保险业发展"十一五"规划纲要》，中国保险监督管理委员会，2006 年 10 月 15 日。

二 我国保证保险制度面临的挑战

前文所述的诸多有利条件预示着我国保证保险制度面临良好的发展机遇，但我们也不得不注意到，这些有利因素对于普通民事担保机制和外资金融与保险机构来说同样是一种发展机遇，它们也将会抓住有利的机会，拓展其市场份额，从而对我国保险公司开展保证保险业务构成较为严重的竞争威胁。

（一）外资金融保险机构的冲击

众所周知，外资保险公司拥有成熟的管理经验和技术力量，具有良好的信誉，这在短期内我国国内保险机构还难以匹敌。尤为关键的是，外资机构大多积极推行人才本土化政策，其科学的职业规划、优厚的薪金待遇和良好的个人发展空间必将对我国本已稀缺的保证保险优秀人才展开"侵略式"掠夺，加剧我国保险业人才和技术恐慌。

外资保险机构除了可能对我国保险公司尚未开拓的高回报、潜力大的市场领域进行积极开发进而抢占未来的竞争制高点以外，我国保证保险市场上现有的部分具有广阔市场空间的保证保险业务也可能面临外资金融保险机构的"市场分割"。如全球公认的中国汽车消费市场就早已是外资金融保险机构盯住的目标。目前汽车消费信贷保证保险是我国保证保险市场上的主导性业务，《国务院关于保险业改革发展的若干意见》也明确要求要进一步发展汽车消费信贷保证保险等消费保证保险业务。但是，按照中国人民银行出台的《汽车金融机构管理办法》（征求意见稿），外资汽车金融机构可以为中国境内的汽车购买者提供贷款并从事相关金融业务，其中包括贷款购车担保业务。① 由于外资汽车金融机构大多

---

① 《汽车金融机构管理办法》，中国人民银行公告，2002 年 10 月 8 日。

具有较为雄厚的经济实力和卓著的市场信誉，也通常具备良好的风险管理机制和管理能力，这必将对我国保险公司开展汽车消费贷款保证保险业务构成很大的业务冲击。

（二）普通民事担保机制的竞争

作为第三方保证，保证保险与除物的担保以外的普通民事担保具有非常类似的功能和表现形式，这些担保方式将在一定程度上对保证保险机制构成竞争威胁。笔者认为，这种竞争威胁将主要来自商业银行和部分在市场经济中逐步成长起来的专业化的担保公司。在很多国家，较之确实保证，银行担保是被更多人所认可的一种担保文书，这里既有历史的因素，也有银行使用销售网络和客户网络进行推动等方面的原因。目前，在我国工程合同保证领域，由于保险公司经营极为"保守"，商业银行的保函担保业务一直是这一领域里占主导地位的第三方保障机制，保险公司很少有所作为。由于商业银行在客户网络等方面具有一定的优势，在长期实践中也培育了较为良好的市场信誉，预计将来也会在很大程度上对保险公司开展的保证保险业务构成冲击。此外，我国近年来成长起来的一批专业性担保公司，如各地的政策性、民营性质的中小企业信用担保公司和专注于建筑领域担保业务的长安保证担保公司等也已经具有一定的客户基础和经验优势，对于我国保险公司在这些领域开展保证保险业务也会构成一定的竞争威胁。保险公司只有依托创新机制，发挥自身在风险管理咨询和服务一体化等方面的独特优势，方可在将来的激烈市场竞争中取胜。

第二节 发展我国保证保险制度的
基本思路

当前，我国保证保险制度面临良好的发展机遇，也面临较为严峻的市场挑战。如何把握机遇、迎接挑战，建立完善的适合中国国情的保证保险制度，是亟待解决的重要课题。以下从我国保证保险制度困境的突破、现有保证保险重要险种的发展和完善以及保证保险新产品的研发等方面对这一问题进行探讨。

一　突破保证保险制度发展的困境

突破保证保险制度发展的困境是发展我国保证保险制度的前提和基础。当前，困扰我国保证保险制度发展的因素众多，既有保险人自身的原因，也有外部环境条件的约束。要突破保证保险制度发展的困境，需要切实做好以下几个方面的工作。

（一）深入领会保证保险的本质

保证保险虽然通常被归为一类特殊的财产保险，但它确实具有明显的担保特征。严格说来，保证保险既不是普通的保险形式，也不是通常意义上的担保制度，它的风险性质极为特殊，需要特殊的经营管理和风险控制方法。保险人必须根据保证保险的风险构成及其特点，探索建立既不同于普通商业保险也有别于普通民事担保机制的保证保险风险识别和防范体系。并在此基础上，对现有的基于传统理念设定的保守的保险条款和费率制度进行改革，逐步扩大承保范围，并进行科学定价。尤其需要注意的是，我国当前普遍缺乏社会信用文化，保证保险的经营风险主要源自义务人主观违约风险，因而在保证保险经营中必须高度重视投保申请人道德品质方面的调查工作。

此外，保证保险的直接目的只是保护权利人的利益而不是投保人的利益，因而保险人在履行了对权利人的赔付之后有必要依法向被保证人进行追索，这也是国际保险界的通行做法。当前我国部分险种放弃了追偿要求，或者简单地将保证追偿机制等同于代位求偿机制，给保险人的追偿工作增加了不必要的麻烦，因而保险人必须在保险条款中对发生违约事故后的具体追偿问题做出明确规定，以便于积极有效地实施追偿机制，维护正当权益。当然，保证保险也不能完全办成担保业务，因为它毕竟是一种保险形式，对此，我国保监会也有相关规定。因此，保险人必须努力创新机制，充分发挥保险经营的优势，一方面需要有效化解经营风险，另一方面也要在与传统担保方式的竞争中赢得优势。

（二）成立专门的保证保险费率厘定机构

我国目前对保证保险的适用费率一般是要求保险公司根据风险特点和性质制定相应的统一的条款费率，并报保险监管部门备案，这种费率体制具有明显的弊端，难以保证保证保险市场费率的合理性。笔者认为，应该尽快成立专门的保证保险费率厘定机构来研究和规范我国保证保险市场费率，主要的理由有以下三点。

1. 保证保险费率不适当的后果通常比普通商业保险更为严重

费率适当是所有保险业务都必须遵守的基本法律准则，但这一原则对经营保证保险的保险公司来说更为关键。一方面，人们普遍认为我国现行保证保险费率偏高，这在很大程度上已经影响了投保积极性，如雇员忠诚保证、住宅质量保证等；另一方面，也更为重要的是，一旦保证保险费率不足，保险公司因缺乏偿付能力而破产的话，保证保险客户（bond holder）所遭受的损失后果通常比普通商业保险中的投保客户（policy holder）更为严重。在绝大多数商业保险中，保险人破产也会给其他被保险人（未索赔的被保险人）造成一定的损失和诸多不便，但一般不会对他们造成无法挽回的损害。如火灾保险或汽车责任保险公司若破产，未索赔的被保险人可能损失一定的保险费，但他们通常可以很容易从其他保险公司获得同样的保险保障，仅仅是短期的不方便而已。若经营保证保险的公司破产，则后果通常更为严重。如经营多年保证保险的保险公司突然破产，其承保的大量未完成合同项目突然失去了保障，大量的合约可能无法履行，尤其是对于一些较长期限的承保项目更是如此，如监护人保证和住宅质量保证等，这就会给权利人造成极大的利益损害。当然，部分保险责任也可以由其他保险公司接管，用新的保证保险代替旧的保证协议。但是，保证保险承保的一般是投保人的履约责任，保险人破产常常出现的一个现象就是不仅导致这些潜在的责任无人承担，而且要想获得新的保险人承保通常比普通财险困难得多。一个常见的原因就是新的保险人不但要承担承保后发生的风险，还在很大程度上承担着承保前已经发生但尚未发现的风险。这在保险期限较长的险种中尤为明显，如建设工期较长的工程合同履约保证保险和通常高达10年期的住宅质量保证保险等。此外，如前所述，保险人承保的是投保人的信用，保险人接受投保申请在很大程度上依赖于对投保申请人的"信任"，因此，保险公司对"老客户"承保类似项目通常只是关注其投保项目的异常情况，承保审核较为简便，在适用费率上通常也较为优惠，而对"新客户"往往会进行严格而细致的资格审查，其承保成本支出通常会通过保费形式转嫁给投保申请人，这样就更是增加了"新客户"投保的难度。

2. 我国保险公司尚不具备自主厘定保证保险费率的条件和能力

根据不同类型保证的风险特性，保证保险最基本的定价方法是服务定价、准保险模式的精算定价以及将这些基本的定价方法进行综合应用等。每一种定价方法都有其特定的适用范围，而且保证保险种类繁多，风险性质各异，即使是采取相同的基本定价方法如服务定价等，也会因具体风险性质的差异而衍生出多种具体的定价模型和计算与判断方法，没有哪一种具体的定价方法适用于所有的保证保险。尤其需要注意的是，保证保险的发展与一个国家或地区的法律制度和社会环境密切相关，西方发达国家的具体经验不能简单照搬到中国。因此，应该深入领会各种定价方法的实质，并结合我国保证保险的经营环境和具体风险特性，在借鉴国外先进经验基础上探索适合我国国情的具体的保证保险定价方法和模型。保证保险在我国还是新生事物，国外的经验又不能简单照搬，各保险公司经验和技术有限，同时，受制于社会经济体制以及商业经营"保密性"的需要，准确厘定保证保险市场费率所需的各种数据资料和行业信息等也难以得到有效保障，这就使单个保险人尚无法胜任科学厘定保证保险费率的任务。

3. 由专门机构厘定保证保险费率是国外的成功经验

从保证保险制度最成熟的美国来看，在 1908 年以前，经营保证保险的各保险公司通常也是自主定价。由于定价方法和定价理念不统一，各保险人定价资料来源也极为有限，导致费率制度混乱无序。为了业务竞争需要，各保险甚至展开了盲目的价格竞争，使很多风险甚至被"免费承保"，正是在这种背景下，美国 SAA 于 1908 年 11 月 12 日正式成立，几乎所有大的保险公司都加入了该组织。SAA 的主要目的是发布建立在可靠数据基础上的指导性费率手册。实际上，美国忠诚保证和确实保证的成功实践在很大程度上都归功于 SAA 专业的费率厘定技术和丰富的实践经验。

笔者认为，当前有必要借鉴美国经验，尽快组建专业化的保证保险费率厘定机构，利用专业力量研究适合我国国情的保证保险定价的具体模型和计算与判断方法，在全国范围内实现资源整合与信息共享，对现存费率进行测试和评估，对保险人拟新开险种的费率进行预测，并发布各类基本险种的指导性费率，由各保险人根据实际情况参照执行，这对防止恶意费率竞争和促进保证保险市场费率合理性具有重要的现实意义。美国 SAA 既是费率厘定机构，同时也是重要的行业发展和协调机构。笔者认为，当前要求直接建立类似美国 SAA（现已改为 SFAA）那样功能完备的专业机构的条件还不够成熟，但可以考虑由中国保险监督管理委员会牵头，在中国保险行业协会内设专门机构，整合资源和各种技术力量，并在中国保险监督管理委员会的支持下加强与中国银行业监管委员会、中华人民共和国建设部等相关部门的协调与合作，因为有关消费信贷保证保险和工程项目合同保证等诸多险种都需要这些部门的积极支持。待将来时机成熟时，再以该机构为基础，逐步扩充其行业管理和协调功能，最终建立起类似于美国 SFAA 的中国保证保险行业费率厘定和行业协调与发展研究机构，为整个保证保险行业的健康发展起到保驾护航的作用。

（三）完善业务管理，健全风险防范机制

业务管理不完善，风险识别与防范体系不健全，直接导致我国保证保险经营风险难控。因此，要突破我国保证保险制度发展的困境，完善业务管理，健全保证保险风险识别与防范体系是关键。

1. 保证保险承保管理及风险防范机制的完善

承保是保险经营的关键环节，是保险公司经营风险的第一道防范屏障。在普通商业保险中，法律赋予了保险公司一定的合同解除权，保险公司常常可以据此对承保评估中的重要错误、疏忽或遗漏等进行弥补。然而，法律一般都规定保证保险协议一经签署并送交权利人，保险人就必须承担相应的保险责任，除了忠诚保证保险以外，绝大多数保证保险合同通常都是不可撤销合同。此外，对于投保人故意造成保险事故的，在普通商业保险中保险人通常不予赔付，但在保证保险中，因为保险人承保的本来就是投保人的信用风险，所以投保人的主观故意行为也通常在保险人的责任范围之内。由此以来，保证保险承保管理及风险防范控制不完善就可能导致远比普通商业保险更为严重的损失后果。我国目前保险公司在保证保险承保管理环节存在的问题主要体现在审核指标体系不健全、抵押机制不合理以及承保技术落后等几个方面。因此，完善保证保险承保管理及风险控制体系主要应从以下三个方面入手。

（1）完善保证保险承保审核指标体系。由于保证保险本质上是保险人向投保人（义务人）"出售"信用，投保人的道德品质和履约能力是保险人经营成败的关键。因此，投保人是否具有保险利益以及标的内容是否与实际情况相符等，既是普通商业保险投保审核的基本要求，也是保证保险承保中一个不可忽视的重要条件，但在保证保险承保审核中保险人更为关注的还是投保申请人的品质、能力和资本要素。由此导致保证保险承保考察的具体指标就与普通商业保险具有很大的区别，需要建立新的指标体系。

由于起步较晚、经验不足等诸多方面的原因，承保审核指标体系不健全是我国整个保证保险业务经营中普遍存在的问题。因此，笔者认为，当前保险人应该在借鉴国外类似险种的具体承保审核指标基础上，结合业务实践深入研究各具体险种的风险构成及其特点，建立并逐步完善适合中国国情的保证保险承保审核指标体系，将品质、能力和资本等基本要素细化为具体的可操作性的指标，尤其是要突出道德品质方面的指标。其原因在于，与国外尤其是美国保证保险制度的运行环境存在明显区别，我国社会普遍缺乏信用制度和信用文化，尤其是缺乏失信惩罚机制，因此中美两国保证保险的风险来源存在明显区别：在美国，义务人违约主要源自于义务人因一些客观原因失去了履约能力；在我国，义务人违约绝大多数都是主观故意行为，这在我国车贷险等消费信贷保证业务中体现得尤为明显。

此外，保证保险与民事担保尤其是保证担保在风险性质方面具有一定的相似性，而我国民事担保业在对被担保人的资格审核方面已经积累了一定的经验，如财政部和原国家经贸委共同发起组建，1993 年注册成立的中国经济技术投资担保有限公司在政策性的中小企业信用担保和商业性融资担保等业务的承保审核中积累了丰富的经验，而 1998 年 7 月在建设部主导下成立的我国首家专业化工程保证担保公司——长安保证担保有限公司在各种工程保证、投标保证、履约保证、支付保证等方面也积累了相应的经验，因而保险人在研究和确定保证保险承保审核指标体系时，认真学习和借鉴这些成功的担保机构在实务操作中所遵循的审核标准也是一种较为有效的方法。

（2）重视信息积累，并大力培育社会信用评估咨询业。为满足保险公司承保审核的需要，还要高度重视信息积累，并大力培育社会信用评估咨询业。因为保证保险承保需要对投保申请人的品质、能力和资本等诸多要素进行评估，其中每一项评估又都涉及许多细化了的具体操作性指标，这就对保险人承保审核提出了极高的信息要求。能否收集到足够的相关信息是决定保险人有效的承保评估的前提条件。在美国，各大保险公司不仅自己掌握着大量的客户资料，社会上还有各种信用调查公司提供的排名、信用等级及各种分析报告等，保险公司很容易获取这些信息，进而方便地进行承保资格审核。

而在我国，由于经营历史不长，重视不够，保险人自身尚缺乏对客户信用资料的积累，也没有类似美国那样的社会信用调查和分析机构提供的信息可供参考，保险人承保信息获取的渠道非常有限。不仅如此，即使保险公司能够获取有限的承保信息，还往往面临真伪难辨的难题。例如，在美国最为发达的工程合同保证保险，对于中国这样一个庞大的建筑市场来说，本应具有良好的市场空间，但保险公司的表现却并不积极，业务寥寥。根据笔者的调查，造成这种状况的最主要的原因之一就是保险公司难以获取有价值的承保信息，对承包商的道德状况和履约能力难以做出合理的判断，从而产生对该险种经营风险的恐惧。目前，保险公司承保工程合同保证，其信息渠道主要依赖各地建设行政部门及相关的行业协会，然而，在经济转轨时期，体制改革尚不到位，我国一些建设行政部门所提供的鉴定报告及企业资质认定的可靠程度还令人质疑，近年来不少所谓明星企业承建的"优质样板工程"也出现严重的质量事故甚至垮塌事件就足见一般。

由于信息来源有限，而且真伪难辨，这样，保险人一方面要努力寻求相关信息，另一方面还要花费大量的精力去判断其真伪，自然影响了保险经营的积极性。因此，为满足承保评估的需要，保险人首先必须对现有客户信息进行统计分析和分类整理，以便积累更多的客户信用资料；其次，有必要大力培育社会信用评估咨询行业，包括信用评级机构、信用调查分析机构等，作为保险人承保审核信息需求的一个便利渠道。当然，培育信用评估咨询业的意义还远不仅于此，它也是我国整个市场经济制度建设的现实要求。

（3）引入全面补偿协议（GIA），适当加强对投保人的授信力度。通过签订 GIA 协议，放弃或者减少对投保人的反担保要求，可以降低投保人资源占用水平，增强其自行成功履约的能力，这也正是保证保险制度相对于传统的民事担保机制最大的优势之一。此外，通过 GIA 协议，保险人实施追偿过程中可执行财产的范围也扩大到与义务人存在密切关系且在 GIA 协议上签名的所有当事人，保险人追偿权利的实现也就具有了更加切实的保障。我国目前保证保险经营中，基本上都采取了与普通民事担保相同的所谓反担保措施，常见的就是要求投保人提供足够的抵押物品。这种抵押机制存在很大的弊端（见本书第四章相关论述），因此，笔者认为，我国保险公司应该在严格承保信息审核基础上，引入 GIA协议，减少或放弃抵押物品要求，增强对投保人的授信力度，以此增强投保人自行履约的能力，并增强保证保险机制相对传统担保机制的市场吸引力，同时扩展可供追偿的责任财产范围。

当然，针对一些风险性质较为特殊的险种，如我国目前针对个人的各类消费信贷保证保险，由于个人资产数量通常有限而且难以监控，这可能给保险人有效追偿造成很大的困难，直接掌握一定的抵押物品就成为最有效的追偿手段。因此，对于这类险种，笔者并不建议放弃抵押要求，实际上对于这类保证保险，国外保险公司在实际承保中要求投保申请人提供充足的抵押物品也是常见现象。尽管如此，笔者认为，保险人还是应要求投保人签署 GIA 协议。一个重要的原因在于我国现行《保险法》中缺乏关于保证保险追偿机制的具体规定，最高人民法院在相关的司法解释中承认了保险人的追偿权利，但最高人民法院出台的司法解释本身又还存在很大的争议。保险公司在实务处理中通常是采用《保险法》中有关代为求偿的规定作为追偿依据，事实上保证保险中的追偿机制并不等同于普通财产保险中的代位求偿机制（见本书第五章的相关论述），两者的混同容易导致复杂的法律纠纷。因此，笔者认为，应借鉴美国保证保险成功经验，承保时要求投保申请人签署 GIA 协议，并且可根据实际情况要求与投保申请人存在密切联系且愿意为其违约承担责任的其他当事人共同签名，作为对现行抵押机制的一个重要补充手段，使其成为向投保人追偿的最直接、最有效的法律文件，同时，也扩展了可供追偿的责任财产范围。如在车贷险业务中，可要求购车人亲属等相关当事人共同签名，一旦贷款购车人因各种原因失去了还贷能力，则保险公司可以依据 GIA 协议向其他当事人继续追偿。该协议的另外一个更为重要的意义在于，为避免责任追究，凡在 GIA 协议上签名的当事人总会采取一切可能的方式"迫使"义务人认真履约，这在当前社会信用制度缺失的大环境下对于防范贷款人恶意逃避银行债务具有特殊的意义。

（4）加强承保技术研究。严格的承保风险控制是保险人防范经营风险的首要环节，保险人通常需要对可能引起投保人违约的各种主观和客观因素进行仔细的评估。为此，保险人通常需要借助大量先进的技术手段，这既是提高风险评估合理性的客观要求，也是增强承保审核效率的必要手段。根据保险公司实际承保评估的需要，借鉴国外经验，笔者认为，以下几个方面需要引起保险人的高度重视。

第一，构建投保人信用评分模型。信用评分模型采用类似于专业信用评级机构的操作方法，使用保险人认为可以有效估计投保客户出现财务困境可能性的所有变量，这些变量涉及支付行为（例如预期支付的比率）、公司特征（例如业务经营年限、所有人、员工数量、营运资本、资本净值、资本杠杆比率以及现金流量）以及公共记录（如诉讼、判决和留置权）等诸多方面。[①] 根据历史经验对各项指标进行计量分析，设置出最合理的权数，在此基础上对所有指标进行加权打分。对于义务人的投保申请，保险人将其相应的资料信息代入信用评分模型就可以非常方便地计算出其基本得分，然后再根据得分结果对是否接受投保申请进行初步判定。

信用评分模型减少了承保评估人员主观性的影响，有助于增强承保决策的一致性，还可以提高承保风险评估的准确性。不仅如此，信用评分模型还可以帮助保险公司以更小的成本和更高的效率去评估投保申请人的信誉度，这在处理大量的中小企业投保申请和在线投保方面具有很大的优势。

在具体操作上，保险公司可以借鉴国外类似险种的承保信用评分模型中的关键指标及其权数，再结合中国现实国情及保险公

---

① 引自 *Sigma* 2006 年第 6 期，第 32 页。

司的承保经验进行适当的修正。笔者认为，在借鉴、吸收国外成熟的信用评分模型时，必须更加突出投保申请人道德品质方面的指标及其权数，这主要基于我国当前社会信用制度和信用文化缺失的客观现实。

第二，构建投保人违约预测模型。在对投保人进行资格审查的四个关键指标中，唯一可以进行定量处理的就是所谓的"资本"（capital）因素，而对投保申请人财务表现的分析正是其中的核心工作。通过违约预测模型，保险人可以根据投保申请人的一些关键财务指标，很方便地估算出投保人违约的概率。以美国工程合同保证违约预测模型为例，决策人员通过对过去发生违约的承包商与未发生违约的承包商的财务报表进行数据对比分析，找出与违约相关性较强的指标，再基于这些指标及其对应的履约结果进行建模。所用的回归方法是离散选择建模法，因为违约与不违约就是一对离散结果。模型所选用的违约概率方程是：[1]

$$P = e^y (1 + e^y)$$

其中，P 为违约概率，y 由关键财务指标决定，通常包括迟收款项、总流动债务、盈余公积、税前净利润和销售收入等项目，e 取 2.71828。这样，对于任何承包商，只要从其财务报表中获取模型所需的上述变量，就可以很方便地计算出其违约概率。当然，这些模型只能对承包商的投保申请做出初步的判断，最终的承保决定还需要借助于其他指标和承包人经验来进行判断。

如同信用评分模型的构建，笔者认为，借鉴国外类似险种承保决策中所使用的违约预测模型中的指标体系并结合中国现实国

---

[1]　转引自邓晓梅《中国工程保证担保制度研究》，中国建筑工业出版社，2003，第 245~246 页。

情与保险人承保经验进行适当地修正是最为有效的方法。为此，保险公司需要不断总结经验，深入分析引起投保人违约事件发生的关键财务指标及其重要程度的变化，不断对模型进行充实和完善，以提高违约预测模型的准确率。

第三，构建信息网络技术平台。由于保证保险通常涉及对投保申请人及其项目进行评估，对于保险公司来说，提高自动化程度是至关重要的。目前，美国有的保险公司可以以完全自动化的流程处理其 60% 以上的保证保险申请。① 承保业务的电子化为美国保险公司降低承保成本发挥了重大作用，也是美国整个保证保险业在近年来持续低费率条件下仍然保持盈利的一个重要原因。保险公司业务操作的电子化是整个保证保险电子平台的核心。在美国，一般大的保证保险公司内部都具有一个共享的中央数据库，它储存各种客户资料及承保记录，不同权限的承保人可以分别在自己的工作平台上进行数据的录入、修改和调用。对数据的管理是基于 Internet 的，只要具有相应 Internet 权限的人，无论在各地都可以调用自己的工作平台，完成对数据的各种操作。系统对数据进行自动监测，依据一定规则选出风险超出正常范围的投保记录，请求承保人予以关注。这种筛选规则通常是保险公司多年业务经验的结晶。该数据定期自动生成各种统计报表，该统计功能与财务管理系统有接口，可以自动生成各种财务报表所需数据。

我国目前保险公司在信息网络技术平台的建设方面已经起步，但离保证保险高效率经营的要求还存在很大的差距。当前，美国保险公司在保证保险承保信息技术平台建设方面的长期实践为我国保险公司充分发挥"后发"优势提供了非常便利的条件。因此，为提高保证保险承保审核的效率，我国保险公司有必要借鉴美国

---

① 引自 *Sigma* 2006 年第 6 期，第 44 页。

的成功经验，在高起点基础上建立较为完善的承保审核技术平台。出于适应自己公司的特殊需求和保护商业秘密的需要，美国各保证保险公司大都选择了对承保信息技术平台的自行开发，因此，我国保险公司在建设高起点的信息技术平台过程中，还有必要与国外成熟的保证保险公司如"Chubb Surety"和"St Paul Travelers Group"等加强沟通和协调，在交流与合作过程中争取获得有效的技术援助，并启动学习机制，为充分发挥"后发"优势创造有利条件。

2. 保证保险承保期内风险防范机制的完善

保证保险的基本宗旨是巩固承诺，确保履约，而不是静待违约事故发生后再进行简单的经济补偿。因此，保险期内的风险管理和监控手段尤为重要。但我国保险人在承保保证保险业务中，长期以来都是"重保费、轻管理"，不仅导致赔付风险增大，而且保证保险的基本宗旨也未能体现，保证保险制度的特殊优势无法得到有效发挥，进而严重影响保证保险机制的市场认同度。因此，保险公司必须采取切实措施，加强承保期内的风险管理和适时监控。以工程履约保证保险为例，保险公司可以根据实际需要采取查阅文件资料、实地调查和走访关键职员等多种方式对承保标的的风险情况进行跟踪，也可以通过委托建筑咨询公司、工程监理公司等相关机构进行日常风险监控，一旦发现异常，立即报告保险人，以便及时采取防范措施。虽然这对保险公司来说也会增加一定的成本支出，但这相对于义务人履约失败的严重后果来说通常都是微不足道的。况且，这种成本会随着保险公司业务规模的增加而通过规模经济的方式得到有效控制。

3. 保证保险理赔环节风险防范机制的完善

保证保险理赔环节的风险防范机制主要由严格、细致的事故调查和严格的追偿手段组成。

（1）严格、细致而专业的理赔调查。我国保险公司在保证保险理赔调查过程中不严格、不细致的现象时常出现，甚至一些基本的理赔规范在实践中也没有得到切实履行。这一方面造成滥赔和错赔现象，另一方面也助长了相关当事人的道德风险。为此，保险人必须及时总结经验，制定科学的调查指标，并对理赔调查人员严格要求，认真落实理赔调查规范。对于当前一些保险公司尤其是基层保险机构在理赔调查中只注重违约事实而忽视对其他责任方责任调查的现象应坚决纠正，如在车贷险系列赔案调查中，保险人不仅需要查明贷款人（义务人）违约事实，更需要查明作为保险中介载体的汽车经销商和作为权利人的商业银行是否存在违规操作行为，尤其对于可能涉嫌的欺诈性行为绝不能姑息。同时，保险公司应该适当弱化业务规模指标而强化效益指标，从而在一定程度上减少理赔调查中保险人过度迁就代理人（汽车经销商）和权利人（商业银行）的做法。

赔案调查是一项非常复杂的技术性工作，调查人员需要具备相应的专业知识、良好的沟通协调能力和丰富的调查经验，因此，保险公司应及时加强理赔队伍素质建设，不但需要强化专业知识培训，更需要加强执业道德教育。当然，对于一些专业领域的事故调查和责任界定，保险公司可能受技术力量限制或者调查结论可能会存在较大争议，在这种情况下，聘请相应的外部专家机构就成了一种必要的方法。因此，保险公司在加强自身理赔队伍建设过程中，还应该根据业务发展的需要，与外部专家机构保持密切的联系，以便在赔案调查中及时获取必要的外部技术支持，保证调查结论的合理性和公正性。

（2）完善保证保险追偿机制。保险人在履行了对权利人的赔付之后有权向义务人进行追偿，这是保证保险的一个基本特征，而我国当前保证保险经营中，追偿机制尚不健全：一方面表现为在一些险种如住宅质量保证保险中保险人主动放弃了追偿权利，另一方面也表现为保险公司将保证保险追偿机制简单等同于普通商业保险中的代位求偿机制。在实践中，虽然大多数保证保险条款都规定保险人有权就代偿损失向义务人进行追偿，但保险人的这一权利却受制于多方面的限制而实际上难以实施。追偿机制不健全使保险公司单方面完全承担了所有的风险，更为重要的是该机制的丧失在很大程度上助长了义务人的道德风险，给保证保险经营埋下极大的风险隐患。当前各保险公司都应高度重视追偿机制对于保证保险经营的极端重要性，保险公司必须在相应的保险条款中，对发生违约事故后的具体追偿问题做出明确的规定，从而消除可能的追偿纠纷，顺利弥补其代偿损失，降低经营风险。针对我国占市场主体地位的各类信贷保证保险，还应该按照保证保险基本原理，将抵押物品的权属直接归属保险公司，同时借鉴国外保证保险经营中普遍使用的 GIA 协议，将追偿的对象扩展到与义务人存在密切关系且愿意为义务人违约承担责任的其他当事人，以增强保险人追偿手段实施的效率。

（四） 加强人才队伍建设

保证保险定价、承保、理赔和追偿各环节都需要大批高素质的复合型人才，而人才短缺不仅是保证保险也是我国整个保险业面临的普遍难题。"人才是第一生产力"，是我国保证保险发展的基础。《国务院关于保险业改革发展的若干意见》以及《中国保险业发展"十一五"规划纲要》等重要文件都特别强调了保险业人才培育的重要性，也指出了我国保险业人才队伍建设的基本思路。《国务院关于保险业改革发展的若干意见》第八条明确规定，"实施人才兴业战略，深化人才体制改革，优化人才结构，建立一支高素质人才队伍"。《中国保险业发展"十一五"规划纲要》也规定，要"加强人才教育培养，建立多层次、多渠道、多形式的教育培训体系，加强境内外保险专业人才交流和技术培训，强化高层次人才培养。广泛吸引社会各类人才参与保险事业，引进专业技术人才和海外高层次人才，培养一批具有高素质和创新意识的复合型保险人才"。为充分利用良好的发展机遇，加快我国保证保险的发展，当前，必须以国务院、保监会及相关部门的政策精神为指导，加快保证保险人才队伍建设。

1. 选拔优秀人才赴美国参加认证培训

美国有世界上最成功的保证保险制度，具有非常完整的保证保险从业培训体系，又有着丰富的实践经验，对我国来说，要建成自己的高水平人才培训体系不是一朝一夕的事情。如果从国内选派一批优秀人才直接到美国学习和培训，对美国保证保险制度的相关经验进行深入研究和系统掌握，就能很快培养一批中国保证保险经营的中坚力量。

2. 建立中国自己的保证保险培训体系

中国保证保险市场的发展需要大批高素质人才，当然不可能完全依赖于国外的培训，况且国外的先进经验还必须与中国国情相结合才能发挥应有的效用，因此，必须建立中国自己的保证保险培训教育体系。培训体系建设包括资料设置和师资准备等方面。在培训初期可以采用"请进来"的方法，邀请国外专家讲授核心课程。需要注意的是，在美国的承保风险评判训练中，很重要的一个内容就是通过对投保人财务报表的考察来掌握投保人真实的财务状况。但美国财务制度与中国有不少的区别，因此，在学习美国方法时必须融会贯通，准确把握中美财务报表之间的区别，只有这样，才能在实践中成功运用。

3. 考虑在现有认证考试中加入一定的保证保险业务知识

我国保险从业人员系列资格考试制度已基本建立起来，因此，可以考虑在现行保险代理、保险经纪和保险公估等资格考试中增加有关保证保险的内容，让从业人员掌握一定的保证保险专业知识。当然，这种模式对于一些专业性较强的保证保险领域所起的作用不会很大，因为这些领域的保证保险从业人员要求更多的是具有相关领域的专业知识和经验，如工程合同保证保险等。对于这类险种，可以考虑在现行的各类工程咨询认证考试中适当增加保证保险的相关知识。保证保险知识在工程建设领域的普及是成功推行中国工程合同保证保险制度的重要条件，这既能帮助承包商在业务活动中正确认识和利用保证保险机制，也有助于培养出适应工程合同保证保险经营需要的复合型人才。实际上，对于具有建筑行业相关背景知识的人才并不需要过多的培训就能很快掌握保证保险知识，因此，在建筑咨询相关认证考试中适当增加保证保险相关内容即可达到目标。这里所谈的工程咨询业主要包括注册建筑师、注册结构工程师、注册监理工程师以及注册造价师等行业。

（五）优化我国保证保险经营的外部环境

由于诸多方面的原因，我国目前保证保险经营的外部环境尚不够宽松，对保证保险业务推广、承保、理赔以及追偿机制的实施等诸多环节还构成很大的约束。根据保证保险发展的基本要求，结合我国实际，优化保证保险经营的外部环境，需要做好以下几个方面的工作。

1. 增强保证保险的社会认同度

影响我国保证保险社会认同度的因素很多，主要包括公众认知不足、保险业形象欠佳以及保险公司实际经营中未体现出保证保险的特殊优势等方面。因此，要提高保证保险的社会认同度。

（1）需要加大对保证保险的宣传力度。保证保险在我国是典型的"舶来品"，人们对此还普遍较为陌生，社会各界对其性质、作用和功能等大多还并未真正理解，为此，中国保险监督管理委员会、中国保险行业协会以及各大保险公司等都应该加大保证保险的宣传力度，让人们了解保证保险的功能与作用，尤其是需要对保证保险特殊的追偿机制做出合理的解释和说明，以充分获取社会公众的理解和支持。

（2）保险公司必须切实改善行业形象。行业形象不佳是我国保险业长期以来的顽疾。由于保险行业的特殊性，投保人或被保险人往往处于劣势方，所以每当保险纠纷发生，社会舆论导向通常都是对保险公司不利。我国保险公司在经营保证保险业务中司法官司不断，这在 2003 年前后的汽车消费信贷保证保险业务中体现得最为明显。这些司法官司绝大多数都以保险公司败诉而告终，这更是恶化了保险公司的社会形象。因此，保险公司必须从条款设计、实务操作等诸多方面严格设计，在赔案处理中必须严格遵守"公平、公正、合理"的基本原则，尽量避免卷入不必要的司法诉讼。同时，保险公司也应通过适当的社会公益活动等多种方式，塑造保险公司在客户心目中诚信、实力的形象。

（3）保险公司在实际经营中必须体现出保证保险的特殊优势。保险公司必须彻底转变重保费、轻管理的传统经营模式，一方面应积极增强对承保标的的风险选择和风险监控，切实做到"巩固承诺，确保履约"；另一方面，保险公司应积极探索灵活多样的理赔方式，尽量满足权利人的现实需求，这在工程合同保证和住宅质量保证等险种中尤为重要，因此在这类险种中，权利人通常需要的是实际合同权益不受影响而并不是单纯的经济补偿。

2. 继续深化市场经济体制改革

保证保险的功能只有在完善的市场经济制度中才能得到充分实现。继续深化市场经济体制改革，不仅是发展保证保险的需要，也是整个保险业乃至整个国民经济和社会发展的客观要求。严格地讲，任何有助于建立和完善现代社会主义市场经济体制的措施和手段都会直接或间接地优化我国保证保险制度的运行环境，促进保证保险健康发展。但从我国保证保险的现实约束来看，在进一步推进市场经济体制改革过程中，尤其需要注意以下几点。

（1）深入推进政府投资体制改革。当前政府体制改革中，必须高度重视的是政府投资体制的改革问题。我国当前政府投资体制总体来讲还较为混乱，缺乏科学的决策机制和相应的责任追究机制，不仅导致公共工程项目成本高昂，而且往往还质量低劣，并常常伴随着各种腐败现象的滋生，导致公众资源的极大浪费。从西方发达国家尤其是美国来看，对公共投资项目要求强制投保是一种极为有效的经济手段。强制性推行公共项目合同保证制度不仅是维护纳税人利益的重要手段，更是解决工程建设领域工程质量问题和严重的腐败问题等诸多难题的重要机制。当前，我国建设部门已开始对大型公共工程项目合同实行第三方保证担保的试点，并已取得较为明显的成效。保险公司介入公共工程合同保证保险是一种必然趋势，这也符合国际惯例。然而，这一切都需要完善政府投资体制，建立投资责任追究机制，完善公共工程项目审批机制和招投标体制等，这是保险公司有效开展公共项目合同保证保险业务的一个重要前提。

（2）完善市场竞争机制，促进有效竞争。保证保险的顺利发展离不开完善的市场竞争机制。当前，我国一些重要领域还存在明显的竞争不足现象。在卖方市场条件下，义务人掌握着市场主导权，不需要投保保证保险也不会对其正常经营产生太大的影响，典型的表现就是我国当前的房地产市场，由于竞争不足，开发商根本不需要保证保险这种"信誉增强机制"。即使权利人（业主）提出投保要求，开发商通常也不必"重视"，这就是我国住宅质量保证保险业务难以开展起来的一个重要根源。因此，当前必须进一步完善市场体系，增加市场主体，并完善市场竞争机制，促进有效的市场竞争。

（3）规范市场秩序，理顺政企关系。促进市场竞争的同时，还必须切实加强市场秩序的规范。否则，各种非正常的竞争手段可能对保证保险需求产生严重的负面影响。以工程建设领域为例，权利人（业主）通常拥有更大的自主权，承包商通常是"被选择"的对象，在规范的市场竞争中，承包商必须凭借其实力和信誉取胜，而从国际惯例来看，保证保险机制就是增强其信誉的重要工具。但我国当前的工程承包市场上，较为普遍的是以各种公关手段或者"寻租"手段作为竞争基础，在这种非正常竞争机制下，保证保险的市场需求自然难以激发出来。当前，我国市场竞争不规范现象较为突出，如制假售假和商业欺诈等类似行为还较为普遍，对我国当前保险公司经营的各类质量保证保险和信贷保证保险等几乎所有重要的保证保险业务直接构成很大的风险隐患。因此，工商、司法等相关政府部门必须采取切实措施，坚决纠正和打击各种不规范行为，维持正常的市场竞争秩序，这不仅是保证保险发展的需要，也是整个市场经济建设的必然要求。

在规范市场秩序过程中，还必须对当前较为普遍的政府过度干预现象进行坚决纠正。现代市场经济中，政府一般不干预企业的日常经营，而只是做好市场的宏观调控和监管。按照我国建立市场经济的要求，近年来我国大力推进了政府体制改革，重点之一就是实行政企分开，让企业享受独立的经济利益和自由的经济决策权，但政府尤其是地方政府干预投保企业、干预保险市场的行为并没得到彻底扭转。因此，还必须继续深化政府体制改革，切实转变政府职能，进一步推进政企分开，坚持依法行政，建设法治政府，遏制政府尤其是各地方政府对保险市场的不当干预，维持市场的规范竞争。

3. 完善信用管理制度，培育社会信用文化

我国关于社会信用领域的研究和实践始于 20 世纪 80 年代末期，经过十几年的发展，已经形成了一批从事信用服务的专门机构，如信用评级公司等。此外，一些部门和地方政府、企业也在不同程度上对信用制度建设进行了探索。但总的来看，我国目前的社会信用制度建设还处在初级阶段，并未发挥出对经济主体的强有力的制约作用。社会信用制度和信用文化的缺失给我国保险公司在承保调查和理赔尤其是追偿手段的实施上造成很大的困难，使保证保险在实际经营中面临极大的赔付风险。根据笔者的调查，保险公司普遍认为当前的社会信用环境是制约保证保险业务推广的最主要因素。我国社会信用缺失的原因是多方面的，既有历史的因素，也有经济转轨过程中的体制摩擦等现实因素，众多因素往往相互交织，使我国社会信用缺失问题成为现实经济和社会中的一种顽疾。优化保证保险经营环境，必须完善信用管理制度，培育社会信用文化。

信用制度建设在我国还刚刚起步，缺乏必要的经验，但是，国外信用制度的长期实践为我国高起点建设中国特色的社会信用管理制度提供了重要的经验借鉴。

（1）美国的社会信用体系框架。① 美国是世界上信用交易额最高的国家，也是信用管理行为最发达的国家，对美国社会信用体系框架的分析有助于我们认识成熟的社会信用制度的基本状况。美国社会信用体系的基本框架包括以下几个方面。

首先，美国具有非常完善的信用管理法律体系。二战后，美国信用交易的规模迅速扩大，伴随着信用交易的增长和信用管理

---

① 陆永汉、张四维、王茜：《构建我国保险信用体系的设想》，《保险研究》2002 年第 9 期，第 43～45 页。

行业的发展，征信数据和服务方式等方面不可避免地产生了一些问题。于是，在 20 世纪 60 年代末期至 80 年代，美国开始修订与信用管理相关的法律。目前已经形成了一个完善的框架体系，包括公平信用报告法、平等信用机会法、消费者信用保护法、信用修复机构法、公平债务催收作业法、公平信用结账法、诚实借贷法、信用卡发行法、贷记卡公开法、电子资金转账法等 16 项法案，构成了美国国家信用管理体系正常运行的法律环境。这些法案直接规范的目标都集中在规范授信、平等授信、保护个人隐私等方面。因此，银行、保险、证券、房产、消费者资信调查、商账追收等行业都受到了直接和明确的法律约束。

其次，信用中介服务机构在美国信用体系中发挥着重要作用。完善的信用制度必须有健全的信用服务机构作为组织保障。在个人资信服务领域，美国有 1000 多家当地或地区性的信用局为消费者提供服务。它们拥有全国范围内的数据库，包含超过 1.7 亿消费者的信用记录。信用局每年会提供 5 亿份以上的信用报告。在企业征信领域，邓白氏是全世界最大、历史最悠久和最有影响的信用服务机构，在很多国家建立了办事处或附属机构。邓白氏建有自己的数据库，该数据库涵盖了超过全球 5700 万家企业的重要信息。在资信评级行业，主要有穆迪投资者服务公司、标准普尔公司、菲奇公司和达夫公司等，这些公司基本上主宰了美国资信评级市场。

再次，美国企业和个人都有较强的信用意识。在美国，信用交易十分普遍，无论是企业还是普通的消费者都有很强的信用意识。美国的企业中普遍建立了信用管理制度，在较大的企业中都设有专门的管理部门。为有效防范风险，企业一般不愿与没有资信记录的客户打交道。由于信用交易与日常生活密切相关，美国的消费者都十分注重自身的信用状况，尽可能避免在信用局的报告中出现负面信息。

最后，政府部门及民间机构都大量参与信用行业的管理。由于美国有比较完备的信用法律体系，征信数据的获取和使用等都有明确的法律规定，因此政府在对信用行业管理中所起的作用比较有限。但美国的有关政府部门和法院都起到信用监督和执法的作用，这些机构主要包括联邦贸易委员会、司法部、财政部货币监理局、联邦储备系统等。此外，美国的信用管理协会、信用报告协会、美国收账协会等一些民间机构在信用行业的自我管理和进行政府公关等方面也发挥了重要作用。

（2）中国社会信用制度的构建。近年来，国家有关部门非常重视社会信用制度的建设。2006年国务院颁发的《国务院关于保险业改革发展的若干意见》再次明确提出，要"加快建立保险信用体系，推动诚信建设，营造良好发展环境"。但从总体上看，我国目前的社会信用体系和信用制度建设还很不到位，无法发挥其重要的社会约束功能。借鉴美国成功经验，结合中国实际，构建中国社会信用管理制度，培育社会信用文化，需从以下几个方面着手。

首先，需要尽快确立社会信用管理专职机构。我国目前有关经济主体的信用信息基本分散在工商行政部门、税务部门、建设行政部门和技术监督部门等政府行政职能机构，以及商业银行和保监会（局）、银监会（局）、证监会（局）等诸多部门和组织中，但这些机构之间通常没有完善的信息共享渠道，从而导致信息资料无法统计和积累。因此，尽快确立中国专门的社会信用管理机构，或称国家信用管理局，是构建我国社会信用体系建设的当务之急。基本设想是，在内部按照信用主体类别划分不同的信用管理部门，对于金融系统而言，可以在人民银行、证监会、保监会等监管部门内分别设立银行信用、证券信用、保险信用管理机构，然后层层递进，将这些信用管理机构向地方延伸。比如针对保险信用管理，国家信用管理局在保监会内成立保险信用管理部，各地保监局也设立相应的保险信用管理处。这样，就形成了自上而下的保险信用管理机构的完整体系。

其次，需要加强信用法制建设，强化责任追究机制。如前所述，美国具有一整套复杂的信用管理法律体系，这是其社会信用制度得以健康运行的根本前提，而我国目前尚缺乏信用管理方面的法律和制度。完善的信用法律、法规体系是我国信用体系和信用制度健康运行的根本保障。因此，必须借鉴国外先进经验，加强信用立法和制度建设，对社会信用交易进行相应的规范，让守信者利益得到切实保护，让失信的企业和个人真正付出代价。当前，应抓紧制定诸如"企业和个人征信管理法"、"信用评级管理办法"以及"消费者信用保护法"等类似法律法规。

再次，需要培育社会信用中介服务体系，并加强诚信教育，宣传诚信文化。美国有一批高度独立、高度专业、信用卓著的信用中介服务机构，在美国社会信用制度中具有非常重要的地位。而我国既没有完善的征信系统，也没有完善的信用评级制度，这给信用信息的沟通造成很大的障碍。因此，有必要借鉴美国经验，在国家明确的法律法规保障下尽快发展一批信用评级、企业征信和个人资信服务的信用中介机构，充分发挥它们在信用信息的收集与整理、信息服务与沟通等方面的重要作用。

由于长期的历史影响，我国社会普遍缺乏诚信文化，这一问题在经济转轨时期体现得更加明显。思想认识偏差、信用意识缺乏是造成我国社会信用普遍缺失的重要根源。因此，当前应该积极加强诚信教育，树立正面典型，宣传社会诚信文化，培育人们诚实守信的伦理道德观念。最根本的是要切实采取各种措施，有效保护守信者正当利益，让诚实守信者得到支持和鼓励，同时对失信行为展开教育和批评，以正面表彰和反面批评甚至惩戒手段促进社会诚信道德的培育。

最后，切实抓好保险主体信用建设。保险信用体系包括保险监管者信用、保险主体信用和业外信用三方面的内容。与其他领域相比，保险信用体系具有独特性，主要是保险业经营的独立性和专业性较强，信息不对称及合同不履行发生的主要原因在保险人一方，而引起保险市场不规范的原因主要在行业内部。因此建设保险信用体系的主要任务不在社会、投保人、被保险人，而在保险业自身。当前我国保险市场信用问题最突出的表现就是保险主体的信用问题，包括保险公司以及保险中介机构等保险市场主要成员。

国内保险机构的行业形象和信誉度不容乐观，其直接原因主要在于部分保险机构漠视客户的真正需求，在展业过程中对客户误导和虚假宣传，在索赔处理中又不严格遵守基本原则，肆意违背契约承诺等方面。因此，加强保险主体信用建设，必须重塑行业形象，要求保险公司及其中介机构应在国家法律法规的框架下，按照市场经济要求，认真执行行业公约，恪守职业道德，规范经营行为，坚决制止误导，认真履行保险合同。对于当前普遍实行的个人收入与业务总量直接挂钩的做法应予以适当改进。可采用发放调查表格、召开客户座谈会、开办热线和接受投诉等多种形式，根据情况实行团队和个人信用的等级升降制度，以此制约业务人员的违规展业行为。

需要强调的是，我国保险公司当前把保证保险经营困难的原因主要归结于社会信用制度和信用文化的缺失。但我们不得不承认，我国社会当前信用缺失的成因极为复杂，信用制度还几乎是一片空白，信用制度的健全和社会信用文化的培育都需要一个客观的过程，短期内不可能建成较为完善的社会信用制度，更不可能培育出全社会都遵守信用的伦理道德文化。因此说，信用制度和信用文化缺失将会是保险公司在一个较长时期内必须面对的现实问题。实际上，保证保险主要的功能就是防范信用风险，因此，保险公司必须立足信用制度不健全的现实，在当前信用缺失环境下研究保证保险风险的特点及运行规律，而不能消极等待国家信用制度的完善和社会信用文化的普及。

4. 加强保险中介服务建设

由于保险中介的极端重要性，党和国家已把完善保险中介市场作为新时期保险业发展和改革的一项重要任务。《国务院关于保险业改革发展的若干意见》明确指出，今后一个时期保险业改革发展的主要任务是："积极发展保险中介市场，健全保险市场体系。"我国当前保险中介服务不健全，对保证保险承保调查和理赔等诸多业务环节构成了较为严重的制约。根据我国保险中介服务存在的主要问题，结合国外的成功经验，完善保证保险中介服务，需要做好以下几个方面的工作。

（1）健全保证保险中介服务体系。保险中介服务体系的构成除了保险代理人、保险经纪人和保险公估人等主要的中介市场主体外，还包括会计师（尤其是注册会计师）、审计师、质量认证机构、信用评级服务机构、管理咨询机构、律师、资产评估师等众多市场主体。虽然所有这些机构都可以在保险当事人之间取到一定的沟通、协调、鉴证和服务等重要的中介功能，但从当前保证保险经营的实际来看，发展以下几类中介服务更具紧迫性。

首先，征信管理与信用评级服务。如前所述，我国信用中介建设还刚刚起步，既没有完善的征信系统，也没有完善的信用评级制度，这给信用信息的沟通造成很大的障碍。因此，有必要借鉴美国经验，在国家明确的法律法规保障下尽快发展一批信用评级、企业征信和个人资信服务的信用中介机构，充分发挥它们在信用信息的收集与整理、信息服务与沟通等方面的重要作用。同时，为确保信用服务机构本身的权威性，还必须加强对我国刚刚起步的社会信用服务机构的监督和管理，管理的重点一般放在执业的客观性和公正性方面，以保证这一制度的长期有效发展。

其次，质量鉴定与认证服务。建立高质量、权威性的质量鉴定与认证服务机构是保险公司开展产品质量保证、工程质量保证和住宅质量保证等质量保证类保证保险的现实要求。我国目前保险经营中有关鉴定和认证工作主要委托政府相关职能部门完成，为增强公正性和权威性，笔者认为，应该适当邀请外部专家成员参与政府职能部门的鉴定工作。当然，从保证保险的规模化发展需求以及更多的尤其是动态的服务需求考虑，依托政府机构服务毕竟不是长久之计，还是应逐步建立一批社会化的权威性质量鉴定与认证服务机构。

再次，项目咨询与管理服务。中国建筑市场极其庞大，工程合同保证保险具有很大的市场潜力。当前，在建设部门积极支持下一些较有实力的专业担保机构如长安保证担保公司等已开始拓展这一领域。而保险公司目前在这一领域仅仅零星开展一些业务，主要原因之一就是保险公司在工程领域普遍缺乏相应的经验，因此，建立一批既懂保险业务又具有工程领域专业知识背景的专业化的项目咨询与管理服务机构，以便为保险公司开展工程合同保证保险业务提供有效的中介服务，是当务之急。笔者认为，从建筑设计机构、工程监理机构等工程技术部门抽调部分专业技术人员组建专业化项目咨询与管理服务公司，再由保险公司提供适当的保险知识培训是一种较为有效的办法。

（2）加强保险中介机构人才队伍和业务素质建设。保险中介机构在保证保险市场的运作过程中，在专业技术服务、保险信息沟通以及风险方案设计等诸多方面都具有独特的专业优势和难以替代的地位，而中介机构的业务素质是发挥这种特殊优势的根本保障。随着我国保险中介机构的发展，专业化经营趋势不断强化，各保险专、兼业中介机构以及会计审计、法律服务、信用评级等在保证保险市场具有重要功能的市场中介组织对高级专业人才的需求必然会随之增长。目前已经有部分保险专业中介机构意识到了这一点，正在加紧人才储备，如广州汇中保险公估有限公司注重联合社会技术力量，与全国具有知名度、权威性的各领域国家级研究机构、大专院校，以及专家教授建立高效、紧密、多渠道的技术合作关系，形成了一支包括电力技术、建筑安装、机械电子、车辆船舶、港口运输、海关商检等 20 多个专业、近 100 名高级专家的兼职队伍（方有恒，2006）。① 但从总体上看，我国保险中介机构高层次人才短缺仍然是个普遍问题。采取切实措施，提高保险中介机构从业人员基本素质是保险中介服务建设的当务之急。

首先，各保险中介机构应采取积极有效的措施，引进各类高素质人才，尤其是具有相关的复合型专业的各类人才，做好人才的合理使用和培育储备，不但要适应我国保证保险当前经营需要，也要具有一定的前瞻意识，"业务竞争，人才先行"，为将来很可能在我国普遍开展的具有良好发展潜力的新险种如公务员保证保险、金融机构保证保险以及各类司法保证保险等做好人才储备。

其次，对我国保险中介从业人员，特别是对公司高级技术和业务人员的在职培训应当常抓不懈。在保险业发展迅速，但中介业务、技术人员极度匮乏的关键时期，调动各方面的力量加快提高和培养我国保险中介机构总体人才素质十分重要。这项工作可由保监会引导培训，保险行业协会组织培训，有保险培训资格的

---

① 方有恒：《论保险专业中介机构发展的人才需求》，《保险研究》2006 年第 7 期，第 71～76 页。

社会中介组织或院校协办培训以及保险中介企业自行培训等多种方式进行，以达到事半功倍的效果。同时，我国保险中介机构应进一步与国际同业在人才培养方面加强联系，例如加强与 CILA（英国皇家保险公估师协会）、SFAA（美国保证保险协会）等组织的联系。这些组织具有上百年的历史，代表了行业的先进水平。我国的保险中介机构可以通过积极邀请国际专家和专业人才来华讲座、授课，或派遣有潜力的人员出国实地考察、学习，采取多种方式，多渠道地培养人才。

再次，充分利用我国现行的保险中介从业资格考试之机，在具体考核内容中增加保证保险的相关内容，也是积极有效的方法。

（3）规范经营，增强信誉。保险中介机构应该以战略眼光看待业务竞争问题，以长期利益代替眼前利益，在业务经营中严格规范自身行为，坚持独立、客观、公正的原则，以实际行动维护自身信誉。在市场经济条件下，信誉是企业的生命线，各保险中介机构必须严格守信，方能增强其社会认同度，进而开辟自身的市场空间。

当前，各保险中介机构加强对全体从业人员的诚信教育，大力倡导诚信理念，牢固树立诚实守信的道德规范和执业操守，使全体员工充分认识到讲求诚信对企业经营和个人发展的极端重要性，使诚信无价、诚信光荣成为全行业的自觉行动。保险中介机构信誉建设是一个长期的系统化工程，更需要各个方面的配合。诚信建设除了加强诚信教育、建立完善的企业内部控制制度外，还需要完善的行业自律机制、政府立法监督以及社会信用评级和舆论监督体系建设等立体式措施的综合治理才会有效（刘建英，2005）。①

---

① 刘建英：《我国保险经纪业的发展现状与展望》，《保险研究》2005 年第 10 期，第 81 ~ 83 页。

5. 完善法律法规体系

中国政府及其相关部门近年来对于法制建设非常重视，经过多年的发展，以《保险法》为主体，以保监会的各项规章规定为辅助的保险相关法律制度体系已初步建立起来，成为我国保险经营的基本法律依据。现行的各类法律法规体系虽然在一定程度上缓解了保险经营中法律滞后问题，但总体上看，离保证保险经营的要求还相距甚远。为优化经营环境，为我国保证保险制度保驾护航，必须切实加强法制建设。

首先，《保险法》是保证保险经营最主要、最直接的法律依据，但我国现行的《保险法》对保证保险来说几乎就是一片空白。所以，优化保证保险经营环境，首要的就是根据保证保险本身的制度特征，结合近年来的司法实践，尽快修订现行《保险法》，将保证保险中保险人、义务人和权利人各自的权利义务关系以及基本的规范等重要问题以法律形式明确规定下来，使保证保险经营真正做到有法可依。

其次，信用缺失是困扰我国保证保险发展的最主要因素之一，而信用缺失的原因在于我国信用管理制度尤其是失信惩罚机制的缺失。因此，当前还应抓紧制定诸如"企业和个人征信管理法"、"信用评级管理办法"以及"消费者信用保护法"等相关法律法规，以尽快缓解日益严重的社会信用问题。

再次，保证保险经营中还大量涉及其他法律问题，如工程合同保证保险经营中通常还涉及《建筑法》、《工程招投标法》等相关法律，目前这些法律都缺乏对保险公司开展工程合同保证的明确规定，使工程合同保证在实践中难以操作，因而都需要进一步修正。

最后，需要强调的是，西方发达国家的保证保险制度是在市场经济环境下自发形成并逐渐发展起来的，而我国保证保险制度是典型的"舶来品"，是在各种法律和制度框架很不健全的环境下快速成长起来的。由于各项法律和制度框架的健全需要一个客观的过程，可以预计我国保证保险的经营环境短期内还难以得到根本的改善。因此，当前我国保险公司必须面对现实，认真研究在当前现实环境下保证保险的风险构成及其规律，采取较为科学而严密的风险防范措施，而不应消极等待社会客观环境的改善，否则只会错失良机。

二　促进现有保证保险重要险种的发展与完善

目前，我国几乎所有的财产保险公司都在一定程度上介入了保证保险经营，推出的具体险种数量也已达数十个，这些险种都是保险公司根据经济和社会发展的客观需要而研发的，对于我国整个国民经济和社会发展具有非常重要的意义，许多重要险种如工程合同保证保险、雇员忠诚保证保险等都具有非常广阔的市场前景，很有必要进一步发展和完善。限于篇幅，这里仅仅选择几个具有代表性的保证保险险种，探讨市场前景、存在的主要问题及进一步发展与完善的基本策略。

（一）工程合同保证保险

工程合同保证保险是国外尤其是美国保证保险市场上最常见的一种形式，长期以来占据美国保证保险市场半数以上的市场份额，在公共工程和私人建设项目中发挥着重要的作用。工程合同保证保险的主要意义在于全面保护业主（权利人）的合同权益，提升承包商（义务人）的信誉，促进建筑市场上优胜劣汰机制的形成，进而推动建筑市场走向成熟和规范。目前，我国建筑市场发育很不完善，市场主体的信誉观念和履约意识还较为薄弱，恶性竞争、工程腐败、拖欠工程款、偷工减料、以次充好等现象还较为严重，市场对工程合同保证保险存在强劲的需求。

中国庞大的建筑市场也预示着工程合同保证保险将具有极为广阔的市场前景。建筑业是我国国民经济中最重要的产业之一，2007 年全年全社会建筑业实现增加值高达 14014 亿元，比上年增长 12.6%。① 当前，以国家重点项目建设、城市公共交通等基础设施建设、房地产开发、交通能源建设等为主体的建筑市场呈现勃勃生机，而长三角、珠三角、环渤海区域建设，西部大开发，东北等老工业基地振兴等预示着建筑业的持续兴旺。因此，建立完善的工程合同保证保险制度，既是我国工程建筑行业的客观需要，也是我国保险业自身发展的现实需求。

1. 我国工程合同保证保险制度面临的主要问题

工程合同保证保险作为我国保险业恢复以来最早出现的保险业务之一，长期以来面临极为尴尬的市场局面。笔者认为，这既有保险人自身的原因，也与外部环境不宽松密切相关，归纳起来，主要有以下几个方面。

（1）市场主体认识不足。由于起步较晚、宣传不足等多方面原因，建筑市场主体对工程合同保证保险认知不多，对其重要性更是缺乏应有的理解。建筑市场是个明显的买方市场，发包方（业主）掌握着主动权，通常能够自由地在众多承包商中选择一个其自认为满意的承包商。况且，在现行公共工程投资体制下，由于缺乏相应的监督、制约和惩罚机制，在存在广泛寻租空间情况下，投资主体并不一定选择具有最佳履约条件和能力的承包商。如果发包方选择经保险公司承保的承包商的话，保费成本往往还会最终转嫁给发包方，这对于拥有发包自主权的业主来说，显然难以对合同保证保险产生积极的需求。对于承包商来说，一方面

---

① 《2007 年国民经济和社会发展统计公报》，中华人民共和国国家统计局，2008 年 2 月 28 日。

需要向保险公司提供较为严格的"反担保"（我国保险公司经营工程合同保证业务中的习惯做法），占用其大量流动资金，另一方面即使发生违约事故保险公司履行了赔偿职责后仍然要向承包商进行追偿，这样一来承包商就似乎没有得到任何的好处，因而容易产生对工程合同保证保险的抵触心理，严重影响了工程合同保证保险的推行。

（2）保证保险制度本身的服务优势尚未得到有效发挥。保证保险的基本宗旨是巩固承诺，确保履约，而不仅仅是在违约事故发生后再进行简单的货币补偿，这正是最符合工程项目业主现实需求的理想结果，也是保证保险机制相比普通民事担保机制而言最大的优势之一。为此，保险人通常需要在承保前进行严格而细致的资信调查，在保险期内需要对承保项目进行适时监控，一旦出现可能造成承包商（保证保险中的义务人）违约的任何情形，则立即采取诸如融资支持、技术援助、工程转包等多种履责方式来避免工程违约事故的最终发生，从而保障业主的合同权益不受实质性损害。但我国保险公司在实务经营中并未充分领悟保证保险经营中的这些基本特点，而是按照传统商业保险经营模式来经营保证保险，"重保费、轻管理"的思维模式长期存在，保证保险的服务优势未得到有效体现，难以激发市场需求，也无法在与普通民事担保机制的竞争中获取优势，过去 20 多年来我国工程合同第三方保证市场基本上被商业银行主宰就是明显的说明。

（3）现行法律和规章制度尚不能满足工程合同保证保险的发展需要。我国现行法律法规体系尚不健全，《保险法》和《合同法》对工程合同保证保险尚没有明确规定，工程合同保证业务经营涉及工程建设领域的一些专门法律，如《建筑法》和《招标投标法》等，也缺乏相应的明确规定，使工程合同保证在实践中难以操作。为配合工程担保市场的发展，自 2004 年以来，建设部先后印发了《关于在房地产开发项目中推行工程建设合同担保的若干规定（试行）》、《工程担保合同示范文本（试行）》等一系列文件，但这些文件都是针对我国建筑市场上典型的民事担保机构而言的，直接约束的是商业银行和担保公司。只有建设部2006年12月7日出台的《关于在建设工程项目中进一步推行工程担保制度的意见》中才首次将保险公司列入可提供工程担保的保证人，但也只是要求保险公司应当遵守相关法律法规和建设行政主管部门的有关规定。保证保险与普通民事担保本身是两种性质不同的业务，暂且不考虑用普通担保相关法律来规范保险经营本身的局限性，单就现有的各种制度而言，其条款规定也非常模糊，缺乏可操作性。对于保险公司如何介入工程合同担保市场以及具体的经营规则等都没有明确的规定，这就给保险公司经营工程合同保证保险带来很大的不确定性。

（4）缺乏有效的社会中介服务体系。专业化分工有助于提高经营效率已是不争的事实，从国外工程合同保证保险的实践来看，社会中介服务机构功不可没，如美国工程合同保证保险展业过程基本上都是通过保险代理机构完成的。建筑市场上保险经纪人、工程风险管理咨询公司以及权威性的工程质量鉴定机构等都对工程合同保证保险的经营起到重要的中介和鉴证功能。目前，我国保险公司自身人才、经验和技术均不足，对于建筑领域大量复杂的专业性事务往往还难以胜任，或者说即使能够胜任也是极其不经济的，这就更需要完善的社会中介机构来提供业务代理、管理咨询、项目监理以及风险事故鉴定等服务，而我国目前这类中介机构还很不健全，对保险公司开展工程合同保证保险业务构成一定的现实约束。

（5）工程建设领域的信用缺失问题极为严重。社会信用制度不完善反映到建设工程承包市场中，最突出的问题就是对承包商缺乏一套行之有效的信用审查与管理办法。而对投保人信用状况的全面掌握是保证保险经营中保险人决定是否承保的关键。在工程合同保证保险最发达的美国，各保险公司不仅自己掌握着大量的承包商资料信息，还有各种信用调查公司提供的排名、信用等级及各种分析报告等，使保险公司很容易全面掌握投保人的信用状况，从而迅速做出准确合理的承保风险评判。目前我国有关工程建设领域的信用信息分散在建委、银行、保险公司、专兼业担保机构等之中，各部门的信用信息往往都不完整且相对孤立，不仅保险公司自己无法掌握足够的信息，也没有相应的外部信用服务机构，难以对承包商的信用状况和履约能力做出准确的评判。而近年来工程建设领域又不断出现诸如无故延期和质量低劣等各种业务纠纷，这就使保险公司不得不压抑承保欲望，拱手将工程建设领域的担保市场让给了银行和一些专业担保公司。

2. 维护和发展我国工程合同保证保险制度的基本策略

（1）加强对工程合同保证保险的宣传力度。在美国，保险公司为工程合同项目提供保证保险早已成为一种惯例，而在我国，建筑市场主体对此却还非常陌生。在建设行政部门积极推动下，虽然建筑市场对第三方保证已经具有一定的认识，但也主要是限于商业银行和担保公司提供的民事担保行为，对保险公司开展的工程合同保证保险业务还普遍缺乏了解，甚至个别地区尚只接受银行保函。为此，中国保险监督管理委员会、中国保险行业协会、保险公司等相关机构应协同建设行政管理部门，加强对保证保险业务的宣传力度，让市场主体（业主和承包商等）了解保证保险的性质与功能，尤其是保险公司在风险管理和咨询等方面的突出优势，让市场主体在对第三方保证手段的选择中能正确认识和选择保证保险机制。

（2）充分发挥保证保险制度的服务优势。保证保险制度的基本宗旨是确保履约，确保权利人的合同权益不受实质性损害。要做到这一点，保险公司首要的就是必须加强承保审核，构建科学的承保审核指标体系。保证保险承保审核的基本标准有三个，即品质（character）、能力（capacity）和资本（capital），也即所谓的"3C"承保标准。其中的每一个标准又可以细化为若干个可操作性指标，因此，我国保险公司必须根据实际情况将保证保险承保审核的基本标准细化为具有可操作性的具体指标，在我国当前社会信用缺失极为严重的情况下，尤其需要突出有关承包商（义务人）道德品质方面的指标。此外，保险公司还应积极加强对承保项目的适时监控，一旦发现任何可能出现违约的征兆，都应积极与承包商进行沟通，并可采取对其提供融资支持，或将项目接管后重新转包等多种方式来履行其保险责任，尽力确保工程项目的顺利进行，避免工程业主（权利人）的合同权益受到实质性影响。

当然，工程合同保证保险制度服务优势的有效体现离不开大批高层次的复合型人才队伍，而人才的匮乏是我国保证保险界不得不面临的一个难题。为此，保险公司必须采取切实措施，加强人才队伍素质建设。保险公司应积极考虑从建筑领域引进大量既具有建筑专业知识，又具有丰富实践经验的工程技术类人才进行保险教育培训，并适当考虑从国外保险公司引入一批具有丰富从业经验的各类高级人才，同时，还应与美国忠诚与保证保险协会等行业组织和一些知名保险公司加强沟通和协调，选拔优秀人才赴美国培训和锻炼，这样更有利于我国工程合同保证保险制度与国际接轨。

（3）完善相关法律法规。工程合同保证保险经营不仅需要遵循《保险法》和《合同法》，还必须接受《建筑法》、《招标投标法》、《建设工程质量管理条例》以及相关地方法规的约束。我国现行的《保险法》和《合同法》中还缺乏对保证保险的较为明确的规定，同时，由于长期以来我国保险公司极少介入工程保证领域，我国现行的有关建筑工程担保领域的法律法规基本上都是针对商业银行和普通民事担保公司的，对于保险公司如何介入工程担保市场以及应遵循的具体规范，目前还没有较为具体的可操作性法律规范，保监会、最高人民法院以及建设部等相关政府机构也没有出台明确的指示，这就使保险公司开展工程合同保证保险业务带有一定的"盲目性"。因此，中国保监会、司法部以及建设部等相关部门应加强协调，对现行有关法律制度和规章进行修订，尽快出台工程合同保证保险经营的具体规范，避免重蹈我国早期汽车消费信贷保证保险业务经营中因缺乏制度规范而导致业务混乱的历史覆辙。

（4）完善中介服务体系。在特定的领域或业务环节借助中介机构的支持是保险公司成功开展工程合同保证保险业务的一个必要条件，这对于普遍缺乏建筑行业专业知识的中国保险公司来说，显得尤为必要。我国目前的保险中介机构从数量上说已经达到了一定的规模，但这些机构大多同保险公司一样，普遍缺乏建筑工程领域的专业知识和实践经验，还难以有效胜任开展工程合同保证保险业务所需的中介服务职能。因此，培育一批具有建筑领域专门知识和实务经验的保险中介机构是很有必要的。当前，应该鼓励和支持一批愿致力于工程合同保证中介服务的中介机构引进和培养相关人才，尤其应鼓励一批专业代理公司积极做好相应的人才和技术储备。此外，考虑到工程合同保证的特殊性，笔者认为，当前应该积极鼓励一批具有工程经验的经济主体如注册建筑师、注册结构工程师和注册监理工程师以及注册造价师等通过多种形式组建专业的保险中介机构，为保险人经营工程合同保证保险业务提供代理、经纪、咨询、监控和鉴证等诸多中介服务。

（5）积极参与建筑市场信用建设，共享企业信用档案。在建筑市场信用制度建设方面，建设部要求各地按照《关于加快推进建筑市场信用体系建设工作的意见》、《建筑市场诚信行为信息管理试行办法》和《全国建筑市场责任主体不良行为记录基本标准》等有关规定，加快建筑市场信用体系建设。当前，建设行政部门的干预力度较大、业界要求诚信规范的呼声高涨，保险公司在长期的工程保险业务中也积累了一定的企业信用信息，因此，保险公司应当积极参与建筑市场信用建设，与建设主管部门、行业协会、中介机构和担保公司等一起，制定统一的综合信用评价标准，建立动态的建筑市场主体（企业法人、项目经理人）的信用及经济能力标准跟踪体系，以其承接工程的历史情况作为基础数据，依据动态财务报表预测未来可能盈利及经济能力等，相关数据信息汇总后形成动态的可共享的企业综合信用档案，作为承保审核的重要依据。这样，既可以简化烦琐的承保审核程序，节约业务成本，又可以最大限度地保证承保评估的合理性。

（二）雇员忠诚保证保险

雇员忠诚保证保险是国外成熟的企业管理中一种惯用的信用风险防范手段。在中国，开展雇员忠诚保证保险业务对于缓解我国人才市场的信用难题，促进人力资源的合理流动和优化，具有重要的现实意义。现代经济活动越来越走向信息化和网络化，各种贪污、欺诈和挪用等经济犯罪也越来越"高智商化"，犯罪行为更加隐蔽，行为后果更加严重。通过雇员忠诚保证保险机制，投保企业将约定范围内的因雇员"不诚实"行为所导致的风险后果转嫁给保险公司，从而化解自身可能遭受的风险损失，有效克服企业在人力资源优化配置过程中普遍存在的信息不对称难题。更为重要的是，保险人通常会充分利用在风险管理方面的特殊优势，对投保企业的内部控制制度建设提出积极的意见和建议，进而有效防范雇员欺诈等信用风险的发生。当前，我国人才市场的发展、劳动用工制度的改革以及现代企业经营的复杂化及与之相伴随的经济犯罪的隐蔽化和智力化等诸多问题都为我国保险公司经营雇员忠诚保证保险提供了良好的市场机遇。

1. 困扰我国雇员忠诚保证保险业务发展的主要问题

（1）保险公司对于该险种的经营风险存在恐惧心理。如果说其他保证保险所面临的违约风险可能来自投保人主观行为，也可能来自投保人因为多种原因而客观上失去了履约能力的话，那么对于雇员忠诚保证保险来说，违约风险基本上就是主观故意行为，而且在很大程度上还是一种事先就经过密谋策划的隐蔽性和技术性都非常强的主观行为，其造成的破坏性后果非常严重。由于社会普遍缺乏信用文化，缺乏相应的惩戒机制，我国人才市场上各类欺诈事件非常普遍，如以各种虚假学历、虚假资历等骗取单位信任，进而谋求重要岗位等。同时，由于法制不健全，人才市场管理不规范，这就给一些重要岗位的雇员贪污、挪用和欺诈等各种不诚实行为提供了便利条件。因此，雇员忠诚保证保险所面临的经营风险极大。笔者认为，这正是我国保险公司虽然推出了该系列险种，但却在实际经营中非常"谨慎"的根本原因。根据《中国青年报》的报道，2002年中国平安保险（集团）曾推出了针对保姆市场的忠诚保证保险，这是当时国内唯一承保保姆对雇主忠诚（不偷盗雇主家财物）的险种，一推出就深受许多家政公司的欢迎，经过三年的运作，实际上并未发生任何赔付，但保险公司还是认为潜在风险很大。出于对经营风险的恐惧，在2004年7月，平安保险在没有接到任何索赔申请的情况下果断停止了对外地保姆的忠诚保证。总体上看，由于对经营风险难以把握，我国雇员忠诚保证保险承保条件过于严格，且承保费率通常较高（通常为1%，但一般可根据实际情况调整保费），从而影响了该险种的市场吸引力。

（2）社会认同度不够。对于雇员忠诚保证保险，不仅保险人自身在业务推广时极为"谨慎"，而且作为需求方的雇主，往往也并没表现出应有的积极性。其最主要的原因就是该险种尚未得到大多数雇主的认同。大多数雇主认为，要想避免员工在工作中出现不忠诚行为，重点还是要加强自身的管理和企业制度的规范，通过购买保险来获取员工忠诚的做法还未形成企业的共识。况且保险公司严格的承保和理赔条件进一步影响了雇主的认同度，以太平洋保险（集团）"雇员忠诚担保保险条款"为例，该险种规定的保险条件共有 10 项，其中要求"一经得知导致或可能导致在本保险单项下索赔的任何情况，雇主或其代表（如果知道）应立即通知本公司说明雇员的下落及当时所发现的欺骗行为；雇主的所有账册及其有关任何会计报告应公开由本公司检查；雇主应在雇用所有雇员前向其先前的雇主进行查询。查清其诚实情况，是本公司在保险单项下承担任何责任的先决条件"等。对这些规定，大多数雇主表示难以接受。尤其是要求雇主本身对雇员历史情况严格查询，否则保险公司不承担责任的规定通常被认为是"霸王"条款，因为按照传统思维，雇主在严格查询基础上聘用的雇员一般就不需要保险公司的额外担保。况且，在我国人才市场机制不健全情况下，雇主要真正做好聘用前的调查工作很不容易，而事后保险公司以此为依据拒绝索赔的话雇主往往很难胜诉。

在雇员的角度看，由于长期以来"用人不疑、疑人不用"的传统思想观念根深蒂固，大多数雇员认为为其"忠诚"购买保险就是表明雇主对其不信任。因此，雇主大多愿意为其重要岗位的关键雇员提供良好的职业培训，做好成长规划，提供更好的福利保障来对雇员忠实履行职责进行软约束而不是寄希望于保险公司的事后补偿。

（3）雇员忠诚保证保险的服务优势尚未得到有效体现。保证保险的基本宗旨是确保履约，因此，雇员忠诚保证保险最主要的功能应体现在对投保企业的内部控制制度的风险管理和咨询服务上，而不是静待风险事故发生后再作简单的经济补偿。从目前我国保险公司的具体经营情况来看，基本上都是"重保费、轻管理"，服务功能在很大程度上被忽略。这样，雇员忠诚保证保险的优势无法得到体现，严重制约了业务的推广。

2. 完善我国雇员忠诚保证保险制度的基本思路和方法

（1）需要加强宣传和引导。如前所述，由于受长期以来的传统思想观念等多方面因素的影响，目前我国许多企业及其雇员都还缺乏对雇员忠诚保证保险的正确认识，甚至存在一定的抵制心理，这也正是雇员忠诚保证保险在许多地区一直"无人问津"的根源之一。因此，各保险公司、保监会以及保险行业协会等需要加强协调，共同做好雇员忠诚保证保险的宣传工作，让人们真正理解雇员忠诚保证保险的本质及其重要功能，以正确引导社会需求。

（2）保险公司应充分发挥服务优势。保证保险的基本宗旨是确保履约而不是保险补偿，因此，保险公司应积极转变经营模式，从最传统的承保加理赔模式转向承保、理赔和服务并重的综合性经营模式。重点加强服务职能，利用自身在风险管理领域的特殊优势，对投保企业内部控制制度提出建设性意见和建议，这也是国外保险公司经营忠诚保证保险业务中的常见手段。这一方面可以有效防范企业内部可能发生的欺诈、贪污和挪用等不诚实行为，保护投保企业的利益；另一方面也避免了保险人的赔付支出，是一种很值得我国保险人学习和借鉴的方法。

（3）保险公司必须加强研究，积累经验。雇员忠诚保证保险的风险构成极为复杂，这也正是我国保险公司对该险种的经营风险普遍存在"恐惧"心理的根本原因。为此，保险公司必须加强研究，积累经验，对现代市场经济条件下可能出现的各种不诚实风险行为进行有效的防范和预测，尤其是对现代高科技条件下的高技术、专业性职务犯罪行为要有充分的认识和较为准确的预见，以便在业务实践中与投保企业一道，做好必要的安全防范。

需要强调的是，雇员忠诚保证保险的经营风险通常来自于义务人的密谋策划的主观故意行为，况且，义务人作为自然人，流动性大，可供保险人追偿的资产也通常有限，所以，信用制度尤其是个人信用制度不完善给保险人带来的经营风险很大。因此，完善中国雇员忠诚保证保险制度，还必须深入推进个人信用制度建设。当然，当前保险公司也不得不面对一个客观的现实，那就是我国个人信用制度建设毕竟是一项较为长期的复杂的过程，短期内还难以完全实现，因此，保险公司必须立足现实，研究在信用缺失环境下雇员忠诚保证保险的风险特点和运行规律，以便及时做好风险防范。

（三）汽车消费信贷保证保险

尽管汽车消费信贷保证保险在 1997 年才正式出现，但在汽车消费市场的强力推动下很快成为我国保险市场上占主导地位的保证保险品种。2007 年，我国汽车产量已达 888.7 万辆，比上年增长幅度高达 22.1%。[①] 根据普华永道会计师事务所 2006 年发布的《全球汽车行业财务回顾》，全球汽车产量增长动力将主要来自中国，中国汽车消费规模将进一步扩大。同时，中国国务院 2006 年颁布的《国务院关于保险业改革发展的若干意见》也明确提出，要稳步发展汽车等消费信贷保证保险，促进消费增长。因此，可

---

① 中华人民共和国国家统计局：《2007 年国民经济和社会发展统计公报》，2008 年 2 月 28 日。

以预计，汽车消费信贷保证保险的市场前景非常乐观。

但是，我们也必须注意到，早在 2002 年，中国人民银行就出台了《汽车金融机构管理办法》（征求意见稿），规定外资汽车金融机构可以为中国境内的汽车购买者提供贷款并从事相关金融业务，其中包括贷款购车担保业务。一旦正式文件出台，国外汽车金融机构纷至沓来，凭借其长期的经验和良好的技术，对我国保险公司经营的汽车消费贷款保证保险业务的冲击将不容忽视。对此，保险公司必须做好充分的准备。

1. 困扰我国汽车消费信贷保证保险业务发展的主要因素

（1）道德风险严重。正如本书所反复强调的，保证保险的风险与普通商业保险存在很大的不同，它来源于义务人的信用风险，这与义务人的主观故意行为密切相关。由于特殊的历史原因，我国社会普遍缺乏信用道德和信用文化，在转轨时期法制建设也相对滞后，缺乏完善的信用管理制度尤其是违约失信惩罚机制，现实生活中大量违约失信行为往往没有受到应有的追究，进而成为在交易行为中引发道德风险的主要根源。从近年来我国各保险公司车贷险业务的赔付情况来看，故意拖欠、蓄意诈骗占赔案的大多数。个别地区甚至出现投保人、销售商及保险代理人甚至基层商业银行相互串通，用虚假贷款购车诈骗保险赔偿金的案件，这就必然给各保险人带来极大的经营风险。

（2）银行的逆向选择风险较大。同道德风险一样，保险市场上信息不对称现象所导致的另外一种常见风险形式——逆向选择风险在我国汽车消费信贷保证保险业务中同样体现得非常明显。保险公司承担的是银行的信贷风险，银行和保险公司本应密切合作以达到双赢之目的，但一些商业银行在实际信贷活动中，为了业务竞争的需要，对其认定为无风险或风险较小的客户往往不要求投保保证保险，而经销商也不会提出异议，因为是否投保对经销商来说并没有实质影响。银行常常仅对其认为信贷风险较大的贷款客户要求投保保证保险，这既简化了贷款程序又可以节约贷款人的交易成本，实现贷款银行和贷款客户"双赢"的结果。然而，从理论上说，保险人只承保他们认为不会发生违约事故的风险，也即仅对还贷风险不大的"优质客户"提供保证，但实际上承保的却是经商业银行"筛选后"的风险，这明显违背了保险人的初衷，增大了经营风险。

（3）汽车市场价格风险难控。由于汽车产业政策的影响，我国近年来汽车产量快速增加，仅 2007 年，中国汽车产量就达888.7 万辆，比上年增长 22.1%，其中轿车产量为 479.8 万辆，增长 24.0%，增长幅度为世界所罕见。[①] 一方面是产量迅速增加，另一方面，随着燃料价格的猛涨，中国消费者已开始将关注的焦点转向经济型汽车，这导致汽车行业大打价格战，并推动新车购置价持续下跌。由于车价不断下跌，在特定时期某些车型的首付款与车价下降幅度基本上可以持平，在信用体制和信用文化缺失的社会背景下，拒绝还贷的风险往往就会集中爆发，购车人因为车价下跌而拖欠贷款或拒还余款就成为普遍现象，2004 年我国车贷险业务赔付率高达 200% 就是明显的例子。随着汽车产业政策逐步到位，可以预计我国经济型汽车价格还会有很大的下跌空间，对车贷险业务赔付风险的影响不容低估。

（4）业务管理不完善。汽车消费贷款保证保险是一项专业性、技术性很强的业务，需要专门机构、专门技术和管理人员，特别是既有保险经验、又精通法律和营销事务的高层次复合型人才。由于汽车消费信贷保证保险业务发展过快，银行、保险公司和汽

---

① 中华人民共和国国家统计局：《2007 年国民经济和社会发展统计公报》，2008年 2 月 28 日。

车经销商在经营管理上都还处于探索阶段，专业人才缺乏，机构也不健全，经营管理较为混乱。一些保险公司尤其是基层分公司短期性经营思维较为严重，往往片面追求保费规模而忽视管理工作，留下极大的风险隐患。最为突出的表现就是在保证保险经营中最为关键的资信调查工作常常没有落到实处，本该由保险人自己履行的调查工作有时候委托经销商和贷款银行进行，即使规定保险公司自行调查，如平安保险（集团）的车贷险业务操作流程明确规定，"客户提供所需资信文件复印件，保险公司进行电话及上门征信调查"。但对于一些急于追求保费规模的基层保险机构来说，要么委托经销商协助审查，要么将本该上门调查的业务改由电话调查，由此，承保风险就很难得到有效控制。一旦风险最终发生，银行、保险公司和汽车经销商三者之间往往是司法官司不断。由于多方面的原因，在众多车贷业务纠纷中，绝大多数都是以保险公司败诉而告终。这不但使保险公司在经济利益上受到极大损害，接二连三的"诉讼失败"，也对保险公司的社会形象和声誉造成难以估量的损失。

2. 汽车消费信贷保证保险制度的发展对策

（1）完善道德风险防范体系。严重的道德风险问题是导致我国汽车消费信贷保证保险业务赔付率居高不下的主要原因，其根源于我国社会信用制度尤其是失信惩罚机制的缺失。但是，正如前文所述，信用制度的缺失是我国保险人在一个较长时期内必须面对的现实问题，因此，保险公司只有立足于现实，从自身业务经营各环节严格把关，才能做好道德风险的预防和控制。

首先，承保审核必须严格把关，这是防范车贷险业务中义务人道德风险的第一道环节，必须引起高度重视。为此，保险公司需要在不断探索和总结经验基础上，制定科学的承保审核指标体系，重点应关注投保申请人的道德品质、历史贷款记录、职业及收入水平以及家庭成员的收入水平和家庭负担情况等最容易引发投保人拒绝还贷的因素。此外，还必须加强对承保、核保人员的技术培训，并严格坚持独立核保，自主对投保申请人的资信进行调查，坚决纠正实践上委托或依附于商业银行及汽车经销商进行资格审查的现象，以确保及时获取真实、准确的承保信息。

其次，认真做好保险期内的风险监控。保险公司应与贷款银行加强联系，随时把握还款动向，一旦出现投保人可能违约的任何情形，应及时督促投保人按时还贷并做好催收准备。同时，还应与车辆管理机构加强业务联系，及时掌握投保人贷款所购车辆的年检和使用情况，防止投保人在车辆贷款偿还前将车辆转卖过户，从而给保险公司的追偿工作增加难度。

再次，做好理赔调查和追偿工作。在车贷险业务赔案调查中，不仅要认定违约事实，更需要查清事故的真相，尤其要注意的是必须查清汽车经销商以及贷款银行是否存在违规操作问题。对于经销商和商业银行应承担的法律责任，保险公司必须深入追究，尤其是对于涉嫌恶意欺诈等犯罪行为的，必须通过司法手段追究，绝不能一味迁就和姑息，以充分维护自身合法权益。

在追偿工作方面，保险人还必须采取一切可能的手段对违约的投保人（义务人）进行追偿，这不仅是保险人弥补代偿损失的重要手段，更是借此"迫使"投保人认真履约还贷的关键机制，这有助于从根本上遏制当前车贷险业务中严重的道德风险问题。针对我国当前车贷险业务中抵押机制存在的问题，保险人还需要与商业银行进行沟通和协调，将抵押车辆的权属直接归于保险公司。此外，还有必要引入 GIA 协议，将追偿对象扩展到与投保人（义务人）存在密切关系并在该协议上签名的所有当事人。这不仅扩大了可供追偿的责任财产范围，更为重要的是，为避免自身受到责任追究，在 GIA 协议上签名的其他当事人总会尽一切可能协助保险人共同做好催收工作，以增强保险人实施追偿手段的效率。

（2）推进保险公司、银行以及汽车经销商三者之间的战略性合作。我国当前车贷险业务中保险公司、银行和汽车经销商之间的合作关系还处于较低层次，利益不均衡。一个常见的现象就是贷款银行占据主导权，与保险公司之间形成较为明显的"不平等"关系：一方面通过逆向选择行为增加自我利益而损害保险人利益；另一方面，对于约定的审贷及催收等义务也常采取敷衍态度，待违约事故发生后却又"积极"主张对保险公司的索赔权利。对于汽车经销商来说，是否投保或违约与其并不存在直接的利益关系，所以对于约定的"义务"通常也采取敷衍态度。因此，为推进车贷险业务的健康发展，有效防范逆向选择和道德风险，保险人除了在赔案调查中需严格查实并分清各自责任外，更为重要的是，必须认真选择经营规范、信誉良好的合作银行和汽车经销商，本着互惠互利、优势互补的原则，从战略高度看待车贷险业务，达成战略性的合作协议，约定并严格履行各自的权利和义务。比如，对于当前较为突出的银行逆向选择问题，保险人就需要加强沟通，设定投保的基本范围，可以规定凡是符合保险公司承保要求的贷款申请都必须投保等。

（3）关注汽车产业政策，把握汽车市场走势。汽车市场的走势直接受汽车产业政策的影响，市场行情波动较大，这是保险公司经营车贷险业务必须正视的问题。在信用制度缺失的大环境下，汽车价格的大幅度下跌导致投保人大面积恶意违约的现象不可避免，保险公司必须高度关注汽车产业政策，认真研究汽车市场行情，通过限定承保车辆类型、适度提高承保费率和承保条件要求等方式，对可能出现价格暴跌的车辆投保进行较为严格的限制，以避免大面积违约事件的发生，重蹈历史覆辙。

（四）住宅质量保证保险

在住宅质量保证保险的发源地法国，该险种的投保率几乎达到100％，在日本、英国等其他发达国家也达到90％以上。但在我国，该险种的发展状况却一直很不乐观，业务寥寥。住宅质量保证保险对于确保住宅质量、切实保护消费者正当权益具有极为重要的意义。同时，中国庞大的住宅消费市场也给住宅质量保证保险制度提供了极为广阔的市场空间，因此，对于该项保证保险业务，有必要进一步推广和普及。

1. 我国住宅质量保证保险制度面临的主要问题

（1）未能准确把握住宅质量保证保险的本质特点。住宅质量保证保险是一种非常特殊的保险形式，其风险性质和经营特点与普通商业险存在很大的不同，而目前我国保险公司尤其是基层保险机构仍然按照传统商业保险的经营思维来经营保证保险，主要体现在以下三个方面。

一是忽视了保证保险的风险特性，它主要来自义务人的信用与道德风险，而这又主要与义务人的资信状况即品质、能力和资本实力等因素相关。我国保险公司在实践中往往忽视了对房产商的资信调查，忽视了住宅质量保证保险的风险识别和防范体系的建立，因而采取了非常消极的风险回避策略：不仅设置了严格的承保条件（仅限通过了建设部门A级性能认证的住宅项目），执行统一的、缺乏灵活性的高费率（通常为销售金额的0.5％），[①] 还严格限制了保险责任范围，这实际上就是保险人自身为住宅质量保证保险的发展设置了重重障碍。

---

① 中国人民财产保险公司规定的一般费率为0.5％，并可在20％范围内浮动。但实务上通常执行0.5％，而国外如法国等虽然规定的费率一般是工程造价的0.5％～10％，但通常执行的是工程造价的0.5％，而我国执行的是销售价格的0.5％，且销售价格与实际造价存在较大的差距，所以业界普遍认为该费率偏高。

二是未能体现保证保险的基本宗旨。本书已反复强调，保证保险的基本宗旨是巩固承诺，确保履约，确保权利人的合同权益不受实质性损害。这一方面要求保险人在严格承保选择的基础上，认真做好所承保的住宅项目中建设过程中的风险监控工作，以切实防范项目建设过程中可能出现的质量缺陷，这是住宅质量保证保险风险防范机制的关键环节，实践中却往往没有落到实处。另一方面，虽然经济补偿也是住宅质量保证保险业务中保险人履行赔付职责的具体方式之一，但这通常并非主流赔付方式。保险人通常可以选择多种"代位履行"责任的方法。事实上，权利人（业主）真正需要的是承包商认真履约，确保住宅质量，一旦发现质量隐患或出现质量问题能够得到及时的修缮服务，而不是简单地要求一笔相应的经济赔偿，因为对于质量事故引起的诸多不便往往难以用简单的经济补偿来弥补。按照我国目前的住宅质量保证保险条款，保险人的保险责任是"负责赔偿修理、加固或重新购置的费用"，[①] 也就是说，保险人以经济补偿作为唯一的承担保险责任的方式，这就无法体现出保证保险的特殊优势。笔者认为，这也是我国消费者普遍不关心开发商推出的楼盘是否已投保住宅质量保证保险的重要原因之一。

三是放弃了保证保险的追偿机制。保险人在履行了对权利人的赔付之后有权向义务人追偿，这是保证保险的一个基本特征，也是保证保险与传统商业保险的根本区别之一。而我国现行的住宅质量保证保险协议中，仅仅规定了针对投保人之外的有关责任方的代位求偿权利，放弃了对于投保人本身的追偿权。[②] 追偿权利

---

① 根据中国人民财产保险股份有限公司"住宅质量保证保险条款"第二条相关规定。

② 根据中国人民财产保险股份有限公司"住宅质量保证保险条款"第十八条的相关规定。

的丧失，使住宅质量保证保险的"第三方保证"的本质被扭曲，保险人单方面完全承担了所有约定的风险，必然影响到保险人的经营积极性。

此外，在条款设计和实务操作中，住宅的"质量"与"性能"总是被混为一谈。质量通常是指物品品质的优劣，而性能指的是物品满足人们各种需求的特性和能力的高低。目前我国建设部门制定的住宅性能认定指标体系包括住宅的适用性、安全性、耐久性、环境舒适度和经济性等五类指标，而住宅质量保证保险所保障的仅仅是住宅项目因潜在的缺陷而在保险有效期内发生主体结构损坏或指定的其他部分发生质量事故而给消费者造成的损失，即主要与住宅的安全性和耐久性相关。因此，依托建设部门的住宅性能认证来承保住宅质量保证保险显然犯了概念上的错误。

（2）高素质的复合型人才短缺。经营保证保险不仅需要对义务人进行资信调查，还需对投保项目进行跟踪和监督，以便及时发现不利因素，要求义务人立即采取补救措施。而资信调查和项目监督都需要经过专业训练的人才方能胜任。在住宅质量保证保险最为发达的法国，各保险人均拥有一批经过专门训练的高素质人才队伍，而在我国，整个保险界乃至全社会都缺乏这类高端人才。此外，由于住宅质量保证保险的特殊性质，在产品定价、保单条款的设计以及理赔核算等诸多环节都需要既精通保险原理又了解工程技术和相应法律法规知识的高素质复合型人才。"人才是第一生产力"，高素质的复合型人才的短缺成了制约我国住宅质量保证保险发展的主要瓶颈。

（3）短期性经营思维严重。由于基础较为薄弱，经验积累、技术发展以及人才培养等诸多方面都需要一个过程，经营住宅质量保证保险在短期内难以产生大量利润，因而保险人在住宅质量保证保险的经营上表现出明显的短期性思想，不愿做积极的投入。

近年来住宅价格不断攀升，房价成了吸引消费者视线的第一要素，房产商不需申请性能认证，不需投保保证保险，短期内也照样能实现其经营目标，甚至维持高额的利润，面对较高的费率和严格的承保条件，房产商自然也就失去了投保的积极性。此外，我国保险经营缺乏自主创新意识，在新险种和新市场开发等方面谁也不愿先做前期的"风险投资"，而是静待时机成熟后再进行简单模仿，采取"搭便车"式的短期性经营策略，这从我国目前保险市场上严重的产品雷同现象就可见一斑。保险人竞相采取"搭便车"的行为模式，也在很大程度上束缚了住宅质量保证保险的开发与完善。

（4）外部环境不宽松。当前，我国住宅质量保证保险制度主要还受以下几个方面的环境约束。

首先，社会信用制度和信用文化缺失。住宅质量保证保险的健康发展离不开完善的社会信用制度和信用文化，尤其是信用违约惩罚机制。当前，我国房地产开发领域的信用缺失问题非常普遍，开发商的失信行为往往没有受到有效的责任追究，极易引发开发商的道德风险。

其次，法律法规建设滞后。法国1804年的拿破仑法典规定，建筑师和设计师必须在建筑完工10年内负有对房屋结构缺陷做修正的严格责任。现行的法规不但规定了房屋的建造商必须对其在法典中的法定责任投保保证保险，还明确规定了房屋的建造商、保险人以及业主各自的权利和义务关系。日本参议院和众议院也于1999年表决通过了《住宅品质确保促进法》，从法律上规定了住宅的开发商必须对住宅的质量提供十年的长期保证。[1] 完善的法

---

① 童悦仲、娄乃琳：《国外住宅质量保证保险制度介绍》，《城市开发》2003年第2期。

律法规是法国和日本等发达国家住宅质量保证保险健康运行的重要法制基础，而我国不但缺乏住宅质量保证保险的相关法律规定，理论界和实务界对于保证保险究竟是保险还是保证，是适用《保险法》还是《担保法》也还颇有分歧。在法律适用上，保证保险既然作为一种保险，自然应当纳入《保险法》的规范，但因我国《保险法》制定之时，并未针对保证保险的特点制定单独的条文，适用《保险法》存在一定的困难。[①] 按照最高人民法院出台的相关司法解释，保证保险业务纠纷在《保险法》没有相应规定时，可以参照《担保法》的某些规定。[②] 这里暂不考虑这种司法解释本身的合理性，但就现行的《担保法》而言，其中也没有关于住宅质量担保方面的明确规定。因此，现行的《保险法》和《担保法》都不能满足我国住宅质量保证保险的发展需要。

再次，缺乏配套的建筑质量鉴定机制。针对住宅质量保证保险，法国制定了一套复杂的建筑质量鉴定服务机制。在房屋设计、建造的不同阶段，质量鉴定机构对工程计划书、规范书、质量书等工程相关文件以及工程本身要进行审核，并通过报告的形式向保险人汇报与住宅质量保证保险相关的风险情况。在技术鉴定过程中发现问题，只要建筑商没有按照要求整改，质量鉴定机构就有权要求工程停工，保险人根据保险意向书内容有权不提供保险保障，同时不退还预付保险费，并有权要求投保人支付所欠的技术鉴定费。法国的建筑质量鉴定机构作为高度专业、高度独立的第三方介入质量鉴定和项目监控，不但为保险人承保复杂的住宅工程项目提供了强有力的技术支持，也在很大程度上避免了投保

---

① 李玉泉：《论保证保险》，《保险研究》2004 年第 5 期，第 25～28 页。

② 最高人民法院在《关于人民法院审理保险纠纷案件若干问题的解释》（征求意见稿）中第三十六条规定，人民法院审理保证保险合同纠纷确定当事人的权利义务时，适用保险法；保险法没有规定的，适用担保法。

双方的意见分歧。

我国目前缺乏这类完善的建筑质量鉴定机制，保险人在自身缺乏专业技术力量的条件下仅仅依托建设部门的 A 级住宅性能认证来承保，缺乏对项目本身不同阶段有效的动态监督，难以准确评估投保项目的风险状况，况且由于一些历史遗留问题，我国政府体制改革还不到位，建设部门与房产商之间的利益关系较为复杂。近年来全国各地陆续发生了一些被建设部门评定为"优质样板工程"和获得各类嘉奖的住宅项目出现严重质量问题的事件，这表明在现行体制下由建设行政部门单方面主导的住宅性能认证还难以保证其结果的公正性和权威性。

2. 发展我国住宅质量保证保险制度的基本策略

综上所述，困扰我国住宅质量保证保险制度发展的不仅仅是保险人自身的认识问题与经营思维问题，还包括了外部宏观环境建设滞后等诸多方面的因素。因此，要发展我国住宅质量保证保险业，不仅需要科学认识住宅质量保证保险的本质特点，转变经营思想，还需要适当的政府支持，需要建设部、司法部、保监会等各相关职能部门的密切配合。

（1）深刻把握住宅质量保证保险的本质特点。首先，必须根据保证保险的风险构成及其特点，探索建立承保前资信调查、保险期内跟踪监督和外部专业建筑质量鉴定机构的技术支持为一体的多层次的风险识别和防范体系。并在此基础上，对现有的居于传统理念设定的保守的保险条款和费率制度进行改革，逐步扩大承保范围，进行科学定价。比如对于实力雄厚、信誉卓著的投保单位，可以适当简化投保审核程序，放宽承保要求，并采用适当的费率优惠等。

其次，必须认真实践保证保险的基本宗旨。为确保业主（权利人）的合同权益不受实质性损害，保险人一方面需要构建完善的住宅质量保证保险风险识别与防范体系，加强对承保项目建设过程中的监督和检查以切实防范项目建设过程中可能出现的质量缺陷，另一方面还必须积极探索灵活多样的保险责任履行方式。因为保证保险机制相对于普通的民事担保和普通商业保险机制而言，其最重要的优势之一就是保险人通常会根据实际需要在出现风险事故时采取灵活多样的责任承担方式，尽可能满足权利人的现实需求。对于住宅消费而言，消费者真正需要的是符合购房协议中规定的产品质量，而并不是出现质量事故后简单的经济赔偿。因此，保险公司应适时探索新型赔付方式，以体现出保证保险机制的特殊优势。笔者认为，借鉴国外经验，住宅质量保证保险中保险人承担责任的最佳方式应该是在出现质量事故后积极要求原投保人（开发商）进行必要的修缮，若原投保人因为各种原因无法履行则应积极引入新的开发商来进行必要的修缮服务，在无法修缮或修缮成本不经济情况下可以考虑承担重新购置的责任，而不是简单地给予一笔相应的经济赔偿。

再次，必须完善追偿制度。在传统商业保险中，保险人承担了所有约定的风险，而在保证保险中，保险人仅仅是在收取了保险费（实际上是一种服务费）后对义务人行为的一种"保证"。换言之，保证保险的设立是为了保护权利人的利益而不是投保人的利益。因而保险人在履行了对权利人的赔付之后有权向义务人进行追索，这也是国际保险界的通行做法，当前试行的"A级住宅质量保证保险合作协议"明显损害了保险人的正当权益，保险人必须在保险条款中对发生住宅质量事故后的具体追偿问题做出明确规定，从而弥补代偿损失，降低经营风险。

最后，还必须严格区分建筑工程的"质量"与"性能"。严格说来，住宅质量保证保险保障的客体是住宅项目的工程质量，而不是住宅项目的性能。质量与性能有一定的相关性，但两者

227

并非同一个概念。因而对于当前通过了建设部门相应的性能认定的住宅项目，保险人也需要加强对整个认证体系的理解，着重分析其安全性和耐久性指标，据此来评估该住宅项目的质量可靠性。

（2）加强人才队伍建设。住宅质量保证保险的科学定价、承保审核、理赔核算以及资信调查和项目监督等诸多环节都需要大批既精通保险原理又了解建筑工程技术及相应法律法规知识的高素质复合型人才。为此，保险人有必要选拔部分专业技术人员和一批优秀业务人员，邀请建筑和法律等行业的专家学者对其进行建筑工程基础知识和相应的行业法律法规等方面的教育培训，或者从建筑行业引进具有丰富实践经验的工程技术人才并进行保险专业知识培训，尽快培养一批复合型的高端人才。在教育培训中，除了要加强基本业务素质训练外，更要切实加强职业道德教育，以防范经营过程中可能出现的各种道德风险。与此同时，应当积极开放我国住宅质量保证保险市场，通过国际上成熟的住宅质量保证保险经营机构的示范作用，启动学习机制，使我国保险从业人员尽快掌握国外住宅质量保证保险先进的理念、技术和方法。

（3）试行强制性保险。当前我国消费者风险意识不足，保险人和开发商也表现出严重的短期性经营思维，而且住宅质量保证保险追偿机制的建立更会加重开发商的抵制心理。为此，有必要借鉴发达国家的历史经验，将住宅质量保证保险列为强制性险种。从国际上看，凡是住宅质量保证保险开展比较成功的国家，如法国、西班牙和意大利，无一不是通过立法把住宅质量保证保险确定为强制性保险（陆荣华，2005）。[①] 只有实行强制投保，开发商

---

① 陆荣华：《住宅质量保证保险在我国的现实状况》，《保险研究》2005 年第 3
期，第 47~48 页。

才不会存在任何侥幸心理，保险人才能迅速增加承保面。面对强制投保带来的市场机遇，各保险人必然争相介入，供给主体的增加通过市场竞争机制的作用将快速推动住宅质量保证保险的开发与完善。强制性投保不但为保险人带来巨大的业务增长来源，也促进了开发商努力改进工程质量，进而保障了消费者的合法权益。此外，一些资质较差的房地产开发企业因难以达到承保要求，业务经营必将受到极大限制，因而强制性投保也是促进我国建筑市场优胜劣汰、提高市场效率的重要手段。

（4）优化住宅质量保证保险的经营环境。首先，必须进一步推进社会信用制度和信用文化建设，构建建筑市场主体失信惩戒机制。当前，建设行政部门对建筑市场信用建设的干预力度较大，业界要求诚信经营的呼声也在高涨，保险公司在长期的工程保险业务经营中也积累了一定的企业信用信息。因此，保险公司应积极参与建筑市场主体信用建设，与建设行政部门和行业协会等相关机构一起，制定统一的建筑企业综合信用评价标准，构建建筑市场主体失信惩戒机制，以有效防范住宅质量保证保险业务经营中可能出现的道德风险。

其次，需要进一步完善《保险法》等相关法规，将住宅质量保证保险这一特殊险种的基本原理和经营规范通过立法的形式巩固下来，作为发展我国住宅质量保证保险最基本的法律依据。

再次，需要建立高度专业、高度独立的建筑质量鉴定机构。为保证住宅质量鉴定结果的客观、公正和公平性，必须建立高度独立、高度专业、客观公正的建筑质量鉴定机构。笔者的初步设想是，在保监会、保险行业协会以及建设行政部门等相关组织机构的参与和监督下，在一些经济发达的中心城市率先挂牌成立一批专业化的住宅质量鉴定中心，负责收集整理住宅工程质量事故的损失数据资料，负责设计科学合理的质量评价体系，负责对住宅项目进行质量鉴定，并为保险人提供承保和理赔等诸多环节的技术支持服务。同时，为确保鉴定结果的公正性和权威性，需要建立一个来自建设部门和相关高校、科研院所等社会机构的技术人员共同组成的专家人才库，每一项目的认证和鉴定过程必须有适当比例的外部专家参与。

（五）住宅抵押贷款保证保险

住宅消费一直是我国居民消费的热点，受实际收入水平的约束以及人们消费观念的变化，分期付款抵押贷款购房必将成为住房消费的主流模式。从政策环境来看，2006年6月国务院颁发的《国务院关于保险业改革发展的若干意见》，也明确要求进一步发展住宅消费信贷保证保险，促进消费增长。可以预计，随着住宅消费的增长，国家相关产业政策的逐步出台，我国住房抵押贷款保证保险业务具有广泛的发展前景，应作为保险公司重点发展的保证保险业务之一。

1. 制约我国住宅抵押贷款保证保险业务的主要因素

（1）思想认识偏差影响业务发展。除人保"商品房抵押贷款保证保险条款"外，各保险公司推出的住宅抵押贷款保险通常都是将还贷保证保险和财产损失保险捆绑式销售，统称"综合保险"。实际上，还贷保险是一种保证保险，而财产损失保险属普通财险性质，正如本书反复强调的，这是两种风险性质迥异的保险形式。普通保险中，投保人缴付保险费后就把风险转移给了保险公司，保单所保障的是投保人自己的利益；而在保证保险中，保险人收取的实际上仅仅是一种"服务费"，它只是给义务人扩展信用的手段，真正目的是保护权利人而不是义务人的利益，因此保证保险中保险人通常在履行代偿损失后要对投保人（义务人）进行追偿。这一特点对于绝大多数投保人来说都感到不可理解。由于我国保证保险经营历史不长，贷款人对保证保险的特性普遍感到陌生，而大多保险公司将保证保险与普通保险混为一体，对绝大多数贷款人来说，必然会按照传统保险模式去理解这种所谓的"综合保险"。由此，在贷款人看来，只要缴付了住宅抵押贷款保险的保险费，那么房屋财产损失和还贷责任就应该由保险公司承担。

现行保单条款对于投保人违约后的理赔处理主要采取两种形式：一是以华安财产保险股份有限公司为代表，按照其"房屋按揭贷款保证保险条款"，"贷款银行自行处理抵押物，经处理抵押物仍不足以抵偿欠款时，保险人负责赔偿不足部分"；二是以中国人民财产保险股份公司为代表，其"商品房抵押贷款保证保险条款"规定，"在投保人不能履行贷款合同情况下，由保险人偿清贷款合同约定本息后，被保险人应当将抵押房屋的全部权益文件及其享有的抵押权移交给保险人，协助保险人按法定程序办理抵押权变更登记手续。保险人处理抵押物所得价款扣除其代偿款项及其他合理费用后全部归还贷款银行"。无论采取哪种形式，在投保人看来，缴付保费后仍然面临"追偿"都是不合理的，违背了保险"公平"原则，因而产生强烈抵触情绪。

从商业银行的角度看，住宅抵押贷款保证保险本是其有效规避信贷风险的重要手段，但这并没有引起商业银行的高度重视。在银行看来，由于住宅产权抵押在银行，所以不担心贷款人拒绝还贷问题，在近年来住宅普遍大幅度增值情况下，银行对处置抵押物解决信贷危机更是充满信心。发放住宅抵押贷款备受各商业银行高度重视，业务竞争较为激烈，考虑到贷款客户的抵触情绪，2005 年 10 月，工行率先宣布取消房贷险强制政策。2006 年以来，建行、农行、交行等各大商业银行也纷纷叫停强制房贷险。原先客户必须购买的房贷险，现在改由客户自愿决定是否购买。在这种情况下，房贷险业务不可避免地发生萎缩。2006 年保费锐减 59% 就是明显例证。

（2）房贷险业务潜在风险复杂难控。目前各保险公司房贷险业务的保险责任通常是购房人无法履行《商品房抵押贷款合同》或购房人死亡，且无人代为履行到期债务时，保险人向贷款银行履行还款义务。实际上，住宅抵押贷款业务中贷款人的偿付风险常常表现出多种形式，背景情况非常复杂，而且通常具有一定的隐蔽性，往往要等到借款人无法按期归还贷款本息时才会完全暴露，使保险公司和商业银行陷于被动。严格说来，如同其他任何保证保险，凡是可能引发义务人违约的所有有关信用道德和履约能力的各种因素都会直接或间接地引发贷款人拒绝履行还贷行为。具体来说，主要体现在以下几个方面。

首先，房价下跌引发主动违约。这主要与我国缺乏社会信用文化和信用制度不健全有关。现实生活中，守信者未必得到实际"激励"，而失信者未必受到有效的惩戒，这就很容易引发贷款人肆意违约行为。由于个人房贷期通常较长，短则 5 年、10 年，长则 20 年、30 年，在这么长的保险期间内，市场行情谁也难以预料。在漫长的贷款期内如房价大幅度下跌，借款人发现用贷款购置房屋的价值低于自己负担的贷款的价值，便会主动违约，任凭处置已经贬值的抵押房屋，此时即使保险人或贷款银行能够顺利地处置房屋，处置收入也可能无法弥补未偿还的贷款和处置费用，大面积违约必然给保险公司带来极大风险。当前，全国各地住宅价格暴涨，个别地区甚至出现一个月增长 50% 的罕见情况，一旦房价普遍下跌，非理性增长期间的"高价"贷款购房则很可能出现类似汽车消费信贷保证保险业务中由于汽车普遍跌价而大量投保人故意不还贷，任由银行或由银行授权的保险公司处置投保车辆的情形，因而潜在风险不可低估。

其次，利率上升，负担加重而被迫违约。个人房贷期限长，利率风险是不言而喻的。国内银行的个人房贷业务都是非固定利率贷款，个人住宅借款合同明确规定：贷款利率在借款期限内遇到国家法定利率调整时，于下年1月1日开始，按相应档次利率执行新的利率。如果法定利率频繁上调或上调幅度较大时，就可能会使一些原本具有偿还能力的借款人变得无力负担而被迫违约（吴占权，2005）。[①] 当前，为控制非理性增长的房价，国家有关部门出台了一系列宏观调控政策，其中之一就是调整房贷利率，目前利率也出现明显增幅，而进一步的调整动向尚不明朗，由于房价在某些重要城市几乎"完全失控"，预计房贷利率还可能进一步上调，如此则会进一步加重贷款人还贷负担。

再次，收入波动，无奈违约。保证保险风险主要来自义务人的信用和道德风险，一般说来取决于义务人的主观意愿，但不可否认，即使义务人主观上愿意履约，但客观上也可能出现失去履约能力的情况。借款人提供的审贷资料主要是表明当时情况。伴随着改革的深入，就业竞争愈发激烈，对绝大多数自然人来说，将来收入状况可能充满很大的不确定性，同时物价迅速上涨又导致居民支出快速增长，再考虑到我国社会保障制度不完善的社会现实，贷款人将来的实际还贷能力很难准确预测。

此外，按照我国各大保险公司现行条款，被保险人在保险期限内因意外事故所致死亡或伤残，而丧失全部或部分还贷能力也会给保险公司带来代偿风险。但笔者认为，这类风险对保险经营影响不大。保险人在普通商业保险经营中已经积累了较为丰富的经验，对这类意外事故完全可以较为精确地预测，其损失在费率厘定中就已经体现。真正最容易给保险人带来意外风险的还是房价波动、收入波动以及利率变化等因素。

---

① 吴占权、汤明远：《住宅抵押贷款保险的风险防控》，《农村金融研究》2005年第11期，第52~53页。

（3）条款设计和实务操作不规范。目前，我国各保险公司的房贷险业务都还处于摸索阶段，在条款设计和实务操作上还较为混乱，主要体现在两个方面。

一是承保审核不规范。在房贷险业务中，保险人承保的是借款人的信用，保险人要对借款人拒绝还贷行为承担代偿责任。为有效规避这种风险，保险人理所应当亲自对借款人资信状况进行严格的调查分析，以便确定是否承保以及具体的适用费率水平。但是在实际操作中，尤其是在一些基层保险机构，该项调查常常是委托商业银行代为办理，这一方面会导致银行的逆向选择行为，即对风险较高的客户要求投保，而风险相对较低的客户不要求投保；另一方面，也会引发银行的道德风险问题。由于通过还贷保证，商业银行已经将信用风险转移给了保险公司，所以事实上已经没有了严格调查的动力。为了自身利益，商业银行尤其是一些基层分行很容易采取短期行为，放松资信调查甚至故意怂恿。尽管部分保险公司如人保"商品房抵押贷款保证保险条款"已经在除外条款中严格规定"被保险人未按《贷款通则》对投保人进行审核及贷款催收以及被保险人的故意行为"等不属于保险责任，但这实际上缺乏严格的约束力，最关键的问题就是很难有效取证，重蹈前些年我国部分保险公司车贷险业务的覆辙，引发大量司法诉讼，保险公司因缺乏有力证据而大多以失败告终。

二是抵押品的权益处理存在问题。在财务保证类保险经营中，要求投保人提供适当的抵押物品是常见现象，但为了便于保险人有效追偿，抵押物品的权益通常应属保险公司。而我国目前房贷险中，总是以"抵押贷款合同"为由，将所购住宅产权抵押在银行。一些保险公司如华安保险"房屋按揭贷款保证保险"规定发生违约风险后保险人负责经贷款银行处理抵押物仍不足以抵偿欠款部分。笔者认为，这不符合保险人利益，对银行来说也没有必要，因为保险公司已承担贷款人拒绝还贷的风险。住宅产权抵押在银行，发生违约事故后由银行先行处理抵押房屋，难以避免商业银行的道德风险问题，因为处置价款与银行没有太多直接利益（处理抵押物仍不足以抵偿欠款部分由保险人承担），这就难以避免"廉价处理"之嫌。而另外一些保险公司如人保"商品房抵押贷款保证保险条款"规定，"在偿清贷款合同本息时，若投保人尚未还清本公司代偿的款项，本公司即按法定程序取得抵押物的抵押权，并按本保险条款第十二条的规定对抵押物处置所得价款进行分配"。笔者认为，事后取得抵押权主要会牵涉两个问题：一是产权转让成本；二是产权转让后的处置过程可能涉及复杂的法律纠纷（因为投保人与保险人之间没有直接的产权抵押关系）。

2. 完善住宅抵押贷款保证保险的基本思路

（1）切实解决思想偏差问题。思想认识决定了人们的行动，因而要解决房贷险市场面临的问题，首要的就是解决认知偏差问题。房贷险条款具有较强的专业性和技术性，保险公司及与其合作的商业银行必须坚持最大诚信原则，为客户耐心解释保证保险业务中追偿机制的合理性，详细讲解房贷险业务的有关政策及条款内容，消除模糊认识和抵触情绪，最大限度地争取客户的理解和支持。对银行来说，也应该对房贷险具有全面的认识。抵押住宅作为一种能够长期使用的财产，始终存在抵押物风险而并非绝对的优良资产。由于自然的或人为的原因，无意或有意地造成不动产抵押物的灭失，将造成抵押住宅价值大部分的损失。同时，一旦借款人无法按时还款，银行还要承担住宅一时难以处置或者折价损失的风险。在这种情况下，发展住宅抵押贷款保险是一种化解住宅抵押贷款风险，促进住宅抵押贷款热潮的现实选择。因而银行也应该从战略高度来看待房贷险问题，积极、主动地引导贷款人投保住宅抵押贷款保证保险。

（2）深入研究宏观金融政策及房地产市场行情，正确评估外部环境风险。房地产市场的波动直接影响住宅贷款的风险，而房地产市场的发展走势受控于宏观金融政策。因此，保险公司应与商业银行加强合作，共同做好宏观金融政策的研究和预测工作，随时把握房地产市场价格走向，以便及时调整承保条件，防范因市场价格波动可能引发的违约风险。另外，外部环境风险的发生，在很大程度上是通过内部的微观风险表现出来的，因此，商业银行和保险公司都要做好这方面的工作，练就一定的识别判断能力，及早规避相应的风险（吴占权，2005）。①

（3）尽快修订不合理的保险条款和实务操作规定。保险人应严格保证保险基本原理和经营特征，与商业银行加强协调和沟通，尽快修正部分保险条款和实务操作规定。当前必须要解决的两大问题，一是要坚持由保险人亲自对投保人资信进行严格的调查，以避免银行逆向选择和可能出现的道德风险问题，也便于保险人合理确定适用费率；二是要将住宅产权抵押权益直接归于保险人，以便保险人就可能发生的代偿损失进行积极有效的追偿。

（六）中小企业贷款保证保险

据统计，全国中小企业的数量超过 800 万家，占全国企业总数的 99%；为社会新增就业岗位占到 3/4，对 GDP 的贡献达到 60%，对外出口约占全部出口额的 70%，贡献的税权达到 50%。而且，我国 65% 的发明专利和 80% 以上的新产品开发也都来自中小企业（嘉思瑶、宋若峰，2004）。② 中小企业不仅为解决社会就业问题发挥着巨大作用，而且以其灵活的经营机制和旺盛的创新活动，为

---

① 吴占权、汤明远：《住宅抵押贷款保险的风险防控》，《农村金融研究》2005 年第 11 期，第 52 ~ 53 页。
② 嘉思瑶、宋若峰：《中小企业民间融资行为探讨》，《金融理论与实践》2004 年第 4 期，第 117 ~ 120 页。

经济增长提供了最基本的原动力。然而，融资困难却是长期以来一直困扰我国绝大多数中小企业发展中的难题。在各种融资方式中，银行信贷是重要的资金来源，由于中小企业有天生的劣势，即一方面，中小企业尽管有些资产总额较大，但负债率高，因此企业拥有处置权利的自有资产少；另一方面，企业拥有的资产往往不符合银行对变现能力、保值能力的偏好，抵押率不高，这样一经折扣，企业抵押能力大大减少，所以银行从自身利益出发，通常不愿开展中小企业信贷业务。

中小企业贷款保证保险是一种有效缓解中小企业融资困难的保险形式。由于具有实力雄厚、信誉卓著的按规范化运作的第三方——保险公司作保证，商业银行贷款风险得到有效控制。对于保险人来说，数量众多而融资需求巨大的中小企业必然带来巨大商机。因此，尽管中小企业贷款保证潜在风险较大，但保险公司仍有必要进一步尝试。

1. 困扰我国中小企业贷款保证保险业务发展的主要难题

（1）中小企业贷款保证保险的潜在风险复杂难控。总体看来，我国中小企业的信用状况普遍比较差，实际上这也正是商业银行长期以来普遍不愿办理中小企业信贷业务的最根本的原因。通过中小企业贷款保证，投保企业故意拖欠银行债务，保险公司必须按照保证协议代位偿还。这样，保险公司就直接承担了长期以来商业银行都不愿承担的贷款企业较为严重的道德风险；此外，在中小企业贷款保证保险业务中，作为权利人的贷款银行，由于通过保证保险机制已将其信贷风险转移给了保险公司，因此也极易出现道德风险，如对贷款申请人资格审查放松，甚至为了自身利益而违规放贷等。此外，由于贷款人客观上失去了履约能力而"被迫"拒绝还贷的风险也不容低估。我国目前的各类中小企业普遍缺乏完善的现代企业管理制度，缺乏科学的投资预测和风险管理手段，其贷款项目的效益很难得到切实保障，一旦投资失败，或者出现重大经营失误，其有限的资本极易损失殆尽，客观上失去履约还贷的能力，按照保证协议，保险公司必须埋单，这就极大地增加了保险公司的经营风险。

（2）中小企业贷款保证保险业务面临专业信用担保机构的竞争威胁。为了缓解中小企业融资困难问题，在国家有关部门积极支持下，我国已成立一大批中小企业信用担保机构，已经具备了一定的市场规模。相比保险公司，这些担保机构已经具有了一定的经验和技术积累，且在行业内已经具有一定的影响力。虽然现有担保机构还远远无法满足中小企业融资市场需要，但担保机构与保险公司两者之间的竞争已不可避免，尤其是优质客户的竞争问题。当前，太平洋（财险）的中小企业贷款保证保险产品"在设计时考虑到了融资成本对于贷款企业的承受能力，可以低于一般的担保收费成本"，这就意味着贷款保证保险一出台就考虑到了价格竞争问题。

需要注意的是，我国现有的中小企业担保机构绝大多数都是在政府相关部门支持下成立并享受较大政策优惠（尤其是税收政策）的政策性担保机构，如果保险公司完全按照商业化运作模式运作，缺乏政策扶持，就必然影响到竞争优势，这在业务开展的初期，各方面经验和技术积累都还严重不足的情况下体现得更为明显。

2. 我国中小企业贷款保证保险的发展对策

（1）认真做好风险防范工作。要发展我国中小企业贷款保证保险，首要的就是要做好信用风险的防范，这是决定我国中小企业贷款保证保险生死存亡的关键。对于贷款人道德风险的防范问题，保险公司必须深入考虑贷款人的经营历史，如有无故意违约行为，以前是否守法经营，业界对其客观评价等多种因素；为防范银行的道德风险，除了需严格约定银行的贷款审核义务外，还可考虑根据实际情况设置一定的绝对免赔率，使银行自留部分风险；为防止贷款企业因经营不善而失去履约还贷能力，保险人必须严格调查贷款人的投资项目是否符合产业政策，评估投资盈利前景并做好风险预测；等等。同时，应在保险条款中严格约定义务人（贷款人）必须定期将贷款的运作情况书面报告给保险人，自觉接受保险人的监督，并通过网络等多种渠道对义务人的经营情况进行实时监控，并有权适时对义务人的经营情况提出指导性意见（曾鸣，2003）。[1]

（2）培育竞争优势。保险公司必须利用自身作为风险管理专业机构的特殊优势，在对投保人（贷款人）进行风险管理和咨询方面加大力度，做好服务工作，这不但是保险公司在中小企业担保市场上保持竞争力优势的重要手段，对于贷款企业防范经营风险，切实保证履约能力，最终避免违约风险的发生也具有重要的现实意义。此外，保监会、保险行业协会及保险公司还要与国家财政、金融、税务等相关政府机构加强沟通和协调，争取相关部门的政策支持，享受与普通中小企业信用担保机构同等的政策待遇。

（3）必须深入推进与商业银行的战略性合作关系。一方面，中小企业贷款保证保险业务刚刚起步，其风险模型以及出险概率目前还并不清楚，费率厘定和条款设计等在很大程度上还依靠简单的"猜测"，因此，保险公司需要加强与商业银行合作，加强信息沟通和协调，为中小企业贷款保证保险积累更多的数据、经验和资料，以便在将来的经营中逐步完善各项保险条款和业务操作

---

[1] 曾鸣：《浅议中小企业贷款保证保险》，《上海保险》2003年第3期，第11~13页。

规范，使之更适合业务健康发展之需要；另一方面，推进保险公司与银行的深入合作，形成较为平衡的利益关系，也有助于在一定程度上防范商业银行的道德风险。实际上，只要能切实做好风险防范和服务工作，中小企业贷款保证保险就必有良好的市场前景，对银行和保险公司而言，将可能成为巨大的利润增长点。因而，银行和保险公司都必须从战略高度看待中小企业贷款保证保险业务，约定双方权利义务关系，并在实践中严格遵循，切实推进双方的深入合作关系。

三 积极研发适合中国国情的保证保险新险种

在保证保险制度最成熟的美国，具体的保证险种数量高达数千种，基本涵盖了社会经济生活的各个层面，在经济和社会发展中发挥着积极的作用。我国目前的保证保险业务主要以各类消费信贷类保证保险为主，许多在国外非常普遍、在市场经济中非常重要的保证保险险种都还没有出现。适时研发新产品，满足经济和社会发展需求，是保险公司应尽的社会责任，也是保险公司维持生存和发展、增强市场竞争能力的基本手段。当前，围绕我国经济和社会发展需要，保险公司可开发的保证保险险种还很多，只要保险公司认真做好市场调研，切实做好经营风险的防范工作，这些险种都可以为我国国民经济和社会发展起到积极的推动作用，并成为我国保险公司未来的极其重要的业务增长点。现举例说明以下几种。

（一）金融机构保证保险

金融机构保证保险是国外忠诚保证保险业务中一个非常具有特色的险种，它主要是为商业银行、股票经纪人、保险机构或其他金融企业提供保障，其承保的具体范围比普通的雇员忠诚保证保险更为广泛，通常还包括偷窃、抢夺等有关犯罪保险方面的内容。当前，我国金融业蓬勃发展，已成为国民经济中一支重要的基础力量。然而，由于金融机构的特殊性，一旦发生员工欺诈、偷窃、遗失、毁坏或者抢夺等行为，所造成的破坏性经济和社会后果往往非一般企业机构所能匹敌。由于内控机制不完善、社会环境欠佳等多方面的原因，我国近年来商业银行等金融机构不断发生贪污、挪用和抢夺等恶性事件，给金融机构造成很大的损失。比较典型的如中国银行开平支行连续三任行长许某、余某、许某等人内外勾结，利用联行资金汇划系统存在的漏洞，大肆贪污挪用巨额银行资金案件以及中国银行副董事长刘某利用职务上的便利，采取转移账户资金、制作假账、销毁账目等手段，单独或与他人共同贪污人民币共计 1428 万余元等事件。

金融机构保证保险是银行等金融机构有效避免员工欺诈、贪污、挪用以及偷窃和抢夺等行为所导致风险的重要手段。尤其是在银行、证券等金融机构的经营管理逐步走向信息化和网络化的时代背景下，各种不忠诚行为和犯罪行为往往更具有隐蔽性，并趋于"高智商化"，造成的后果更为严重。因此，适时推出适合中国国情的金融机构保证保险尤为必要。保险公司应该在仔细调研基础上，适时开发针对我国商业银行、证券公司、财务公司以及保险代理公司和保险经纪公司等金融机构的忠诚保证保险。一方面，通过保证保险机制，金融机构由于"不忠实"行为带来的经济损失转嫁给了保险公司，维持了经营的稳定性，而保险公司又通过特有的风险分散机制，将该损失转嫁给所有投保人分摊而最终消化掉。另一方面，保险公司可以在承保审核和承保期间的监控活动中，为金融机构内部控制制度缺陷等不利因素提出整改意见，并与投保的金融机构一道，共同构筑完整的风险防范手段，实现投保双方的最大利益。近年来我国各大银行、证券公司等金融机构都在不断完善内部控制制度，加强风险约束，并与公安局等外部安全机构建立了良好的预警机制和紧急事件处理机制，因此，保险公司介入金融系统的忠诚保证保险业务，只要与投保的金融机构和外部安全机构加强合作，共同做好安全防范，并在深入调研基础上科学厘定保险费率，制定适宜的责任条款，经营风险就能够得到有效控制，保险公司适时开发金融机构保证保险业务是完全可行的。

（二）公务员保证保险

公务员保证保险也通常称为政府官员保证保险，在国外通常是由地方法律规定，是税务官员、遗嘱检验官员以及财政官员等处理经济事务的公务人员的一项基本的就职条件，目的是防止这类官员不忠实履行职责给纳税人造成的经济损失。我国近年来公务员职务犯罪现象也较为明显，而且影响非常恶劣。为有效防止政府官员腐败和不诚实行为给纳税人造成损失，借鉴国外经验，推行公务员保证保险制度非常必要。笔者认为，当前应该借鉴西方发达国家的经营模式，将公务员保证保险以法律形式确定下来，对一些国家重要经济部门的工作人员实行法定保险。当前，我国政府正在进行党风廉政建设，一些重要的权力部门日益受到规范，人事任免体制中的公开、公平机制也在逐渐完善，公务员保证保险的经营风险可以得到有效约束。推行公务员保证保险制度可以看做是政府廉政建设的一个重要辅助手段，对于增强政府信誉，合理利用公共资源，维护纳税人切身利益，构建新时期和谐社会，都具有重大现实意义，必然得到政府相关部门的政策支持。因此，笔者认为，当前中国保险监督管理委员会、中国保险行业协会等应该积极与中纪委、发改委等相关部门加强沟通和协调，保险公司在各大部委的积极支持下展开深入的市场调研，将国外先进经验与我国实际相结合设计合理的保险条款，科学厘定公务员保证保险的适用费率，然后选择部分地区或部门进行试点，逐渐积累经验，待成熟时再在全国范围内全面推广。

（三）司法保证保险[①]

在我国刑事诉讼制度中，有所谓保释制度，即根据《刑事诉讼法》的规定，人民法院、人民检察院和公安机关根据案件情况，对犯罪嫌疑人、被告人可以取保候审。人民法院、人民检察院和公安机关决定对犯罪嫌疑人、被告人取保候审的，应当责令犯罪嫌疑人、被告人提出保证人或者交纳保证金。保证保险具有保证的功能，同时又在保证人资格上优于一般保证人，所以保证保险显然能完成这样的任务。犯罪嫌疑人或被告人由于没有能力支付足够的保证金或者因为多方面原因没有人愿意为其提供保证而无法获得保释的情况在现实中并不罕见，如果能够引入商业化的保释保证保险，无疑对于犯罪嫌疑人或被告人的权利将有更好的保障。

除去上述刑事诉讼，在民事诉讼中保证保险也有用武之地。根据《民事诉讼法》的规定，人民法院对于可能因当事人一方的行为或者其他原因，使判决不能执行或者难以执行的案件，可以根据对方当事人的申请，做出财产保全的裁定。人民法院采取财产保全措施，可以责令申请人提供担保。申请人不提供担保的，人民法院将驳回申请。如前文所述，保证保险具有明显的担保特征和功能，国外保险公司经营的扣押保证保险正是体现该功能的保证保险具体形式。

此外，有关对未成年人、精神病人等方面的受托监护和财产管理也是我国司法实践中的一大难题。虽然我国《民法通则》第16条、第17条和第21条对于受托监护人的选定或判决做出了相

---

① 陈百灵：《保证保险合同研究》，对外经贸大学博士学位论文，2005，第106~107页。

应的原则性规定，但对于居民委员会、村民委员会等具体如何进行指定，法院如何进行最终认定等都是一个很大的问题，况且，由于受托监护期限通常较长，监护期内又很难实施合理的监控，因而被监护人的合法权利如何得到切实保障也是我国司法界的一大难题。当然，在有资格的人都不愿意作为监护人或代管人的情况下，受托保证保险并不能发挥什么作用。但是，如果情况相反的话，引进受托保证保险无疑能够解决众人争夺一个资格的问题。比如法律可以规定只有投保受托保证保险的人才能获得资格，或者裁判者将其作为一个择优的认定标准。此外，根据保证保险的基本原理，权利人的合法利益受到损害的时候可以直接要求保险公司进行补偿，因而，受托保证保险机制相比普通的受托监护机制能更有效地保护被监护人的合法权益。

因此，国外常见的几类司法保证保险形式如保释保证保险、扣押保证保险和受托保证保险等都可以在我国尝试开展，这对缓解司法执行难问题，保证司法效率，维护案件当事人合法权益具有积极的作用。当然，这毕竟是我国保证保险的一个全新领域，保险人必须在司法部和人民法院等相关部门的政策支持和法律技术援助下积极探索司法保证的风险性质，在建立起较为完善的风险识别和防范体系基础上，方可顺利实施。

（四）中介机构执业保证保险

我国近年来各行业都出现了一大批社会中介机构，与保险经营关系较为密切的有保险代理公司、保险经纪公司和保险公估公司以及会计师事务所、律师事务所等。这些中介机构在我国市场经济中承担着重要的沟通、咨询、鉴证和服务等多种功能。然而，由于诸多方面的原因，社会公信力不足、市场竞争不规范、市场效率低下是我国各类中介机构面临的普遍问题。笔者认为，尝试开展中介机构执业保证保险是有效增强中介机构社会公信力，促进市场规范并提高市场效率的重要手段。并且，在与保险经营存在直接关联的中介机构中开展执业保证保险，也可以成为保险公司一个具有广泛市场潜力的业务增长点，实现保证保险与保险中介机构的互动发展。当前，可以考虑开发的中介机构执业保证保险产品有保险代理人执业保证保险、保险经纪人执业保证保险、保险公估人执业保证保险、律师执业保证保险以及注册会计师执业保证保险等多种形式，下面仅以注册会计师执业保证保险为例简单说明（何绍慰，2006）。①

笔者的初步设想是注册会计师以事务所为单位投保注册会计师执业保证保险，保险公司对投保的注册会计师提供保证，保证注册会计师忠实履行职责（审计、评估、鉴证和咨询服务等），若发生注册会计师违约或欺诈事件对委托人或其他的利益相关人造成损失，保险人承担赔付责任。为降低风险，如同其他保证保险业务，保险人在承保前要对申请投保的注册会计师在品质、能力、资本等方面进行严格的审查，保险期内还有权对注册会计师的执业情况进行监督和检查。由此，只要获得了保险人提供的保证，就表明该注册会计师事务所具有良好的品质、能力和资本，经营行为也受到保险人的约束，更为重要的是，注册会计师的委托人和利益相关人的正当权益直接由保险人负责，相对注册会计师职业责任保险而言，其合法权益能够得到更加有效的保障。此外，作为专门经营风险业务的特殊企业，保险人还可以利用其丰富的风险管理经验对注册会计师提供风险管理咨询服务，充分发挥保险业"防灾防损"的重要功能，避免注册会计师审计失败，进一步提高注册会计师的社会公信力。

---

① 何绍慰：《论保证保险与 CPA 的互动发展》，《上海保险》2006 年第 11 期，第 11～14 页。

当前，我国会计师事务所数量众多，但良莠不齐，各事务所之间通过各种社会关系，采取虚假宣传、恶意误导等非正当手段竞争的现象较为普遍，个别地区甚至出现"劣币驱逐良币"的不良现象，严重威胁着我国注册会计师行业的长期可持续发展。笔者认为，在注册会计师市场引入保证保险机制，可以有效规范市场竞争，避免"劣币驱逐良币"的现象。因为只有品质、能力和资本等各方面的资格条件都符合保险人承保要求的会计师事务所方能获得保险人签署的保证保险协议，并借此向社会表明其能力和素质，进而顺利招揽市场业务，而品质、能力和资本等方面无法达到承保要求的会计师事务所将难以向社会表明其公信力，业务难以拓展，进而实现市场的优胜劣汰，提高市场效率。

为此，保险人需要认真探索和研究注册会计师审计、鉴证和咨询服务等业务活动的风险特点及其运行规律，合理确定注册会计师执业保证保险产品的具体保障范围、保障程度以及适用费率水平等，及早开发出适合我国国情的切实可行的注册会计师执业保证保险产品。同时，应当吸取我国近年来经营保证保险的经验教训，摒弃传统思维，建立起注册会计师执业保证保险的风险识别和控制体系，避免再次步入我国近年来发展保证保险的误区，让注册会计师执业保证保险从一开始就步入良性发展的轨道。

（五）农业生产资料质量保证保险

"三农"问题不解决，从长期来看，不利于社会稳定；从短期来看，不利于国民经济的持续稳定发展。农村问题、农民问题、农业问题是近年来社会各界普遍关注的热点问题之一。充分利用保险服务，积极支持"三农"发展，是我国保险业的一项重要责任和使命。《国务院关于保险业改革发展的若干意见》指出，"积极稳妥地推进试点，发展多形式、多渠道的农业保险"。《中国保险业发展"十一五"规划纲要》也明确指出，"要积极开拓'三农'保险市场,研究制定支持政策,探索建立适合我国国情的农业保险发展模式,扩大农业保险覆盖面"。

发展"三农"保险要有大视野,不能将"三农"保险局限于种植业保险。实际上,随着科技的发展,农业已经不再是传统的完全依赖于自然条件的第一产业,农业生产已经与工业生产紧密联系在一起,很多农业生产资料都是工业化生产的产物,如农药、化肥、农膜,现在甚至制种也开始了工业化生产。农业生产资料的质量已经在很大程度上决定了农产品能否获得丰收。做好农业生产资料质量保证保险是保险公司支持"三农"、建设和谐社会的重要举措,也是保险公司开拓农村市场、做大做强的现实需要。

我国的"三农"保险市场并不成熟,保险公司如何找准"三农"保险市场的切入点相当重要。农业生产资料质量保证保险就是一个好的切入点,因为大多数农业生产资料现在都实行了工业化生产,对工业化生产的产品提供质量保证保险,保险风险的评估、保险费率的厘定、保险条款的开发有规律可循,有经验可资借鉴,产品的开发、推广也相对容易。因此,保险公司应当抓住国家开展社会主义新农村建设的契机,按农业生产资料的类别开发出适应市场需要的保险产品,并积极推广,让农民都来购买有产品质量保证保险的农业生产资料,从而为新农村建设作出自己应有的贡献(陈会平,2006)。[①]

(六)被拆迁居民合法权益保证保险

近年来,为推进城市化进程,全国各地市政基础设施和公共设施建设迅速增加。同时,蓬勃发展的工商企业和几乎"失控"的房地产业扩张需求都把拆迁工程提到了引人注目的位置。全国

---

① 陈会平:《积极发展农业生产资料质量保证保险》,2006年6月5日《中国保险报》。

各大城市都相继成立了形形色色的"政府拆迁办"和所谓的专业拆迁公司。"房屋拆迁"成为近年来的热点和焦点问题，倒不是因为拆迁工程本身的"功绩"，而是来自于其不断引发的种种民事甚至刑事案件纠纷，根源于拆迁行为中被拆迁人合法权益受到极大的侵犯。近年来，城市房屋拆迁中侵犯被拆迁人财产权利和人身权利的野蛮拆迁等恶性事件屡屡发生，严重影响了社会稳定，被拆迁人与地方政府之间的矛盾也日益尖锐：被拆迁人要么因缺乏保护自身权益的力量而选择以自杀等极端方式来表达对当前城市房屋拆迁制度的抗议；要么选择以暴发群体性事件来表达自己的利益诉求，发泄对拆迁人和地方政府的不满。这些都与我国新时期构建社会主义和谐社会的要求存在明显的冲突。对此，党和国家领导人在一些重要会议上专门做了部署，如 2004 年 6 月 4 日国务院总理温家宝主持召开国务院常务会议，专门研究控制城镇房屋拆迁规模、严格拆迁管理等有关问题，要求严格执行房屋拆迁程序，规范拆迁行为，严禁违规拆迁、野蛮拆迁和滥用强制手段，并要求认真落实补偿安置政策。但从近年来的实施情况看，全国各地被拆迁居民的权利保护状况仍然堪忧，司法诉讼、集体上访和"暴力"拒迁等事件不断发生。

对此，笔者认为，根据保证保险基本原理，开发具有中国特色的保证保险险种——被拆迁居民合法权益保证保险是一种较好的方法。该险种以被拆迁居民为权利人，拆迁实施机构作为投保人，保险人对于因拆迁问题对权利人造成的权益损害承担赔偿责任，并具有依法向拆迁实施机构追偿的权利。具体责任范围可包括财产价值被恶意低估、补偿不合理、安置不到位以及所有拆迁协议上约定的条款。保险人在承保前仔细审查拆迁实施机构资历和信用条件，审慎选择投保人，并在保险期间（拆迁实施过程及善后处理过程）对拆迁过程和拆迁行为进行密切监控，确保程序合法，财产价值评估和补偿合理，被拆迁居民得到妥善安置。

可喜的是，郑州人保已经围绕政府需求对开发被拆迁居民合法权益保证保险的情况进行了调研，并已形成《保险实施创新推动城市拆迁进程》的调研报告上报保监会。笔者认为，我国保险公司应在仔细调研基础上，尽快推出被拆迁居民合法权益保证保险，预计在当前及相当一段时期内这类险种都会有巨大的市场需求。目前，国家已出台一系列有关房屋拆迁的法律法规，如国务院于 2001 年新修订了《城市房屋拆迁管理条例》、建设部于 2003年 12 月出台了《城市房屋拆迁估价指导意见》，2007 年 8 月 30 日国务院又颁布了《全国人民代表大会常务委员会关于修改〈中华人民共和国城市房地产管理法〉的决定》，其中在总则中明确增加了关于拆迁的规定，即第六条："为了公共利益的需要，国家可以征收国有土地上单位和个人的房屋，并依法给予拆迁补偿，维护被征收人的合法权益；征收个人住宅的，还应当保障被征收人的居住条件。具体办法由国务院规定。"因此，保险人经营该被拆迁居民合法权益保证保险的法制基础已基本建立，只要保险人严格承保要求并做好保险期内的风险管控，就能极大地降低可能发生的经营风险。更为重要的是，该险种对于当前构建和谐社会具有重要意义，必将得到政府职能部门的强力支持。

笔者认为，对于被拆迁居民合法权益保证保险，当前中国保险监督管理委员会、中国保险行业协会等相关组织应积极与国家司法部、建设部等相关职能部门加强沟通和协调，力争将该险种作为法定保险形式，在选择部分城市实行试点的基础上，要求所有拆迁实施机构都必须投保被拆迁居民合法权益保证保险作为其实施拆迁行为的前提条件之一。这样，既从根本上保护了被拆迁居民的合法权益，又能快速增加市场容量，增加保险人经营的积极性。

（七）业主支付保证保险

该险种与国外工程合同保证保险中的支付保证保险存在明显区别，可以看做是具有中国特色的保证险种。西方国家的支付保证通常也称"劳工与材料保证"，目的是防止总包商对分包商及材料供应商拖欠工程款。在国外的合同保证保险业务中，并没有业主支付保证保险，其主要原因在于，公共工程投资主体是政府，而政府通常不会拖欠工程款；对于私人项目，则因"留置权"法案的存在而使业主不敢轻易拖欠工程款，否则，业主对工程项目的产权就可能受到"留置权"法案的威胁。

但在我国，无论是公共项目还是私人项目，都大量存在业主拖欠工程款问题，进而也成为承包商拖欠民工工资的一大理由，甚至在个别地区引发了较为严重的社会问题。另外，对于承包商来说，要求必须投保工程履约保证总显得不够"公平"，因为在无法保证项目完工后能及时得到工程款的情况下也必须采取一切手段确保履约，否则最终的合同责任还是得自己承担（因保险人要实施追偿手段）。如果在要求承包商必须投保履约保证保险的同时，要求业主也必须投保相应的支付保证保险，则可以使承包商更加"安心"，从而顺利履约。

业主支付保证保险对于解决工程款拖欠问题，保护承包商及其雇工的正当利益，维护社会和谐都具有重要的现实意义。当前，建设部已明确将"业主支付担保"作为我国建筑领域的一个重要担保品种，也明确规定了保险公司可参与建筑担保市场业务，保险公司研发"业主支付保证保险"的时机已经成熟。需要注意的是，付款保证保险的直接目的是约束发包方行为，这明显不符合业主的既得利益，而建筑市场是典型的卖方市场，因而该险种必然会招致业主的抵制。因而，如同其他一些法定险种一样，有必要将该险种列为强制性险种。

第七章
结　论

中国保证保险制度还非常落后，许多重要问题都值得去思考。本书在对保证保险制度产生的根源、保证保险制度的市场竞争优势以及我国保证保险制度的主要困境和发展我国保证保险制度的基本思路等诸多问题的探索中，取得了一定的成果，也存在很大的不足。作为最后的总结，本章对全书形成的主要结论进行综述，对本书研究的不足进行客观的反思，并对相关的后续研究提出意见和建议。

第一节　主要结论

在本书的研究过程中，主要得出了以下几个重要结论。

第一，市场经济中普遍存在的信息不对称现象是保证保险制度产生的根源，但市场经济中的信息不对称也同样为普通民事担保机制的发展创造了条件。保证保险相比普通民事担保机制而言，其竞争优势主要体现在两个方面：其一，保证保险制度更加合理地保护了当事人的合同权益。在许多情况下，合同当事人更关心的是具体合同目标的实现而不仅仅是简单的货币补偿。这样，以确保履约为基本宗旨，并以多种形式的"代位履行"为理赔原则的保证保险机制就具有了可贵的优势；其二，保证保险的交易成本通常比其他担保方式更为经济。

因此，保证保险制度要为人们普遍接受并成为我国市场经济中的惯用手段，保险公司必须建立完善的保证保险风险识别与防范体系，通过科学而严格的承保审核、保险期内有效监控以及积极的追偿等多种手段来确保义务人认真履约。如违约事件已不可避免，则应努力探索多元化的"代位履行"方式来承担保险责任，以保证权利人的实际需求。此外，保险公司还必须切实加强自身信用和清偿能力建设，在承保方案中需要充分考虑对投保人的适度授信，并通过规模化经营等多种手段来降低权利人的交易成本，以便在同普通民事担保制度的竞争中保持低成本优势。

第二，保证保险的风险性质与普通商业保险存在很大的区别，其费率厘定方法非常特殊，通常涉及极为复杂的计算和判断过程。当前，我国保险公司尚不具备自主厘定保证保险费率的条件和能力。实践上，我国各保险公司在厘定保证保险费率过程中，既没有成熟的理论指导，也缺乏相应的实践经验，在很大程度上带有"猜测性"。因此，有必要借鉴美国SFAA的成功经验，尽快组建专业化的费率厘定机构，利用专业力量研究适合我国国情的保证保险定价的具体模型和计算与判断方法，在全国范围内实现资源整合与信息共享，发布各类基本险种的指导性费率，由各保险人根据实际情况参照执行，以尽可能保证费率的合理性。当前，要求直接建立类似美国SFAA那样完备的专业机构的条件还不够成熟，但可以考虑由中国保险监督管理委员会牵头，在中国保险行业协会内设专门机构，整合资源和各种技术力量，并在中国保险监督管理委员会的支持下加强与中国银行业监管委员会、中华人民共和国建设部等相关部门的协调与合作。有关消费信贷保证保险和工程项目合同保证保险等诸多险种都需要这些部门的积极支持。

第三，承保是保证保险经营风险的第一道防范屏障。我国当前保险公司在保证保险承保环节存在的问题主要有三个方面：一是承保审核指标体系不健全，最为突出的问题是对投保人的资信调查不够到位；二是抵押机制不合理，在工程合同保证等险种中未能体现出保证保险制度的"授信"优势，在消费信贷类保证保险中既难以防范因抵押物（如汽车）价格下跌而引发的道德风险，又难以确保追偿机制实施的有效性；三是承保技术手段落后，一方面直接影响了承保评估的合理性，另一方面也导致了我国保证保险承保审核和风险评估的低效率和高成本，进而成为推动我国保证保险费率偏高的重要因素之一。

要完善保证保险承保管理及风险防范机制，首先，需要完善保证保险承保审核指标体系。当前保险公司可以考虑在借鉴国外类似险种的具体承保审核指标基础上，结合业务实践，深入研究各具体险种的风险构成及其特点，建立并逐步完善适合中国国情的保证保险承保审核指标体系，将品质、能力和资本等保证保险承保审核和风险评估的基本要素细化为具有可操作性的具体指标，尤其是要突出道德品质方面的指标；其次，有必要引入全面补偿协议（GIA），适当加强对投保人的授信力度，并增强保证保险机制相对传统担保机制的市场吸引力，同时扩展可供追偿的责任财产范围。当然，针对一些风险性质较为特殊的险种，如我国目前针对个人的各类消费信贷保证保险，笔者并不建议放弃抵押要求。但是，也应在承保时要求投保申请人签署 GIA 协议，并且可根据实际情况要求与投保申请人存在密切联系且愿意为其违约承担责任的其他当事人共同签名，作为对现行抵押机制的一个重要补充；再次，需要加强承保技术研究，通过构建信用评分模型、违约预测模型以及完善的信息技术平台等技术手段来提高承保审核的效率和增强承保评估的合理性。

第四，保证保险的基本宗旨是巩固承诺，确保履约，而不是静待违约事故发生后再进行简单的经济补偿。因此，保险期内的风险管理和监控手段尤为重要。我国保险公司在实践中长期存在的"重保费、轻管理"的经营模式必须坚决纠正，必须采取切实措施，加强承保期内的风险管理和适时监控。

第五，保证保险理赔工作通常比普通商业保险更为复杂，技术要求更高。追偿机制是保证保险区别于普通商业保险的一个基本特征，也是保险人控制经营风险、保持稳健经营的一个关键手段。当前，我国保证保险追偿机制还很不完善，主要表现在一是保险人在部分险种中直接放弃了追偿权利；二是简单地将保证追偿权与代位求偿权混同；三是追偿手段的具体实施在实践中还受到很大约束。追偿机制不健全给我国保险经营埋下极大的风险隐患。因此，当前各保险公司都应高度重视追偿机制对保证保险经营的极端重要性，在条款设计中做出明确规定，并在实践中严格根据 GIA 协议规定对义务人及所有在协议上签名的当事人进行追索。针对我国当前的各类信贷保证保险，还应该将抵押物品的权益直接归于保险公司，以增强保险人追偿手段实施的效率。

第六，外部环境不宽松是制约我国保证保险制度发展一个重要因素。主要表现在社会认同度不够、经济体制改革不彻底、社会信用制度和信用文化缺失、中介服务不健全以及法律法规建设的滞后等诸多方面。因此，优化我国保证保险制度发展的外部环境，需要加大对保证保险的宣传力度，继续深化市场经济体制改革，完善保证保险中介服务体系，推进法制建设并完善信用管理制度，培育社会信用文化。

第七，保证保险同时具备保险和担保的某些共同特征，但应该明确将保证保险界定为一种特殊的财产保险制度，并严格适用

《保险法》和《合同法》等相关民事法规，而不应适用《担保法》。最高人民法院出台的相关司法解释只是权宜之计，需进一步修正。此外，保证保险合同是一项独立的合同协议，与其所承保的"基础协议"之间不存在主从关系。保险最大诚信原则的适用主体应明确扩展到权利人，并且投保人违背最大诚信原则，或者因不可抗力导致投保人违约，是否导致保证保险协议的当然无效，需根据实际情况来决定。

第八，当前，围绕我国经济和社会发展的需要，有必要研发和普及的保证保险险种还很多，如金融机构保证保险、公务员保证保险、司法保证保险、中介机构执业保证保险、农业生产资料质量保证保险、被拆迁居民合法权益保证保险以及业主支付保证保险等。

第二节 本书不足之处与后续研究建议

一 本书研究的不足

受多方面因素的限制，本书的研究还存在很大的不足，主要体现在以下几个方面。

（1）由于缺乏必要的数据支撑，本书定量分析不足，从而在一定程度上影响了研究结论的说服力。

（2）受资料收集的限制，加之笔者数理功底较为薄弱，对保证保险定价方法和承保评估技术手段等只是作了简单的介绍，研究还很不深入。

（3）由于具体国情不同，我国目前保证保险市场上的主流险种与国外相比存在很大区别。所以本书借鉴国外保证保险的一般原理来解释我国保证保险制度，可能还存在一些技术上的缺陷。

（4）受客观条件限制，本书对建议研发的一些保证保险新险种在可行性分析方面还做得不够深入。

二　后续研究建议

如前所述，由于受本人研究能力、数据、资料、时间和精力等诸多方面的限制，本书的研究还存在一些不足的地方，这在客观上为后续研究提供了很大的空间。

（1）进一步深化保证保险制度内在机制的研究，克服将国外成熟的保证保险制度移植到中国在实践上可能涉及的各种技术难题。

（2）收集更多的数据资料对一些重要结论进行实证分析，以增强说服力。

（3）根据社会发展的客观需求，及时探索社会急需的保证保险新险种的研发与普及。

参考文献

[1] 白亚波：《重视保证保险的科学性》，《保险研究》2004 年第 4 期。

[2] 陈百灵：《保证保险合同研究》，对外经贸大学博士学位论文，2005。

[3] 陈会平：《积极发展农业生产资料质量保证保险》，2006 年 6 月 5 日《中国保险报》。

[4] 崔爱茹：《外派劳务人员履约保证保险的思考》，《中国保险》2004 年第 1 期。

[5] 邓志敏：《保证保险在消贷中的角色》，《中国保险》2003 年第 10 期。

[6] 邓晓梅：《中国工程保证担保制度研究》，中国建筑工业出版社，2003。

[7] 方有恒：《论保险专业中介机构发展的人才需求》，《保险研究》2006 年第 7 期。

[8] 冯涛：《保证保险纠纷中保险责任法律分析》，对外经贸大学法律硕士学位论文，2005。

[9] 郭明瑞：《担保法》（第 2 版），法律出版社，2004。

[10] 贾海茂：《积极发展我国汽车消费信贷保证保险》，《中国金融》2003 年第 10 期。

[11] 嘉思瑶、宋若峰：《中小企业民间融资行为探讨》，《金融理论与实践》2009 年第 4 期。

[12] 何绍慰：《论保证保险与 CPA 的互动发展》，《上海保险》2006 年第 11 期。

[13] 李永钧：《"车贷险"发展方向》，《上海汽车》2004 年第 1 期。

[14] 李玉泉、卞江生：《论保证保险》，《保险研究》2004 年第 5 期。

[15] 梁慧星：《保证保险合同纠纷案件的法律适用》，2006 年 3 月 1 日《人民法院报》。

[16] 刘峰：《析消费信贷保证保险面临的风险》，《保险研究》2003 年第 11 期。

[17] 刘怡：《浅析忠诚保证保险的开办与普及》，《西南金融》2002 年第 9 期。

[18] 刘美霞：《解密国外住宅质量保证保险》，2003 年 3 月 19 日《中国建设报》。

[19] 刘新来：《信用担保概论与实务》，经济科学出版社，2006。

[20] 刘冬姣：《保险中介制度研究》，中国金融出版社，2000。

[21] 刘建英：《我国保险经纪业的发展现状与展望》，《保险研究》2005 年第 10 期。

[22] 陆荣华：《住宅质量保证保险在我国的现实状况》，《保险研究》2005 年第 3 期。

[23] 陆永汉、张四维、王茜：《构建我国保险信用体系的设想》，《保险研究》2002 年第 9 期。

[24] 莫芳：《消费贷款保证保险法律性质及相关问题探析》，《暨南学报（哲学社会科学）》2003 年第 9 期。

[25] 潘金生：《中国信用制度建设》，经济科学出版社，2003。

［26］彭喜锋：《对保险法司法解释中保证保险条款的商榷》，《上海金融》2004 年第 12 期。

［27］蒲夫生：《现阶段商业银行汽车贷款保证保险问题分析——兼评保监会〈关于规范汽车消费贷款保证保险业务有关问题的通知〉》，《金融论坛》2004 年第 7 期。

［28］宋刚：《保证保险是保险，不是担保》，《法学》2006 年第 6 期。

［29］孙月平：《从四个层面推进经济体制改革》，《现代经济探索》2006 年第 2 期。

［30］汤玉甲、隋绍先：《论营造保险中介机构发展的外部环境》，《保险研究》2002 年第 9 期。

［31］陶后军：《汽车消费贷款保证保险业务经营风险分析》，《金融纵横》2003 年第 9 期。

［32］庹国柱：《信用保证保险的概念与分类之质疑》，《上海保险》2002 年第 4 期。

［33］魏君涛：《论保证保险与保证担保的关系》，《保险研究》2000 年第 6 期。

［34］吴占权、汤明远：《住宅抵押贷款保险的风险防控》，《农村金融研究》2005 年第 11 期。

［35］吴正红、张帛宁：《国外住宅质量保证保险制度及其对我国房地产业发展的借鉴》，《中国房地产》2003 年第 11 期。

［36］吴定富：《中国保险业发展蓝皮书》，新华出版社，2007。

［37］许谨良：《保险学》（第 1 版），上海财经大学出版社，2003。

［38］许谨良：《财产保险原理和实务》（第 2 版），上海财经大学出版社，2004。

［39］许谨良：《保险学原理》（第 2 版），上海财经大学出版社，2005。

［40］云月秋：《论汽车消费信贷保证保险》，《保险研究》2002 年第 8 期。

［41］严宏：《关于构建中国保险业信用体系研究》，武汉大学硕士学位论文，2005。

［42］曾国平：《市场经济与产业发展》，经济科学出版社，2005。

［43］曾鸣：《浅论中小企业贷款保证保险》，《上海保险》2002 年第 3 期。

［44］张海荣、侯春丽：《保证保险是一种有别于保证的独立担保形式》，2004 年 1 月 14 日《人民法院报》。

［45］张祖平、孙圣林：《保证保险的风险控制》，2002 年 9 月 26 日《中国保险报》。

［46］张维迎：《博弈论与信息经济学》，上海人民出版社，1996。

［47］张英：《履约保证保险合同案件实务初探》，《法治论丛》2005 年第 5 期。

［48］周玉华：《保险合同与保险索赔理赔》（第 1 版），人民法院出版社，2001。

［49］邹海林：《保险法》，人民法院出版社，1998。

［50］《中华人民共和国保险法》（中华人民共和国第九届全国人民代表大会常务委员会第三十次会议于 2002 年 10 月 28 日通过），中国保险监督管理委员会编。

［51］《2007 年国民经济和社会发展统计公报》，中华人民共和国国家统计局，2008 年 2 月 28 日。

［52］《中国统计年鉴》，2007、2008 年，中华人民共和国国家统计局编。

［53］《中国保险年鉴》，1981～1997 年，中国保险年鉴编辑部。

［54］《保险公司管理规定》（保监会［2004］3 号令），中国保险监督管理委员会制定。

[55]《关于保证保险条款备案有关法律问题的复函》（保监厅函〔2006〕335 号），中国保险监督管理委员会，2006 年 11 月 27 日。

[56]《关于审理保险纠纷案件若干问题的解释》（征求意见稿），最高人民法院，2003 年 12 月 8 日。

[57]《关于规范汽车消费贷款保证保险业务有关问题的通知》（保监发〔2004〕7 号），中国保险监督管理委员会，2004 年 1 月 15 日。

[58]《国务院关于保险业改革发展的若干意见》（国发〔2006〕23 号），中华人民共和国国务院，2006 年 6 月 15 日。

[59]《二零零七年保险中介市场发展报告》，中国保险监督管理委员会，2008 年 1 月 31 日。

[60]《关于保证保险合同纠纷案的复函》（保监法〔1999〕16 号），中国保险监督管理委员会，1999 年 8 月 30 日。

[61]《汽车金融机构管理办法》（征求意见稿），中国人民银行公告〔2002〕第 23 号，2002 年 10 月 8 日。

[62]《关于在建设工程项目中进一步推行工程担保制度的意见》（建市〔2006〕326 号），原中华人民共和国建设部，2006 年 12 月 7 日。

[63]《中国保险业发展"十一五"规划纲要》，中国保险监督管理委员会，2006 年 10 月 15 日。

[64] *Sigma* 2006 年第 6 期。

[65] Aremn Shahinian, 1996, "Strategic Use of The General Indemnity Agreement in Settling Bond Claims Over A Prinicipal's Objections", ABA Tort and Insurance Practice Section, Fidelity and Surety Law Committee.

[66] Athula Alwis and Christopher M. Steinbach, "Credit & Surety Pri-

cing and the Effects of Financial Market Convergence", Casualty Actuarial Society Publications.

[67] BIS, 2000, "Principles for the Management of Credit risk", BIS Working Paper.

[68] Cashion Jr., Matthew K., 2003, "Look at Surety Bonds", Engineering News-Record, Vol. 250.

[69] Doris Hoopes, 2000, "Commercial crime insurance and financial institution bonds", Insurance Institute of America.

[70] Edward C. Lunt, "Surety Rate-Making", Casualty Actuarial Society Publications.

[71] Gabriel Moss Q. C., David Marks, 1999, "Rowlatt on Principal and Surety", Fifth Edition, Sweet&Maxwell.

[72] Gary A Wilson, Wayne J Marotelli, 2000, "Bad faith and sureties: Recent developments", Defense Counsel Journal. Chicago, Vol. 67.

[73] Gorke, Thomas P., 1996, "Guaranteeing performance: The role of surety bonds", Risk Management, New York, Vol. 43.

[74] Harlan C Meredith, 1962, "Fidelity and Surety Bonds", Journal of Accountancy (pre-1986).

[75] Janaka Y. Ruwanpura and Samuel T. Ariaratnam, 1999, "Bonding Procedures for North American and International Construction Contracts", Engineering Management Journal, Vol. 11.

[76] Jeffrey S. Russell, 2000, "Surety Bonds for Construction Contracts", ASCE press.

[77] Judith H. B., Maxwell. E., 2005, "Surety Bonds", ASHRAE Journal.

[78] krizan E. G., 1998, "Bonding, Insurance Falling Short", ENR.

[79] Lynna Goch, 2001, "High-Tech Fidelity", Best's Review.

［80］McKee B. , 1992, "Letters of Credit May Substitute for Surety Bonds", Nation's Business, Vol. 80, Issue 5.

［81］Nicholas Legh-Jones, Andrew Longmore, John Birds, David Owen, 1997, "MacGillivray on Insurance Law", Sweet and Maxwell, 9th Edition, London.

［82］Richard C. Lewis, 2000, "Contract Suretyship, From Principle to Practice", John Wiley&Sons, Inc.

［83］Richard E. Tasker, G. wayne Murphy, Sr. , 1997, "Practical Guide to Construction Contract Surety Claims", Aspen Law & Business.

［84］Regan J. , 1999, "Power of Attory", Federal Surety Bond Seminar.

［85］Robert A Babcock, 1999, "Surety's rights under the general indemnity agreement", Federation of Insurance & Corporate Counsel Quarterly, Iowa City, Vol. 49.

［86］Robert F. Cushman, George L. Blick and Charles A. Meeker, 1990, "Handling Fidelity, Surety, and Financi-al Risk Claims", Second Edition, John Wiley&Sons, Inc.

［87］Toni Scott Reed, 2004, "Construction and Surety Law", Construction and Surety Law, Vol. 57.

后 记

　　保证保险是一类非常特殊的保险形式，也是市场经济中维护权利人的正当权益，提升义务人的交易信用，促进有效的契约交易和维护市场竞争秩序的重要机制。但是，中国保证保险制度还非常落后，存在的问题还很多，严重影响了保证保险制度功能的有效发挥。我国保险学界老前辈、上海财经大学博士生导师许谨良教授对此甚为关注。因此，在我有幸考入上海财经大学的第一年，许先生便建议我对保证保险制度进行深入考察和研究。在此后的时间里，恩师许谨良教授从文献搜集、论文构思再到最终定稿都倾注了极大的心血。许先生严谨的学术作风、高尚的敬业精神和高度的责任感令我无比感动。

　　在上海财经大学求学的 3 年中，许多老师都曾给予我悉心的指导和教诲，让我受益匪浅，在此深表谢意！特别要感谢论文开题答辩中给予我大力支持的许谨良教授、谢志刚教授和粟芳副教授，没有他们的指导，我的论文是难以完成的。同时，也非常感谢论文预答辩过程中韩天雄教授、张庆洪教授、陆爱勤教授、许谨良教授和谢志刚教授提出的宝贵的修改意见和建议。

　　也感谢师兄师姐和同班同学们，以及为我的论文调研工作提供重要帮助的中国太平洋财产保险股份有限公司核保核赔中心的吴志方先生、中国人民财产保险上海分公司赵平先生和金慧女士、湖南长沙腾顺保险代理有限公司阳晓兰小姐以及中国保险监督管理委员会成都监管局的秦香君先生，感谢所有朋友们对我的支持和帮助！

当然，更要感谢我的父母和妻子，感谢他们对我的理解和支持，感谢他们悉心照料我年幼的孩子，让我有足够的精力完成三年的学业。

此外，论文借鉴和引用了大量的相关成果，包括民事担保制度方面的学术文献。这些文献为我的研究工作提供了必要的参考材料，或重要的思路与启示。这些文献的作者基本上都在文中做出了标注，但也难免有所疏漏，或许还存在对原作者思想和意图的理解偏差。在此对所有的作者们表示真诚的谢意，对文中尚未标注的"无名英雄"们表示诚挚的歉意。

本书是在我博士论文基础上修订而成的。本书的顺利出版得到了河南大学经济学院院长耿明斋先生的大力支持。耿明斋先生不但持续不断地支持青年教师学术成果的出版和交流，还在引领青年学者的学术生涯方面不断教诲，让我受益匪浅。值此新书出版之际，再次向耿先生道一声谢谢！

社会科学文献出版社的任文武先生为本书的编辑出版也付出了大量的辛勤劳动，在此也一并表示感谢。

最后需要说明的是，中国保证保险制度的研究工作还处在起步阶段，理论界和实务界都还存在莫大的争议。受多方面因素的限制，文中势必存在诸多疏漏甚至错误，所以笔者真心希望同仁们多多批评和指正，为相关的后续研究或更深入的研究和探索工作提供宝贵的意见和建议，谢谢！

何绍慰

2009 年 12 月于河南大学经济学院 501 室

图书在版编目（CIP）数据

中国保证保险制度研究/何绍慰著. —北京：社会
科学文献出版社，2010.5
（河南大学经济学学术文库）
ISBN 978 - 7 - 5097 - 1178 - 1

Ⅰ.①中…　Ⅱ.①何…　Ⅲ.①保险业－规章制度－
研究－中国　Ⅳ.①F842

中国版本图书馆 CIP 数据核字（2009）第 204975 号

·河南大学经济学学术文库·
中国保证保险制度研究

著　　者／何绍慰

出 版 人／谢寿光
总 编 辑／邹东涛
出 版 者／社会科学文献出版社
地　　址／北京市西城区北三环中路甲 29 号院 3 号楼华龙大厦
邮政编码／100029
网　　址／http：//www. ssap. com. cn
网站支持／（010）59367077
责任部门／皮书出版中心 （010）59367127
电子信箱／pishubu@ ssap. cn
项目经理／邓泳红
责任编辑／任文武
责任校对／王国毅
责任印制／董　然　蔡　静　米　扬

总 经 销／社会科学文献出版社发行部
　　　　　（010）59367080　59367097
经　　销／各地书店
读者服务／读者服务中心 （010）59367028
排　　版／北京步步赢图文制作中心
印　　刷／北京季蜂印刷有限公司

开　　本／787mm×1092mm　1/20
印　　张／13.8
字　　数／214 千字
版　　次／2010 年 5 月第 1 版
印　　次／2010 年 5 月第 1 次印刷

书　　号／ISBN 978 - 7 - 5097 - 1178 - 1
定　　价／35.00 元

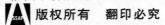